KB162393

을 유 세 계 문 학 전 집 · 2 4

좁은 문 · 전원 교향곡

좁은 문 · 전원 교향곡

La Porte étroite
La Symphonie pastorale

앙드레 지드 지음 · 이동렬 옮김

❖을유문화사

옮긴이 이동렬

서울대와 동 대학원에서 불문학을 전공하고 프랑스 몽펠리에 대학교에서 문학박사 학위를 받았
다. 서울대 불문과 교수이다. 지은 책으로 『스탕달 소설 연구』, 『문학과 사회묘사』, 『빛의 세기
이성의 문학』 등이 있으며 옮긴 책으로 『소설과 사회』, 『적과 흑』, 『말도로르의 노래』 등이 있다.

을유세계문학전집 24
좁은 문 · 전원 교향곡

발행일 · 2009년 9월 25일 초판 1쇄 | 2014년 3월 30일 초판 2쇄
지은이 · 앙드레 지드 | 옮긴이 · 이동렬
펴낸이 · 정무영 | 펴낸곳 · (주)을유문화사
창립일 · 1945년 12월 1일 | 주소 · 서울시 종로구 우정국로 51-4
전화 · 734-3515, 733-8152~3 | FAX · 732-9154 | 홈페이지 · www.eulyoo.co.kr
ISBN 978-89-324-0354-0 04860 978-89-324-0330-4(세트)

• 값은 뒤표지에 표시되어 있습니다.
• 옮긴이와의 협의하에 인지를 붙이지 않습니다.

차례

좁은 문

M. A. G. 에게

좁은 문으로 들어가기를 힘쓰라.
— 누가복음 13장 24절

1장

다른 사람들은 이 이야기로 한 권의 책을 써낼 수도 있었을 것이다. 그러나 여기서 내가 하려는 이야기는 내가 심혈을 기울여 체험했고 나의 기력을 고갈시킨 이야기이다. 그러므로 나는 극히 간명하게 나의 추억을 적어 나가겠다. 이 추억이 군데군데 조각나 있다 할지라도, 나는 그것을 깁거나 잇기 위해 어떠한 꾸밈에도 의존하지 않을 것이다. 추억을 치장하려는 노력이란, 추억을 얘기하는 데서 찾기를 바라는 마지막 즐거움마저 망쳐 버리고 말 것이다.

내가 아버지를 여의었을 때 나는 열두 살도 채 안 되었다. 아버지가 의사로 지내시던 르아브르*에 더 이상 머물 이유가 없게 되자, 어머니는 내가 학업을 더 훌륭히 마칠 수 있으리라 생각하시고 파리에 살기로 결정하셨다. 어머니는 뤽상부르 공원 근처에 작은 아파트를 세내었고, 미스 애시버튼이 우리와 함께 거기서 살게 되었다. 이제 가족이 아무도 없는 미스 플로라 애시버튼은 처음에는 어머니의 가정교사였다가, 뒤이어 어머니의 동반자가 되고 또 곧 친구가 된 분이었다. 소복을 한 것으로만 나에게 기억되는, 한결같이 온화하고 슬픈 모습의 그 두 여인 곁에서 나는 살아 왔다. 아버지가 돌아가신 지 상당히 오랜 후의 일로 생각되는데, 어느 날 어머니는 당신의 아침 모자에 달던 검은 리본을 연보랏빛 리본으로 바꿔 다셨다.

"엄마! 그 색깔은 엄마에게 어울리지 않아요!" 하고 나는 외쳤다.

다음날 어머니는 다시 검은 리본을 다셨다.

나는 섬약한 체질이었다. 내가 피로하지 않도록 온갖 관심을 기울이신 나의 어머니와 미스 애시버튼의 보살핌이 나를 게으름뱅이로 만들지 않은 것은 내가 정말로 공부에 취미를 갖고 있었기 때문이었다. 초여름의 좋은 날씨가 시작되자마자, 두 분은 내가 도시를 떠날 시기가 왔다고, 도시에서는 내가 헬쑥해진다고 생각하시는 것이었다. 그래서 우리는 6월 중순께면 매년 여름 뷔콜랭외삼촌이 우리를 맞아 주시는 르아브르 근교의 퐁괴즈마르로 떠났다.

그리 크지도 않고 그리 아름답지도 않으며, 노르망디 지방의 많은 다른 정원들에 비해 아무 두드러질 것이 없는 정원 안에 서 있는 3층의 하얀 뷔콜랭가(家)는 18세기의 많은 시골집들과 비슷하다. 그 집에는 동쪽의 정원 앞으로 20여 개의 커다란 창문이 나 있고, 뒤쪽에도 그만큼의 창문이 있으나, 양옆에는 창문이 달려 있지 않다. 창문에는 작은 정사각형의 유리들이 끼워져 있는데, 최근에 갈아 끼운 어떤 유리들은 녹색의 흐릿한 낡은 유리들 사이에서 너무도 투명해 보인다. 어떤 유리들에는 집안사람들이 '거품'이라고 부르는 흠집이 나 있는데, 그것을 통해 바라보면 나무가 꼴사납게 뒤틀리고, 그 앞을 지나가는 우편배달부에게는 갑작스럽게 혹이 매달려 보인다.

직사각형의 정원은 담으로 둘러싸여 있다. 정원은 집 앞쪽으로 꽤 넓고 그늘진 잔디밭을 이루고 있는데, 모래와 자갈이 깔린 좁은 길이 잔디밭을 둘러싸고 있다. 이쪽으로는 담이 낮아져서, 정원을 둘러싸면서 너도밤나무의 가로수 길이 이 고장의 방식으로 경계를 지어 주는 농가의 마당이 내다보인다.

집의 뒤편 서쪽으로는 정원이 더 훤하게 트여 있다. 남쪽 과수장(果樹墻) 앞의 꽃이 피어나는 오솔길은 포르투갈 산 월계수의 무성한 장막과 몇 그루의 나무에 의해 해풍으로부터 보호받고 있다. 북쪽 담을 따라 나 있는 또 다른 오솔길은 나뭇가지들 아래로 사라져 간다. 내 외사촌 누이들은 그곳을 '어두운 오솔길'이라고 부르며, 저녁 어스름이 지나고 나면 좀처럼 그 길로 접어들려 하지 않았다. 이 두 오솔길은 채소밭으로 통하며, 채소밭은 층계를 몇 계단 내려간 다음 낮은 쪽에서 정원에 잇대어진다. 그리고 채소밭 구석으로 작은 비밀 문이 뚫려 있는 담의 반대편에는 벌채림(伐採林)이 있고, 너도밤나무 가로수 길은 좌우 양편에서 이 벌채림에 다다르게 된다. 서쪽의 현관 층계로부터는 그 작은 숲 너머로 고원이 바라다보이고, 고원을 뒤덮은 농작물을 완상(玩賞)할 수 있다. 그다지 멀리 펼쳐져 있지 않은 지평선에는 작은 마을의 교회가 눈에 들어오고, 바람이 잔잔한 저녁에는 몇몇 집에서 피어오르는 연기가 보인다.

여름의 아름다운 저녁마다 우리는 저녁 식사 후면 '아래 정원'으로 내려가곤 했다. 작은 비밀 문으로 나가서 주위가 얼마간 잘 내려다보이는 가로수 길의 벤치에 다다르는 것이었다. 그곳, 방치된 이회암갱(泥灰岩坑)의 초가지붕 곁에 외삼촌과 어머니와 미스 애시버튼이 자리 잡곤 했다. 우리 앞의 작은 골짜기는 안개가 들어차고, 먼 숲 위에서 하늘은 금빛으로 물들어 갔다. 그러고 나서도 우리는 이미 어두워진 정원에 늦게까지 남아 있곤 했다. 집 안으로 들어가면, 우리와 함께 나가는 일이 거의 없는 외숙모가 응접실에 남아 계셨다……. 우리 아이들로서는 거기서 저녁 시간이 끝나는 것이었지만, 더 늦게, 어른들이 올라오는 소리가 들릴 때까지 우리들 방에서 책을 읽는 적도 종종 있었다.

정원에서 보내는 시간 외의 거의 모든 시간을 우리는, 외삼촌의 서재에 초등학생용의 작은 책상들을 배치해 놓아 꾸민 '공부방'에서 지냈다. 외사촌 로베르와 나는 나란히 앉아 공부했고, 우리의 뒤에서 쥘리에트와 알리사가 공부했다. 알리사는 나보다 두 살위이고, 쥘리에트는 나보다 한 살 아래이며, 로베르는 우리 넷 중에서 가장 어렸다.

내가 여기에 기록하려고 하는 것은 나의 첫 추억들이 아니라, 이 이야기와 연관되는 추억들일 뿐이다. 이 이야기가 시작된다고 말할 수 있는 것은 정작 나의 아버지가 돌아가신 해부터이다. 우리가 당한 상(喪)에 의해서, 나 자신의 슬픔에 의해서가 아니라면 적어도 어머니의 슬픔을 보는 것에 의해서, 나의 감수성이 지나치게 자극받아 새로운 감정을 유발시킨 탓인지, 나는 조숙했다. 그해 우리가 다시 퐁괴즈마르에 돌아왔을 때, 쥘리에트와 로베르는 그만큼 더 어려 보였으나, 알리사를 다시 보는 순간 나는 이제 우리 둘은 어린애가 아니라는 것을 갑자기 깨달았다.

그렇다, 그것은 아버지가 돌아가신 바로 그해이다. 우리가 도착한 직후에 어머니와 미스 애시버튼이 주고받던 대화가 내 기억을 확인시켜 준다. 어머니와 미스 애시버튼이 얘기하고 있던 방에 나는 불시에 들어갔었다. 외숙모가 화제였는데, 외숙모가 상복을 입지 않았다거나 또는 벌써 상복을 벗어 버렸다는 일로 어머니가 화를 내고 계셨다. (사실 나에게는 검은 옷을 입은 뷔콜랭 외숙모를 상상하기란, 밝은 옷차림의 어머니를 상상하는 것만큼이나 불가능한 일이다.) 내가 기억하기로는 우리가 도착하던 그날 뤼실 뷔콜랭은 모슬린 옷을 입고 있었다. 언제나 그렇듯이 화해적인 미스 애시버튼이 어머니를 진정시키려고 애쓰고 있었다. 그녀는 겁먹은 목소리로 항변했다.

"결국 흰 옷도 소복에 속하죠."

"그 사람이 어깨에 두른 빨간 숄도 역시 소복 축에 든다고 말하시겠어요? 플로라, 당신은 내 화를 돋우시는군요!" 어머니가 소리쳤다.

내가 외숙모를 보는 것은 방학 동안뿐이었으므로, 항상 내 눈에 익숙한 그분의 활짝 트인 가벼운 웃옷 차림은 아마 여름의 더위 때문이었을지도 모른다. 그러나 드러난 어깨에 외숙모가 걸치는 숄의 강렬한 색채 이상으로, 어깨와 가슴을 드러내는 그런 차림이 더욱 어머니의 기분에 거슬리는 것이었다.

뤼실 뷔콜랭은 대단히 아름다웠다. 내가 간직하고 있는 그녀의 작은 초상화는 당시의 그녀의 모습, 입술 쪽으로 새끼손가락을 애교 있게 구부린 왼손 위에 얼굴을 가볍게 괸 습관적인 자세를 한, 옆에 앉은 자기 딸들의 큰언니로 오인될 만큼 너무도 앳된 그녀의 모습을 보여 준다. 굵직한 올의 머리그물이 목덜미 위로 반쯤은 흩어져 내린 곱슬곱슬한 머리채를 감싸 주고 있다. 웃옷 가슴 부분의 파인 곳엔, 까만 벨벳으로 만든 느슨한 목걸이에 이탈리아식 모자이크 메달이 매달려 있다. 펄럭이는 넓은 매듭이 달린 까만 벨벳 허리띠, 의자 등받이에 끈으로 매달아 늘어뜨린 넓은 챙의 부드러운 밀짚모자 등, 모든 것이 그녀의 앳된 모습을 더해 준다. 아래로 늘어뜨린 오른손은 접힌 책 한 권을 들고 있다.

뤼실 뷔콜랭은 식민지 태생이었다. 그녀는 자기 부모가 누군지 몰랐거나 아니면 아주 일찍 부모를 잃었다고 했다. 나중에 어머니가 나에게 들려주신 이야기로는, 버려졌거나 아니면 고아였던 그녀를 아직 자녀가 없던 보티에 목사 부부가 입양을 해서, 곧 마르티니크*를 떠나게 되자, 뷔콜랭가(家)가 정주해 있던 르아브르로 그녀를 데려 왔다는 것이었다. 보티에가와 뷔콜랭가는 빈번한 교제를 가지는 사이였다. 나의 외삼촌은 당시 외국에 있는 은행에 근무하고 있었으므로, 그분이 어린 뤼실을 만나게 된 것은 3년 후 그분이 가족 곁으로 돌아왔을 때였다. 그분은 그녀에게 반해서 곧 구혼하는 바람에, 양친과 나의 어머니의 크나큰 근심을 자아냈다.

그때 뤼실은 열여섯 살이었다. 그동안 보티에 부인은 자녀를 둘이나 갖게 되었었다. 부인은 날이 갈수록 야릇하게 성격이 굳어져가는 양녀가 자기 자녀들에게 끼치는 영향을 두려워하기 시작했다. 그런데다가 살림 형편도 넉넉하지 못했다……. 그런 모든 사정이 보티에 댁으로 하여금 외삼촌의 청혼을 기꺼이 수락하게 했노라고 어머니는 나에게 설명하셨다. 게다가 처녀로 자란 뤼실이 그들을 몹시 난처하게 만들기 시작했을 것이라고 나는 짐작한다. 르아브르 사회를 잘 알고 있는 나로서는 사람들이 그처럼 매혹적인 처녀 아이를 어떻게 대했을지 쉽게 상상할 수 있다. 보티에 목사는 내가 나중에 알게 된 분으로서, 온화하고, 용의주도하고, 동시에 순진하며, 책략에 대해선 속수무책이고, 악의 앞에선 완전히 무력한 분이었기에……. 그 훌륭한 어른은 아마 궁지에 빠져 있었을 것이다. 보티에 부인에 대해선 나는 아무 얘기도 할 수 없다. 그분은, 거의 내 동갑으로 후에 내 친구가 된 넷째 아이를 낳다가 돌아가셨기 때문이다.

뤼실 뷔콜랭은 우리의 생활에는 거의 끼어들지 않았다. 그녀는 점심 식사가 지나고 나서야 자기 방에서 내려오곤 했다. 그러고는 곧 소파나 그물 침대에 저녁때까지 길게 누워 있다가 나른한 듯이 일어나는 것이었다. 그녀는 윤기가 전혀 없는 이마의 습기라도 씻어 내려는 듯 때때로 손수건을 갖다 대곤 했다. 그 손수건의 섬세함과 꽃향기라기보다는 과일 향내에 흡사한 냄새에 나는 경탄하곤 했다. 이따금 그녀는 잡다한 노리개와 더불어 시계 줄에 매달려 있는, 매끄러운 은제 뚜껑을 가진 작은 거울을 허리띠에서 꺼내곤 했다. 그녀는 거울을 보고는, 한 손가락으로 입술을 건드려 침을 묻혀서 눈 꼬리를 축이는 것이었다. 자주 책을 들고 있었지만, 책은 거의 언제나 닫힌 채였다. 책갈피에는 거북 등껍질로 만든 서표(書標)가 끼여 있었다. 누가 그녀의 곁으로 다가가도, 누군지 보려고 시선이 몽상에서 벗어나는 일이 없었다. 방심하거나 나른해진 그녀의 손에서, 또는 소파의 팔걸이나 그녀의 치마폭 주름 사이에서, 손수건이나 책이나 꽃이나 서표 같은 것이 땅에 떨어져 내리는 일이 빈번했다. 어느 날 책을 주워 본 적이 있었는데 — 이건 어린 시절의 추억으로 얘기하는 것이다 — 그것이 시집임을 알고 나는 얼굴을 붉혔다.

저녁에 식사가 끝난 후에도 뤼실 뷔콜랭은 우리가 모여 있는 가족 테이블에 다가오지 않고, 피아노 앞에 앉아 쇼팽의 느린 마주르카를 흥에 겨워 치고 있었다. 때때로 그녀는 박자를 깨트리고, 한 가지 화음을 누른 채 가만히 앉아 있곤 했다…….

나는 외숙모 곁에서는 야릇한 거북스러움, 일종의 경탄과 두려움이 섞인 혼란된 감정을 느꼈다. 어쩌면 어떤 막연한 본능이 나에게 그녀에 대해 경계심을 갖게 했는지도 모른다. 그리고 나는 그녀가 플로라 애시버튼과 나의 어머니를 경멸한다고 느꼈고, 미스 애시버튼은 그녀를 두려워하며 어머니는 그녀를 좋아하지 않음을 느꼈다.

뤼실 뷔콜랭, 나는 더 이상 당신을 원망하고 싶지 않으며, 당신이 얼마나 잘못을 저질렀는지를 잠시 잊고 싶습니다……. 아무튼 나는 노여움 없이 당신에 관해 얘기해 보고자 합니다.

그해 여름 어느 날 ─ 항상 똑같은 배경 속이므로, 때때로 겹쳐진 나의 추억이 혼동을 일으키기 때문에, 다음 해 여름이었는지도 모른다 ─ 나는 책을 한 권 찾으러 응접실에 들어갔다. 그녀가 거기에 있었다. 나는 이내 나오려고 했으나, 평소에는 나를 거들떠보지도 않는 듯하던 그녀가 나를 불렀다.

"너는 왜 그렇게 빨리 내빼려고 하니? 제롬! 내가 무서우니?"

가슴을 두근거리며 나는 그녀에게 다가갔다. 나는 애써 미소를 지어 보이며 그녀에게 손을 내밀었다. 그녀는 한 손에 내 손을 잡고 다른 손으로는 내 뺨을 쓰다듬었다.

"네 어머닌 어쩌면 이렇게 흉하게 옷을 입히니, 가엾은 녀석!……"

그때 나는 커다란 깃이 달린 일종의 선원복 같은 것을 입고 있었는데, 외숙모가 그 깃을 만지작거리기 시작했다.

"선원복의 깃은 훨씬 더 젖혀 놓는 거란다!" 그녀는 셔츠의 단추 하나를 풀면서 말했다. "자! 보렴, 이게 훨씬 낫잖아!" 그러고는 그녀의 작은 거울을 꺼내면서, 자기 얼굴에 내 얼굴을 끌어당기더니, 드러낸 팔로 내 목을 감고서, 풀어헤쳐진 내 셔츠 속으로 손을 밀어 넣고, 웃으면서 간지럽지 않느냐고 묻고는, 더 아래쪽으로 손을 뻗쳐 갔다……. 내가 너무도 급작스럽게 펄쩍 뛰는 바람에 선원복이 찢어졌다. 얼굴이 홍당무가 된 나는 "어머! 이런 바보 녀석!" 하고 그녀가 외치는 사이에 재빨리 달아났다. 나는 정원 구석까지 달려갔다. 거기서 나는 채소밭의 작은 빗물통에 손수건을 축여서 이마에 대고, 뺨이며 목이며 그녀가 건드린 모든 곳을 닦고 문지르고 했다.

어떤 날은 뤼실 뷔콜랭이 '그녀의 발작'을 일으키는 것이었다. 그것은 갑자기 그녀를 사로잡아서 집안을 뒤집어 놓았다. 미스 애시버튼이 부리나케 아이들을 데리고 가 보살폈지만, 침실이나 응접실에서 나오는 그 무서운 외침 소리를 못 듣게 할 수는 없는 노릇이었다. 미치다시피 된 외삼촌이 수건, 오드콜로뉴, 에테르를 찾아 복도를 달리는 소리가 들려 왔다. 아직 외숙모가 나타나지 않은 저녁 식탁에서, 외삼촌은 근심스럽고 늙은 얼굴 모습을 보였다.

발작이 거의 진정되면, 뤼실 뷔콜랭은 자기 곁으로 자녀들을 불렀다. 로베르와 쥘리에트를 부르는 것이었다. 알리사를 부르는 일은 없었다. 그런 날이면, 알리사는 자기 방에 틀어박혀 나오지 않았고, 때때로 아버지가 그녀를 보러 가곤 했다. 그분은 자주 알리사와 얘기를 주고받았기 때문이다.

외숙모의 발작은 하인들에게 깊은 충격을 주었다. 발작이 유난히도 심하여, 응접실에서 일어나는 일을 덜 감지하게 되어 있는 어머니의 방에 있으라는 명령을 받고 어머니와 함께 머물러 있던 어느 날 저녁, 식모가 고함을 지르며 복도를 달려가는 소리가 들렸다.

"주인님 빨리 내려오세요, 마님이 돌아가세요!"

외삼촌은 알리사의 방에 올라가 계셨다. 어머니가 외삼촌을 만나러 나가셨다. 15분쯤 후, 내가 머물러 있던 방의 열려진 창문 앞을 두 분이 무심코 지나가실 때, 어머니의 목소리가 들려 왔다.

"바로 말해 볼까, 이건 모두 다 연극이란 말이야." 음절을 끊어서 발음하는 '연극'이라는 말이 몇 차례나 들려 왔다.

이것은 우리가 상을 당한 2년 후, 방학이 끝나 갈 무렵에 일어난 일이었다. 나는 그 후 오랫동안, 외숙모를 더 이상 보지 못했다. 그러나 우리 집안을 뒤집어엎은 슬픈 사건과, 그 사건의 전말에 조금 앞서서 그때까지 내가 뤼실 뷔콜랭에게 품고 있던 복잡하고도 모호한 감정을 순전한 증오심으로 바꾸어 놓은 조그만 정황을 얘기하기에 앞서, 나의 외사촌 누이에 대해 얘기할 때가 되었다.

알리사 뷔콜랭이 예쁘다는 것을 나는 아직 알아차리지 못하고 있었다. 나는 단순한 아름다움의 매력과는 다른 매력에 의해 그녀 곁에 이끌려 갔고, 그녀 곁에 머물렀다. 아마도 그녀는 자기 어머니와 매우 닮은 모습이었을 것이다. 그러나 그녀의 시선이 갖는 표정은 너무도 달랐으므로 내가 모녀가 닮았다는 것을 알아차린 것은 훨씬 후의 일이었다. 나는 그녀의 얼굴을 묘사할 수가 없다. 얼굴의 윤곽과 눈의 빛깔마저도 내 표현을 벗어나고 만다. 지금도 다시 나에게 떠오르는 것은, 그때부터 벌써 슬픈 빛을 띠고 있던 그녀의 미소와, 눈과 떨어져서 커다란 호선(弧線)을 이루며 눈 위로 그렇게도 유별나게 올라붙은 그녀의 눈썹의 선뿐이다. 나는 그런 눈썹을 아무 데서도 본 적이 없다. 단테 시대의 피렌체의 작은 조상(彫像)에서 말고는. 그래서 나는 어린 베아트리체*도 그녀처럼 넓은 호선 모양의 눈썹을 가졌으리라고 즐겨 상상했다. 그 눈썹은 시선에, 몸 전체에, 근심스러우면서도 동시에 신뢰하는 듯한 질문의 표정, 그렇다, 열정적인 질문의 표정을 주는 것이었다. 그녀에게는 모든 것이 의문이며 기다림일 뿐이었다……. 이 질문이 어떻게 나를 사로잡았고, 나의 인생을 이루었는지를 나는 당신들에게 얘기하려고 한다.

그렇지만 쥘리에트가 더 예뻐 보일 수도 있었다. 그녀에게서는 쾌활함과 건강함이 빛을 발하고 있었다. 그러나 언니의 우아한 맵시에 비할 때 그녀의 아름다움은 외면적이고 누구에게나 단번에 드러나는 듯싶었다. 외사촌 동생 로베르로 말하자면, 아무런 특이한 점이 없는 성격이었다. 그저 내 나이 또래의 사내아이에 불과했다. 나는 쥘리에트와 로베르와 함께 놀았다. 알리사와는 얘기를 나누었다. 그녀는 우리의 놀이에 끼어드는 일이 거의 없었다. 아무리 멀리까지 과거를 거슬러 올라가 보아도, 진지하고 부드럽게 미소를 머금고 있으며 생각에 잠긴 그녀의 모습이 떠오를 뿐이다. 우리는 무슨 얘기를 나누었던가? 두 어린애가 무슨 얘기를 나눌 수 있는가? 나는 곧 그것을 당신들에게 말할 것이지만, 우선은, 그리고 나중에 다시 외숙모 얘기를 하지 않기 위해, 외숙모에 관계되는 얘기를 끝마치려고 한다.

아버지가 돌아가신 이태 후, 어머니와 나는 부활절 방학을 지내러 르아브르에 갔다. 우리는 시내에서는 꽤 비좁게 지내는 뷔콜랭가가 아니라, 집이 더 넓은 어머니의 언니 댁에 머무르게 되었다. 내가 드물게밖에는 뵐 기회가 없었던 플랑티에 이모님은 오래 전에 홀몸이 되신 분이었다. 나보다 나이도 훨씬 많고 성격도 아주 다른 그분의 자녀들과 나는 겨우 알고 지내는 정도였다. '플랑티에 댁' ― 르아브르에서는 그렇게들 말했다 ― 은 시내가 아니라, '언덕'이라고 불리는, 시내가 굽어보이는 언덕배기의 중턱에 자리 잡고 있었다. 뷔콜랭가는 상가(商街) 근처에 살고 있었는데, 가파른 길로 두 집 사이를 재빨리 오갈 수 있었다. 나는 하루에도 몇 차례씩 그 가파른 길을 굴러 내려갔다가는 다시 기어오르곤 했다.

그날 나는 외삼촌댁에서 점심을 먹었다. 식사 후 얼마 안 되어 외삼촌은 외출하셨다. 나는 사무실까지 외삼촌을 따라갔다가, 어머니를 찾으러 다시 플랑티에 댁으로 올라갔다. 거기서 나는 어머니가 이모와 함께 외출하셔서 저녁 식사 때에나 돌아오신다는 것을 알게 되었다. 나는 곧장 시내로 다시 내려왔다. 내가 시내를 자유롭게 돌아다닐 수 있는 것은 드문 일이었다. 나는 바다 안개로 음산한 빛을 띤 부두까지 가서, 선창가를 한두 시간 배회했다. 불현듯이, 헤어진 지 얼마 안 된 알리사를 찾아가서 놀라게 해주고 싶다는 욕망이 나를 사로잡았다⋯⋯. 나는 달음질쳐 시내를 가로질러 가서, 뷔콜랭 댁의 문간 벨을 울렸다. 벌써 나는 층계로 달려들고 있었다. 그런데 문을 열어 준 하녀가 나를 제지했다.

"올라가지 마세요, 제롬 도련님! 올라가지 마세요, 마님이 발작을 일으키셨어요."

'내가 만나러 온 것은 외숙모가 아닌걸⋯⋯' 하고 생각하며, 나는 무시하고 지나쳤다. 알리사의 방은 4층에 있었다. 2층에는 응접실과 식당이 있고, 3층에 외숙모의 방이 있는데, 거기서 말소리가 새어 나오고 있었다. 방문이 열려 있었는데, 그 앞으로 지나가야만 했다. 방에서 흘러나온 빛줄기가 꺾여 비치고 있었다. 눈에 띌까 두려워서 나는 잠시 머뭇거리다 몸을 숨겼는데, 이런 장면을 목격하고는 아연 실색했다. 커튼이 쳐 있었지만, 두 개의 가지가 달린 큰 촛대에 밝힌 촛불들이 상쾌한 밝은 빛을 뿌려 주고 있는 방 한가운데에, 외숙모가 긴 의자에 누워 있었다. 그녀의 발치에는 로베르와 쥘리에트가 있었고, 그녀의 뒤에는 중위 복장을 한 낯모를 젊은이가 있었다. 그 두 아이가 거기 있는 것이 오늘에 와서는 내게 기괴해 보이지만, 당시의 나의 순진한 생각으로는 오히려 안도감을 주는 것이었다.

맑고 부드러운 목소리로 이 같은 말을 되풀이하는 그 낯선 사람을 그들은 웃으며 쳐다보고 있었다.

"뷔콜랭! 뷔콜랭!…… 내게 양이 한 마리 있다면, 나는 틀림없이 그걸 뷔콜랭이라고 부를걸."

외숙모 자신도 큰 소리로 웃어 젖혔다. 나는 외숙모가 젊은이에게 담배 한 개비를 내밀자 그가 불을 붙여 주고, 외숙모가 몇 모금 빠는 것을 보았다. 담배가 바닥에 떨어졌다. 사나이가 그걸 주우려고 대뜸 일어서더니, 숄에 발이 걸린 척하며 외숙모 앞에 무릎을 꿇고 넘어졌다…… 이 우스꽝스런 연극 덕분에, 나는 눈에 띄지 않고 빠져 나갔다.

나는 알리사의 방문 앞에 이르렀다. 나는 잠시 기다렸다. 웃음

소리와 요란스런 말소리가 내 노크 소리를 감쌌던 모양으로, 대답이 들리지 않았다. 문을 밀자, 문이 조용히 열렸다. 방 안이 벌써 너무 어두컴컴해져서 나는 곧바로 알리사를 알아보지 못했다. 그녀는 황혼 빛이 스며드는 창유리에 등을 돌리고서, 침대 머리맡에 무릎을 꿇고 있었다. 내가 다가가자, 그녀는 일어서지 않은 채 고개를 돌리고선, 중얼거리듯 말했다.

"아! 제롬, 왜 다시 왔지?"

나는 그녀를 포옹하려고 몸을 굽혔다. 그녀의 얼굴이 눈물에 젖어 있었다……

이 순간이 내 생애를 결정지었다. 나는 아직도 번민하지 않고서는 그 순간을 되새길 수 없다. 알리사의 비탄의 원인을 아주 불완전하게밖에는 이해하지 못했을지도 모르지만, 그러나 나는 그 팔딱거리는 작은 영혼에게는, 흐느낌으로 온통 뒤흔들린 그 연약한 육신에게는, 그 비탄이 너무도 격심한 것임을 강렬하게 느꼈던 것이다.

나는 여전히 무릎을 꿇고 있는 그녀 곁에 선 채 머물러 있었다. 나는 내 마음 속에 솟구치는 새로운 격정을 표현할 바를 몰랐다. 그러나 나는 내 가슴에 그녀의 머리를 껴안고 내 영혼이 흘러넘치는 입술을 그녀의 이마에 갖다 댔다. 사랑과 연민의 정에 도취되어, 감격과 자기희생과 덕성이 뒤섞인 모호한 감정에 도취되어, 나는 온 힘을 다해 하나님을 불렀고, 이제 내 인생의 목적은 공포와 악(惡)과 생활로부터 이 아이를 보호하는 것 이외의 다른 것이 아니라고 생각하며 내 신명을 바치기로 작정했다. 나는 마침내 기도의 염(念)에 가득 차서 무릎을 꿇었다. 내 몸으로 그녀를 감쌌다. 어렴풋이 그녀의 말소리가 들렸다.

"제롬! 그들이 너를 보지 못했지? 자! 가봐! 그들의 눈에 띄면 안 돼."

그러고는 더욱더 낮은 목소리로 말했다.

"제롬, 아무한테도 얘기하지 마……. 가엾은 아버지는 아무것도 모르셔……."

그래서 나는 어머니에게 아무 얘기도 하지 않았다. 그러나 플랑티에 이모와 어머니의 끊임없는 수군거림, 뭔가를 숨기는 듯 안절부절 못하시는 두 분의 걱정스런 태도, 두 분이 은밀히 얘기하시는 데 다가갈 때마다 나를 쫓아내시며 "얘야, 저리 가서 놀려무나!" 하시던 말씀, 이 모든 것은 두 분이 뷔콜랭가의 비밀을 모르고 계시지 않다는 것을 나에게 알려 주었다.

우리가 파리에 돌아오자마자 전보가 와서 어머니는 르아브르로 되돌아가시게 됐다. 외숙모가 달아났던 것이다.

"어떤 남자하고요?" 어머니가 나를 맡겨 두셨던 미스 애시버튼에게 나는 물어보았다.

"얘야, 그건 어머니께 여쭤 보려무나. 나는 아무것도 대답할 수가 없구나." 그 사건에 망연자실해지신 그 다정한 노부인이 말했다.

이틀 후 그분과 나는 어머니를 만나러 떠났다. 그날은 토요일이었다. 다음날 나는 외사촌 누이들과 교회에서 만날 것이었는데,

오직 그것만이 내 생각을 사로잡고 있었다. 나의 어린애 같은 정신은 우리들의 재회의 그러한 신성화에 대단한 중요성을 부여하고 있었기 때문이다. 요컨대 나는 외숙모에 대해서는 별로 개의치 않았으며, 어머니에게도 캐묻지 않는 것이 명예로운 태도라고 여겼다.

　그날 아침 교회당에는 사람이 많지 않았다. 보티에 목사님은 **좁은 문으로 들어가기를 힘쓰라**〔누가 13:24〕*라는 그리스도의 말씀을 묵상의 대본으로 삼았는데, 아마도 그건 의도적으로 그러셨을 것이다.

　알리사는 내 앞 몇 자리 떨어진 곳에 자리 잡고 있었다. 나에게는 그녀의 얼굴 옆모습이 보였다. 나는 자신을 완전히 잊고 그녀를 뚫어지게 바라보고 있었으므로, 내가 정신없이 듣고 있던 그 말씀도 그녀를 통해서 들려오는 듯이 여겨졌다. 외삼촌은 어머니 곁에 앉아 울고 계셨다.

　목사님은 우선 절(節) 전체를 읽으셨다. **좁은 문으로 들어가라. 멸망으로 인도하는 문은 크고 그 길이 넓어 그리로 들어가는 자가 많고, 생명으로 인도하는 문은 좁고 길이 협착하여 찾는 이가 적음이니라.**〔마태 7:13~14〕 그리고는 주제를 분명히 나누면서, 우선 넓은 길에 대해 말씀하셨다……. 나는 꿈속인 듯 정신이 멍한 채로 외숙모의 방을 다시 보았다. 드러누워 웃음 짓는 외숙모의 모습이 다시 떠올랐다. 역시 웃고 있는 미남 장교의 모습도 보였다……. 그러자 웃음이며 희열의 개념 자체가 기분 나쁘고 모욕적인 것이 되었고, 죄악의 가증스런 과장처럼 변했다…….

그리로 들어가는 자가 많고, 보티에 목사님이 다시 읽으셨다. 웃고 까불며 행렬을 이루어 전진하는 화려하게 꾸민 무리들을 목사님은 묘사하셨고, 나는 그런 무리들을 보았다. 나는 그런 무리 속에는 자리 잡을 수도 없고, 자리 잡고 싶지도 않다고 느꼈다. 내가 그런 무리들과 함께 내디딜 한 걸음 한 걸음이 알리사에게서 나를 떼어 놓을 것이기 때문이었다. 목사님은 대본의 첫머리로 되돌아가셨고, 나는 그리로 들어가도록 힘써야 할 좁은 문을 보았다. 내가 잠겨 있던 꿈속에서, 나는 그 문을 일종의 압연기(壓延機)처럼 상상했으며, 유별나게 고통스러운 것이긴 하지만 하늘나라의 지복(至福)의 맛이 미리 섞여 있는 듯한 노력을 기울여 나는 그리로 들어가고 있었다. 그리고 그 문은 또다시 알리사의 방 문이 되었다. 그리로 들어가기 위해 나는 스스로를 작게 축소했으며, 나에게 잔존하는 에고이즘의 모든 것을 비워 냈다…….**생명으로 인도하는 길은 좁으니,** 하고 보티에 목사님이 계속해 말씀하셨다. 그리고 나는 모든 고행과 모든 슬픔을 넘어서서, 순결하고, 신비스럽고, 청순한 또 다른 기쁨, 내 영혼이 벌써 목말라하고 있는 그 기쁨을 상상하고 예감했다. 날카로우면서도 부드러운 바이올린의 노래처럼, 또는 알리사의 영혼과 나의 영혼이 녹아드는 맹렬한 불꽃처럼 나는 그 기쁨을 상상했다. 「묵시록」이 얘기하는 그 흰 옷을 입고, 서로 손을 잡고서 똑같은 목표를 바라보며 우리 둘은 나아가고 있었다…….어린애의 이런 몽상이 미소를 자아내게 한다 해도 그게 무슨 상관이랴! 나는 그 몽상을 그대로 얘기하고 있는 것이다. 여기에 모호함이 드러날지도 모르지만, 그것은 오직 아주 분명한 감정을 나타내기 위한 언어와 불완전한 이미지에서의 모호함일 뿐이다.

"**찾는 이가 적음이니라.**" 보티에 목사님이 끝막음을 하셨다. 그분은 좁은 문을 어떻게 찾아야 할지를 설명하셨다…… . **찾는 이가 적음이니라.** — 나는 그중의 하나가 되리라…… .

설교의 끝 무렵에 이르러서는 너무도 심한 정신적 긴장 상태에 달해 있었으므로, 예배가 끝나자마자 나는 외사촌 누이를 찾아보려 하지도 않고 빠져나왔다…… . 자랑스럽게, 내 결심(나는 이미 결심했던 것이다)을 벌써부터 시련에 부딪히게 하기를 바라며, 그리고 그녀에게서 곧 멀어짐으로써 그녀에게 더욱 합당한 사람이 될 수 있다고 생각하면서.

2장

 이 준엄한 교훈은 의무를 받아들일 태세가 되어 있으며 또 천성적으로 의무에 대한 취향을 갖춘 영혼을 발견했다. 나의 아버지와 어머니가 보여 주신 모범은 그분들이 내 마음의 어린 충동을 떠맡기셨던 청교도적 규율과 결합하여, 내가 '미덕'이라고 부르고자 하는 것을 향해 결정적으로 내 영혼을 기울게 했다. 자기 억제가 나에게는 타인들에게 있어서의 자기 방기(放棄)와 마찬가지로 자연스러운 것이었고, 나를 얽매이게 하는 그런 엄격함도 반감을 불러일으키기는커녕 즐거운 것이었다. 나는 미래에서 행복보다는 행복에 이르기 위한 무한한 노력을 구했으며, 벌써부터 행복과 미덕을 혼동하고 있었다. 물론 열네 살의 아이로서, 아직 나는 확정되지 않은 대기 상태에 머물러 있었다. 그러나 이윽고 알리사에 대한 나의 사랑도 결정적으로 나를 그런 방향으로 빠져들게 했다. 그것은 갑작스러운 계시로서, 그 덕택으로 나는 나 자신을 의식하게 되었다. 즉 나는 스스로가 내성적이며, 활달하지 못하고, 기다림으로 차 있고, 타인에게는 별 관심이 없으며, 모험적이 되지 못하고, 자아(自我)에 대해 획득하는 승리 이외의 다른 승리는 꿈꾸지 않음을 알아차렸던 것이다. 나는 공부를 좋아했고, 놀이 중에서는 깊은 생각이나 노력을 요하는 것에만 열중했다. 나는 동갑내기의 친구들과는 잘 사귀지 않았으며, 그들의 장난에 끼어든다 해도 정다움의 표시나 친절로 그렇게 했을 뿐이다. 그렇지만 나는 다음 해 파리에 와서 나와 같은 학급에 다니게 된 아벨 보티에와는 친하게 지냈다. 그는 맵시 있고 태평스런 소년으로, 그에게 나는 존경보다는 정겨움을 느끼고 있었지만, 어쨌든 그와 더불어서는 끊임없이 나의 생각이 줄달음쳐 가는 르아브르와 퐁괴즈마르의 얘기를 할 수 있었다.

우리와 같은 중학교의 두 학년 아래 반에 기숙 학생으로 들어온 외사촌 동생 로베르 뷔콜랭과는 일요일에만 만났다. 그가 내 외사촌 누이들의 동생이 아니었던들 — 게다가 그는 그녀들과는 닮은 점도 거의 없었다 — 나는 그와 만나는 데서 아무런 재미도 느끼지 못했을 것이다.

그때 나는 온통 사랑에 사로잡혀 있어서, 아벨과 로베르와의 우정이 나에게 어떤 중요성을 갖는 것은 오직 사랑에 비추어서일 뿐이었다. 알리사는 복음서가 얘기해 주는 그 값비싼 진주와도 같았다. 나는 그 진주를 얻기 위해 소유한 모든 것을 팔아 버리는 사람이었다. 그때까지는 내가 아주 어렸다고 해서 지금 내가 사랑에 관해 얘기하고 또 외사촌 누이에게 느낀 감정을 사랑이라고 이름 짓는 것이 잘못일까? 그 후에 내가 경험한 어떤 것도 사랑이란 명칭에 그 이상 어울리는 것은 없었던 것으로 보인다. 그런데다가 내가 더없이 분명한 육체적 불안으로 괴로워하는 나이가 되었을 때도, 내 성격은 많이 달라지지 않았다. 즉 아주 어린 시절 내가 오직 합당하게만 되고자 소망했던 그녀를 더 직접적으로 소유하려고 생각하지는 않았던 것이다. 공부, 노력, 경건한 행위 등 모든 것을 나는 신비롭게 알리사에게 바쳤으며, 그녀만을 위해 행한 것도 흔히 그녀에게는 모르게 덮어둠으로써 미덕을 갈고 닦는 것으로 생각했다. 이렇듯 나는 일종의 황홀한 겸양에 도취했으며, 오오! 나의 즐거움은 별로 염두에도 두지 않고, 나에게 어떤 노력이 요구된 것에만 만족하는 습성이 들었다.

나만이 이러한 경쟁심에 몰두했던가? 알리사는 그것에 민감한 것 같지 않았으며, 그녀만을 위해 애쓰는 나 때문에, 또는 나를 위하여 무언가를 하는 것 같지도 않았다. 꾸밈이라곤 없는 그녀의 영혼 속에서는, 모든 것이 더없이 자연스러운 아름다움으로 머물러 있었다. 그녀의 미덕은 너무도 자유자재로웠고 우아하며 마치 방심 상태처럼 보였다. 앳된 미소를 머금음으로써 그녀의 시선이 지니게 되는 엄숙함도 매력적이었다. 그렇게도 부드럽고 다정하게 묻고 있는 듯한 그 시선을 위로 치켜 올리는 모습을 지금도 보는 듯하며, 그리고 외삼촌이 마음의 동요를 겪으실 때면 당신의 맏따님에게서 도움과 충고와 위안을 구하시던 연유도 이해할 만하다. 그 다음 해 여름, 나는 외삼촌이 그녀와 얘기를 나누시는 것을 자주 보았다. 슬픔으로 인하여 그분은 몹시 늙으신 것 같았다. 외삼촌은 식사 때도 거의 말씀이 없으셨고, 이따금씩 불쑥 억지로 쾌활함을 지어 보이시는 것이었지만, 그것은 잠자코 계시는 것보다 더 안쓰럽게 여겨졌다. 외삼촌은 알리사가 모시러 가는 저녁 시간까지 서재에서 담배만 피우고 계셨다. 그분은 빌다시피 해야만 방에서 나오셨다. 알리사는 외삼촌을 어린애처럼 모시고 정원으로 내려갔다. 둘이서 꽃핀 오솔길을 내려가, 의자를 몇 개 날라다 놓은 채소밭의 층계 근처 둥근 갈림길에 앉는 것이었다.

어느 날 저녁 무렵, 진홍빛의 우람한 너도밤나무 한 그루가 그늘을 지어 주는 잔디밭에 누워 나는 늦게까지 책을 읽고 있었다. 잔디밭과 꽃핀 오솔길 사이에는, 시선은 차단하지만 목소리는 그대로 전달되는 월계수 울타리가 있을 뿐이었는데, 나는 알리사와 외삼촌의 말소리를 들었다. 아마도 로베르 얘기를 막 하고 난 참이었던 것 같았다. 알리사가 내 이름을 말하는 소리가 들렸고, 내가 얘기 소리를 분명히 알아듣기 시작했을 때, 외삼촌이 큰 소리로 말씀하셨다.

"아! 그 아이는 언제나 공부를 좋아할 거야."

본의 아니게 엿듣는 입장이 된 나는 멀리 가버리거나, 적어도 내가 있다는 것을 알릴 어떤 동작을 취하려고 했다. 그러나 어떻게 한담? 기침을 하나? 나 여기 있어요! 듣고 있어요!…… 하고 외치기라도 하나? 나는 얘기를 더 듣고 싶은 호기심보다는 거북스러움과 소심함 때문에 잠자코 머물러 있었다. 그런데다가 그들은 그저 지나가고 있을 따름이었고, 나는 그들의 대화를 아주 불확실하게 듣고 있었을 뿐이었다……. 그러나 그들은 천천히 다가오고 있었다. 아마 알리사는 늘 그러듯이 가벼운 바구니를 팔에 끼고서, 시든 꽃을 따거나, 자주 끼는 바다 안개 때문에 채 익지 않고 떨어진 과일을 과수장 밑에서 주워 모으고 있을 것이다. 그녀의 명료한 목소리가 들려 왔다.

"아버지, 팔리시에 아저씨는 훌륭한 분이셨어요?"

외삼촌의 목소리는 흐릿하고 불확실했다. 나는 대답의 말씀을 분명히 알아듣지 못했다. 알리사가 다짐해 물었다.

"대단히 훌륭하셨나요, 예?"

다시 희미한 대답이었다. 그리고 알리사가 또다시 말했다.

"제롬은 총명하지요. 그렇지 않아요?"

어찌 내가 귀를 기울이지 않을 수 있었겠는가?…… 그러나 도무지 알아들을 수가 없었다. 그녀가 다시 말했다.

"그 아이가 훌륭한 인물이 될 것 같으세요?"

여기서 외삼촌의 음성이 높아졌다.

"그런데 얘야, 훌륭한이란 네 말이 뜻하는 것이 뭔지를 먼저 알고 싶구나! 그렇게 보이지 않으면서도, 적어도 인간들의 눈엔 그렇게 안 보이면서도 대단히 훌륭할 수도 있는 거야……. 하나님의 눈에는 대단히 훌륭한."

"제가 말하려는 것이 바로 그거예요." 알리사가 말했다.

"그런데……, 누가 알겠니? 그 아이는 너무 어리고……. 그래, 분명히, 걔는 아주 유망하지. 그러나 성공하는 데는 그것으로는 충분하지 못하지……."

"뭐가 또 필요한가요?"

"그래, 뭐라고 할까? 신뢰, 뒷받침, 사랑 같은 것이 필요하지……."

"뒷받침이란 뭐죠?" 알리사가 말을 끊었다.

"나에겐 결여됐던 애정과 존경 같은 거야." 외삼촌이 쓸쓸하게 대답하셨다. 그러고는 그들의 말소리가 완전히 사라져 갔다.

저녁 기도 시간에, 나는 뜻하지 않은 나의 경솔한 행동을 뉘우쳤고, 외사촌 누이에게 자책의 심정을 고백하기로 결심했다. 어쩌면 이번에는 좀 더 알고 싶다는 호기심이 섞여 있었을 것이다.

다음날 내가 그녀에게 얘기를 꺼내자마자 알리사가 말했다.

"그러나 제롬, 그렇게 듣는 것은 아주 나빠. 우리에게 알리거나 떠나거나 했어야지."

"내가 일부러 들었던 건 결코 아냐……. 뜻하지 않게 들려 왔던 거야……. 그런 데다 그냥 지나가고 있었잖아."

"우린 천천히 걷고 있었는데."

"그래, 그러나 난 잘 알아듣지 못했어. 그리고 이내 들려오지 않게 되었고……. 성공하려면 뭐가 필요하냐고 아저씨께 여쭤 보았을 때 뭐라고 대답하셨지?"

"제롬, 너는 다 들었잖아! 내게 되풀이 말하게 하는 게 재미있니." 알리사가 웃으며 말했다.

"정말로 처음밖에는 못 들었어……. 신뢰와 사랑 얘기를 하셨을 때 말이야."

"다음에는 다른 많은 것이 필요하다고 하셨어."

"그래, 너는 뭐라고 대답했고?"

갑자기 그녀가 매우 엄숙해졌다.

"인생에서의 뒷받침에 대해 말씀하셨을 때, 나는 너에게는 어머니가 계시다고 대답했지."

"아! 알리사, 어머니가 언제까지나 함께 계시지 못하리라는 건 잘 알잖아……. 그리고 그건 같은 얘기가 아니고……."

그녀는 머리를 숙였다.

"아버지도 내게 그렇게 대답하셨어."

나는 떨면서 그녀의 손을 잡았다.

"내가 장차 무엇이 되든, 그건 너를 위해 그렇게 되고 싶은 거야."

"그러나 제롬, 나도 역시 너를 떠날 수가 있는 거야."

내 영혼이 다음의 내 말 속에 스며들어 있었다.

"나, 나는 결코 너를 떠나지 않을 거야."

그녀는 약간 어깨를 으쓱했다.

"너는 홀로 걸어 나갈 만큼 강하지 못하니? 우리 각자는 홀로 하나님께 다다라야만 해."

"그러나 나에게 길을 가르쳐 주는 것은 너야."

"왜 너는 그리스도 말고 다른 안내자를 찾으려 하니?…… 우리 둘 각자가 상대방을 잊고, 하나님께 기도할 때보다 서로 더 가까울 때가 있으리라고 생각해?"

내가 그녀의 말을 가로챘다. "그래, 우리를 결합시켜 주십사는 기도 말이지. 내가 매일 아침저녁으로 하나님께 기구하는 것이 바로 그거야."

"너는 하나님 안에서의 결합이 무엇인지 이해하지 못하니?"

"나는 진정으로 그걸 이해해. 그건 찬양받는 어떤 동일한 것 속에서 서로를 열렬히 찾는 것이지. 네가 찬양하는 것이 분명한 것을 나 역시 찬양함은 바로 너를 찾기 위해서인 것처럼 보여."

"네 찬양은 전혀 순수하지가 못해."

"나에게 지나치게 요구하지 마. 너를 찾아보지 못한다면 천국인들 무슨 소용이겠어."

그녀는 입술에 손가락을 갖다 대더니 약간 엄숙하게 말했다.

"너희는 먼저 그의 나라와 그의 의를 구하라."〔마태 6:33〕

우리의 이야기를 옮겨 쓰면서, 나는 어떤 아이들은 얼마나 즐겨 심각한 대화를 나누는가를 모르는 사람들에게는 우리의 이야기가 별로 아이들 말처럼 보이지 않으리라고 느낀다. 내가 어쩔 수 있겠는가? 그 얘기에 변명이라도 붙일 것인가? 그 얘기가 더 자연스럽게 보이도록 분식(粉飾)하고 싶지 않은 것과 마찬가지로 변명을 하고 싶지 않다.

우리는 라틴어 역(譯) 복음서를 구해서 긴 구절들을 외우곤 했다. 동생을 돕는다는 핑계로 알리사는 나와 함께 라틴어를 배웠다. 그러나 내 짐작으로는, 그건 계속해서 나의 독서를 따라오기 위한 것이었다. 그런데 물론, 그녀가 동반하지 못한 것을 내가 알고 있는 공부에는 나는 별로 취미를 붙이지 않았다. 때로는 그것이 내게 방해가 되었다 할지라도, 사람들이 그렇게 믿듯이, 그것이 내 정신의 비약을 막은 것은 아니었다. 반대로, 그녀는 도처에서 자유롭게 나를 앞지르는 것처럼 보였다. 그러나 나의 정신은 그녀에 따라 길을 선택했으며, 당시에 우리를 사로잡고 있던 것, 우리가 사상이라고 부르던 것은 감정의 위장보다 더 교묘한 어떤 결합에의 구실, 사랑의 겉치레에 불과한 경우가 흔했다.

어머니는 당신이 그 깊이를 측정할 수 없던 나의 감정을, 처음에는 불안해하신 눈치였다. 그러나 기력이 쇠잔해 감을 느끼신 지금에 와서는 하나의 모성애적 포옹 속에 우리를 결합해 주고 싶어 하셨다. 오래 전부터 앓아 오신 심장병이 어머니께 점점 더 깊은 고통을 가했다. 유난히 심한 발작이 있던 때, 어머니는 나를 곁에 부르셨다. 어머니는 나에게 이런 말씀을 하셨다.

"애야, 보다시피 나도 많이 늙었다. 어느 날 갑자기 너를 남겨 두고 갈는지……."

너무 숨이 가쁘셔서 어머니는 입을 다무셨다. 그때 나는 억제할 수가 없어서, 내가 말씀드리기를 어머니가 기다리신 듯한 얘기를 외쳤다.

"어머니……. 제가 알리사와 결혼하고 싶어하는 걸 아시죠." 내 얘기가 어머니의 가장 내밀한 생각과 바로 이어지는 모양으로, 어머니는 곧 말씀을 이으셨다.

"그래, 제롬. 내가 너에게 얘기하고 싶던 것이 그것이다."

"어머니!" 나는 흐느끼면서 말했다. "알리사도 저를 좋아하지요. 그렇지 않아요?"

"그래, 애야." 어머니는 몇 번이고 "그래, 애야" 하고 다정하게 되풀이하셨다. 어머니는 말씀하기 몹시 힘들어하셨다. "주님께 맡겨야 하느니라." 어머니는 덧붙여 말씀하셨다. 그러고는 내가 당신 곁으로 고개를 숙이자, 내 머리에 손을 얹고 또다시 말씀하셨다.

"주님께서 너희들, 내 자식들을 지켜 주시기를! 주님께서 너희

둘 모두를 지켜 주시기를!" 그러고는 얕은 잠에 빠지셨는데, 나는 애써 깨우지 않았다.

이런 대화가 다시 되풀이되지 않았다. 다음날 어머니는 상태가 좀 나아지셨다. 나는 다시 강의를 들으러 떠났고, 이 반쯤만 털어 놓은 고백 위를 침묵이 감쌌다. 그런데다가 내가 더 이상 무엇을 알 것인가? 알리사가 나를 사랑한다는 것을 나는 한 순간도 의심할 수 없었다. 그리고 그때까지는 내가 의심을 했다 할지라도, 뒤이어 일어난 슬픈 사건에 즈음하여 의심은 내 마음에서 영원히 자취를 감췄으리라.

어머니는 어느 날 저녁 미스 애시버튼과 나 사이에서 아주 조용히 숨을 거두셨다. 어머니의 목숨을 앗아 간 마지막 발작도 처음에는 이전의 것보다 더 심해 보이지가 않았다. 그것은 임종이 임박해서야 위험한 증상을 띠었기 때문에, 임종 전에 친척 누구도 달려올 시간이 없었다. 어머니의 옛 친구 분 곁에서 나는 돌아가신 소중한 분을 지키며 첫날밤을 새웠다. 나는 어머니를 깊이 사랑했었는데, 눈물이 쏟아지는데도 불구하고 전혀 슬픔이 느껴지지 않는 것이 놀라웠다. 눈물이 흘러내리는 것은 당신보다 여러 해 연하인 친구가 그렇게 하나님 앞에 먼저 불려 가는 것을 보고 계시는 미스 애시버튼이 가련했기 때문이었다. 그러나 어머니의 상(喪)이 외사촌 누이를 나에게로 서둘러 오게 하리라는 은밀한 생각이 나의 슬픔을 상당히 억눌러 주었다.

다음날 외삼촌이 도착하셨다. 외삼촌은 플랑티에 이모와 함께 그 다음 날에나 올 당신 딸의 편지를 내게 주셨다.

……제롬, 나의 벗, 나의 동생, 그분께서 기대하시던, 커다란 만족을 드릴 수 있었을 몇 마디 말씀을 돌아가시기 전에 드리지 못해 얼마나 마음 아픈지 모르겠어. 이제는 당신께서 나를 용서해 주시기를! 그리고 앞으로는 주님만이 우리 둘을 인도해 주시기를! 안녕, 내 가없은 벗이여. 어느 때보다도 더 다정한 너의 알리사.

이 편지는 무엇을 의미하는 것일까? 말씀 못 드려 마음 아프다는 그 몇 마디 말은 우리의 미래를 기약하는 말이 아니고 무엇이겠는가? 그렇지만 나는 아직 너무 어린 편이어서 곧 그녀에게 청혼하지를 못했다. 게다가 나에게 그녀의 약속이 필요했던가? 우리는 이미 약혼자와 같이 않았던가? 우리의 사랑은 근친들에게는 더 이상 비밀이 아니었다. 어머니와 마찬가지로 외삼촌도 우리의 사랑에 반대하지는 않으셨다. 반대로 그분은 벌써 나를 당신의 아들처럼 대해 주셨다.

며칠 뒤에 다가온 부활절 방학을 나는 르아브르에서 보냈다. 플랑티에 이모님 댁에서 묵기는 했지만, 식사는 거의 뷔콜랭 외삼촌 댁에서 했다.

펠리시 플랑티에 이모님은 더없이 좋은 분이기는 했지만, 외사촌 누이들이나 나나 그분과 아주 허물없이 지내는 편은 아니었다. 계속 어수선하고 바쁜 탓으로 그분은 숨을 헐떡이셨다. 그분의 동작에는 부드러움이 없었고, 그분의 목소리에는 억양이 없었다. 아무 때나 우리들에 대한 넘쳐흐르는 애정을 쏟아 놓을 필요성에 사로잡히시는 듯, 우리를 마구 애무하시는 것이었다. 뷔콜랭 외삼촌은 이모님을 매우 좋아하셨지만, 이모님과 얘기하시는 그분의 목소리만 들어도, 그분이 어머니를 얼마나 더 좋아하셨던지를 우리는 쉽게 느낄 수 있었다.

"얘야." 어느 날 저녁 이모님이 말씀을 꺼내셨다. "올 여름에 네가 뭘 할 생각인지 모르겠다만, 내가 할 것을 결정하기 전에 네 계획을 먼저 알고 싶구나. 내가 네게 도움이 될 수 있다면 말이다……."

"저는 아직 별로 생각해 보지도 않았어요. 어쩌면 여행이나 해 볼까 해요." 내가 대답했다.

이모님이 말을 이으셨다.

"잘 알겠지만, 퐁괴즈마르에서와 마찬가지로 우리 집에서도 너는 언제나 환영이다. 그리로 가면 네 외숙과 쥘리에트에게는 기쁘겠지만……."

"알리사를 말씀하시는 거겠죠."

"그렇지! 미안하구나……. 네가 좋아하는 아이가 쥘리에트라고 나는 짐작하고 있었다니까! 네 외숙이 나에게 말해 주기까지는 말야……. 그것도 한 달도 안 되었지……. 너도 알다시피, 나는 너희들을 매우 사랑하지만, 너희들을 잘 몰라. 너희들을 볼 기회도 별로 없고!…… 그런데다가 나는 찬찬히 살펴보는 성질이 못 돼서 내게 관계되지 않는 것을 바라보며 머물 겨를도 없고. 네가 항상 쥘리에트와 노는 것을 보았기 때문에 그렇게 생각했던 거야……. 그 애는 아주 예쁘고 쾌활하고 해서."

"예, 저는 아직도 쥘리에트와 즐겨 놀아요. 그러나 제가 사랑하는 건 알리사예요……."

"좋아요, 좋아! 네 마음이지……. 너도 알겠지만 나는 알리사를 모른다고 말해도 좋을 정도지. 그 애는 제 동생보다 말수도 적어서 네가 걔를 택했다면, 그만 한 훌륭한 어떤 이유가 있었다고 생각한다."

"그렇지만 이모님, 제가 알리사를 좋아하는 건 선택한 게 아니에요. 무슨 이유가 있다고 생각해 본 적도 없고요……."

"화내지 마라, 제롬, 내가 딴 마음을 먹고 너한테 말하는 건 아니니까……. 네 말을 듣느라고 너한테 말하려던 것을 잊었구나……. 아, 참 그렇지. 물론 이런 일은 모두 결혼으로 귀결된다고 생각한다. 그러나 너의 복상(服喪) 때문에 벌써 예절에 맞게 약혼할 수는 없는 노릇이고…… 게다가 너는 아직은 무척 어리고 하니……. 네가 어머니와 같이 있을 수 없게 된 지금에는, 퐁괴즈마르에서 지내는 것이 좀 좋지 않게 보일 수도 있을 거라고 생각했던 거야……."

"글쎄 이모님, 바로 그 때문에 여행할 얘기를 했던 거예요."

"그렇구나. 그런데, 얘야, 내가 옆에 있는 것이 사정을 수월하게 해줄 수 있으리라고 나는 생각했다. 그래 나는 여름의 한동안을 한가롭게 해두었다."

"부탁만 드리면 미스 애시버튼도 기꺼이 와주실 거예요."

"그 사람이 와줄 건 나도 이미 알고 있다. 그러나 그것으론 충분치 않아! 나도 역시 가겠다……. 오! 내가 가엾은 네 어머니를 대신하겠다고 주장하는 건 아니다만." 이모님은 갑자기 흐느끼시며 덧붙여 말씀하셨다. "그러나 나는 집안일을 보살피련다……. 그러면 너도, 네 외숙도, 알리사도 거북스럽게 느끼진 않을 거야."

펠리시 이모님은 당신이 계신 것의 효과를 잘못 생각하고 있었다. 사실을 말하자면, 우리가 거북스러움을 느낀 것은 오직 그분 때문이었다. 이모님은 예고하셨던 대로 7월부터 퐁괴즈마르에 자리 잡으셨는데, 미스 애시버튼과 나도 머지않아 그리로 갔다. 집안일을 보살피는 데 알리사를 돕는다는 핑계로, 이모님은 그렇게도 조용하던 그 집을 계속되는 소란으로 가득 채웠다. 우리에게 기분 좋게 대하시려는, 또 그분 말씀대로 '일을 수월하게 하려는' 극성이 너무도 지나쳐서, 알리사와 나는 이모님 앞에서는 거북스러웠고 반벙어리가 되는 일이 허다했다. 이모님은 우리가 아주 쌀쌀맞다고 생각하셨을 것이다. ─ 그렇다고 우리가 잠자코 있지 않은 경우에라도, 이모님은 우리의 사랑의 성격을 이해하실 수 있었을까? ─ 반면 쥘리에트의 성격은 그런 과장됨과 꽤 잘 어울렸다. 그리고 이모님이 작은 조카딸을 눈에 띄게 편애하시는 것을 보고는, 어떤 반감이 이모님에 대한 나의 애정을 저해했는지도 모른다.

어느 날 아침 우편물이 도착한 다음 이모님은 나를 부르셨다.
"가엾은 제롬, 정말로 미안하게 됐다. 딸이 아프다고 나를 오라는구나. 나는 너희들과 헤어지지 않으면 안 되겠다……."
부질없는 조심성으로 가득 찬 나는 이모님이 떠나신 후에도 퐁괴즈마르에 그냥 머물러야 할지 어떨지 몰라 외삼촌을 뵈러 갔다. 말을 꺼내자마자 외삼촌은 소리치셨다.

"가장 자연스런 일을 복잡하게 만들려고 누님은 또 무슨 상상을 하신단 말이냐? 그런데, 제롬, 너는 왜 우리 곁을 떠나려 하니? 너는 이미 내 자식이나 다름없지 않느냐?"

이모님은 퐁괴즈마르에 두 주일밖에는 머물지 않으셨다. 이모님이 떠나자마자 집은 고요함을 되찾을 수 있었다. 행복과도 흡사한 그 안온함이 다시 집 안에 자리 잡게 되었다. 내가 당한 상(喪)은 우리의 사랑을 어둡게 한 것이 아니라 오히려 심화시켜 주었다. 소리가 잘 울려 퍼지는 환경 속에서처럼, 우리 마음의 조그만 움직임도 서로에게 잘 들려 오는 단조로운 흐름의 생활이 시작되었다.

이모님이 떠나신 며칠 후 저녁 식탁에서 우리는 이모님 얘기를 했다. 나는 지금도 그 얘기가 기억된다.

"그게 무슨 소란이람!" 하고 우리는 얘기했다. "인생의 파도가 이제는 그분의 영혼에 휴식을 남겨 줄 수 없는가? 사랑의 아름다운 외관이여, 너의 그림자는 이제 무엇이 되었느뇨?"……슈타인 부인 얘기를 하면서, '그 영혼 속에 비치는 세계를 보면 아름다우리라'라고 썼던 괴테의 말이 우리에게 기억되었기 때문이었다. 그리고 우리는 명상의 기능이 가장 높은 곳에 위치한다고 판단하면서, 대뜸 기능의 어떤 단계 같은 것을 정해 나갔다. 그때까지 잠자코 계시던 외삼촌이 슬프게 미소 지으시며 우리의 얘기를 이으셨다.

"애들아, 부서진 것이라 할지라도, 하나님은 거기서 당신의 영상을 알아보실 거다. 인생의 어느 한 순간에 의거해 사람을 판단하지 않도록 조심하자. 너희들 마음에 들지 않는 가련한 누님의 모든 면도 다 여러 사건에 기인되는 것이란다. 그 사건들을 너무도 잘 알고 있는 나로서는 너희들처럼 그렇게 가혹하게 누님을 비판할 수가 없다. 그토록 유쾌했던 젊은 날의 속성도, 늙어 가면서 망가지지 않는 것이 없는 법이란다. 너희들이 지금 소란스러움이라고 부르는 누님의 성격도 처음에는 매력적인 충동, 직관적인 과감성, 순간에 자신을 내맡기는 성질, 우아함 같은 것일 뿐이었어……. 우리들도 오늘날의 너희들 모습과 많이 다르지 않았었다고 확신한다. 제롬, 나는 너와 아주 비슷했었지. 어쩌면 내가 아는 것 이상으로 비슷했었을 거야. 펠리시는 지금의 쥘리에트의 모습과 아주 닮았었지……. 그래, 몸매까지 말이야." 쥘리에트 쪽으로 고개를 돌리며 외삼촌은 덧붙이셨다. "네 목소리의 어떤 울림을 들으면, 불현듯 누님의 모습이 떠오른다. 그 양반은 너와 같은 미소를 지니셨고, 그리고 곧 없어졌지만, 너처럼 때때로 팔꿈치를 앞으로 내밀고, 두 손의 깍지 낀 손가락에 이마를 기대고서, 꼼짝 않고 앉아 있곤 하셨어."

미스 애시버튼이 내게로 고개를 돌리시고는, 거의 속삭이는 듯한 목소리로 말씀하셨다.

"알리사는 네 어머니를 연상시킨다."

그해 여름은 찬연했다. 모든 것에 쪽빛이 스며 있는 것처럼 보였다. 우리의 열정은 불행도, 죽음도 이겨 냈다. 어두운 그림자는 우리 앞에서 물러났다. 매일 아침 나는 기쁨으로 잠이 깨었다. 나는 새벽에 일어나, 햇빛을 맞으러 달려 나가곤 했다……. 지금도 그 시절을 그려 보면, 이슬에 흠뻑 젖은 새벽이 떠오른다. 아주 밤늦게까지 깨어 있곤 하는 언니보다 일찍 일어나는 쥘리에트가 나와 함께 정원으로 내려갔다. 제 언니와 나 사이에서 그녀는 전달자가 되어 가고 있었다. 나는 그녀에게 끊임없이 우리의 사랑을 얘기했으며, 그녀는 내 얘기를 듣는 것을 싫증내지 않는 것 같았다. 나는 알리사에게는 감히 말하지 못하는 것을 그녀에게 털어놓곤 했다. 알리사 앞에서는 사랑이 벅차 올라 소심하고 거북해지는 것이었다. 알리사는 이런 장난을 가만 놔두는 듯싶었고, 결국 우리의 얘기는 자기에 관한 것뿐임을 모르거나 또는 모르는 척하면서, 내가 자기 동생과 그렇게 쾌활하게 얘기하는 것을 재미있어하는 것 같았다.

오, 사랑의 미묘한 표리(表裏)여, 과도한 사랑의 미묘한 표리여, 어떤 비밀스런 길을 통해 너는 웃음에서 눈물로, 가장 천진스런 기쁨에서 까다로운 덕성의 요구로 우리를 이끌어 갔는가!

그 여름은 너무도 맑고 너무도 미끄럽게 도망쳐 갔기 때문에, 오늘의 나의 기억은 그 미끄러져 달아난 날들에게서 거의 아무것도 붙잡을 수가 없다. 유일한 사건들이라면 대화였고, 독서였다…….

"나는 슬픈 꿈을 꾸었어." 방학이 끝나 가던 어느 날 아침 알리사가 나에게 말했다. "나는 살아 있는데 네가 죽은 거야. 아니, 네가 죽는 것을 본 것은 아니었어. 단지 네가 죽었다는 거였어. 그건 참 무서운 일이었어. 그건 너무도 있을 수 없는 일이어서, 나는 다만 네가 부재중이라고 마음으로 작정했지. 우리는 헤어져 있었는데, 너를 쫓아갈 어떤 방법이 있는 것처럼 느껴지잖아. 그래 그 방법을 어떻게든 찾아내 알리려고 너무나 애쓰는 바람에 잠이 깨고 말았지. 아침에도 내내 그 꿈에 잠겨 있는 것 같아. 마치 내가 그 꿈을 계속해 꾸는 듯이 말이야. 아직도 내가 너와 헤어져 있고, 오래오래 너와 헤어져 있을 것 같지 뭐니." 그리고 그녀는 아주 나직이 덧붙였다. "일생 동안 말이야. 그리고 일생 동안 커다란 노력을 기울여야만 할 것 같은 거야……."

"뭣 때문에?"

"우리가 각자 서로를 만나기 위한 커다란 노력이지."

나는 그녀의 얘기를 심각하게 여기지 않았거나 아니면 심각하게 여기기를 두려워했다. 그 얘기에 항변이라도 하려는 듯, 나는 가슴을 몹시 두근거리면서 갑작스런 용기를 내어 그녀에게 말했다.

"그런데, 나도 오늘 아침 꿈을 꾸었는데, 내가 너무도 열렬히 너와 결혼하고자 해서, 아무것도, 죽음 이외에는 아무것도 우리를 떼어 놓을 수 없을 것 같았어."

"너는 죽음이 떼어 놓을 수 있다고 생각하니?" 그녀가 말을 이었다.

"내 말 뜻은……."

"반대로 죽음은 접근시켜 줄 수 있다고 생각해……. 그래, 살아 있는 동안 헤어져 있던 것을 접근시켜 줄 수 있어."

이 모든 것은 우리 마음에 너무도 깊이 스며들어 나는 아직도 우리 애기의 억양까지 들을 수 있다. 그렇지만 내가 그 애기의 모든 중요성을 깨달은 것은 훨씬 후의 일이었다.

여름은 사라져 가고 있었다. 벌써 대부분의 밭은 비어 있어, 시야가 기대 이상으로 멀리까지 트였다. 내가 떠나기 전날, 아니 전전날 저녁 나는 쥘리에트와 함께 아래 정원의 작은 숲 쪽으로 내려갔다.

"어제 알리사에게 낭송해 준 게 뭐였어?" 쥘리에트가 나에게 말했다.

"언제 말이니?"

"이회암갱(泥灰岩坑)의 벤치에서, 우리가 둘만 뒤에 남겨 두고 왔을 때 말이야……."

"아!…… 보들레르의 몇 구절이었을 거야……."

"어떤 건데? 나에게 말해 주고 싶지 않은가 보지."

"머지않아 우리는 차디찬 어둠 속에 잠기리니." 나는 마지못해서 시작했다. 그러자 그녀는 이내 나를 막으면서 달라진 떨리는 목소리로 계속했다.

"잘 가라, 너무도 짧은 우리의 여름의 힘찬 빛이여!"

"이런! 너 알고 있니?" 나는 너무 놀라서 외쳤다. "나는 네가 시를 좋아하지 않는다고 생각했는데……."

"왜 그렇지? 오빠가 나한테는 시를 읊어 주지 않으니까?" 그녀는 웃음을 지었지만 약간 거북해져서 말했다. "때로는 오빠가 나를 완전히 바보로 생각하는 것 같아."

"대단히 총명하면서도 시를 좋아하지 않을 수는 있어. 네가 시 얘기를 하는 것을 한 번도 들어 본 적이 없고, 나한테 시를 읊어 달라고 청한 적도 없잖니."

"그건 알리사가 도맡으니까……." 그녀는 잠시 말이 없더니, 불쑥 이렇게 물었다.

"오빠는 모레 떠나요?"

"그래야 할 거야."

"올 겨울에는 뭘 할 거야?"

"고등 사범 1학년이지 뭐."

"알리사와는 언제 결혼할 생각이야?"

"군 복무 전은 아냐. 장차 내가 하고 싶은 것을 좀 더 잘 알게 되기 전도 아니고."

"오빠는 아직도 그걸 몰라?"

"아직은 알고자 하지도 않는다. 흥미를 끄는 것이 너무도 많으니. 선택을 해서 그것에만 매달려야 할 시기는 가능한 한 연기하는 거지."

"약혼을 연기하는 것도 매이는 두려움 때문이야?"

나는 대꾸 없이 어깨를 으쓱했다. 그녀가 다그쳤다.

"그러면 뭣 때문에 약혼을 미루지? 왜 당장 약혼하지 않는 거야?"

"그런데 왜 우리가 약혼을 해야 하니? 세상에 그것을 알리지 않고, 우리가 서로에게 속해 있으며 또 앞으로도 그럴 것임을 알고 있는 것으로는 충분치 못하니? 알리사에게 내 일생을 바치는 것이 내 마음에 드는데, 약속 같은 걸로 내 사랑을 매어 놓는 것이 더 좋아 보이겠어? 나는 안 그래. 내게는 서약 같은 건 사랑에 대한 모욕으로 보일 것 같아······. 알리사에게 의혹이 떠오를 경우에나 나는 약혼하고 싶을 거야······."

"나에게 의혹이 생기는 건 알리사가 아닌데······."

우리는 천천히 걸어갔다. 전에 내가 뜻하지 않게 알리사와 외삼촌의 대화를 들었던 정원의 그 지점에 우리는 이르렀다. 정원으로 나가는 모습이 보였던 알리사가 어쩌면 그 둥근 갈림길에 앉아서, 그녀 역시 우리의 얘기를 들을 수 있으리란 생각이 불쑥 떠올랐다. 감히 직접 말하지 못하던 것을 그녀에게 들려줄 수 있다는 가능성이 곧 나를 유혹했다.

내 책략에 흥이 나서 나는 목소리를 높여 "아아!" 하고 내 나이다운 약간 과장된 감격을 섞어 외쳤다. 나는 자신의 말에 너무 정신이 팔려서, 쥘리에트의 말에서 그녀가 얘기하지 않았던 모든 것을 깨닫지는 못했다······. "아아! 사랑하는 영혼 위에 몸을 굽혀, 거기서 우리가 어떤 모습을 띠는가를 거울 속처럼 그 영혼 속에서 들여다볼 수만 있다면! 우리 자신처럼, 아니 우리 자신 이상으로 상대의 마음을 읽을 수 있다면! 애정 속에 얼마나 평온함이 깃들 것인가! 사랑 속에는 얼마나 순수함이 깃들 것인가!"

나의 자만심은 쥘리에트의 동요를 내 형편없는 서정의 효과로 생각했다. 그녀는 갑자기 내 어깨에 얼굴을 파묻었다.

"제롬! 제롬! 오빠가 언니를 행복하게 해줄 걸 확신하고 싶어요! 만약 언니가 오빠에 의해서도 고통을 겪어야 한다면, 나는 오빠를 미워할 것 같아."

"그런데, 쥘리에트." 나는 그녀를 껴안아 이마를 들어 올리며
외쳤다. "나 자신도 나를 미워하고 말 거야. 알겠지!…… 내가 아
직 내 생애를 결정짓고 싶지 않은 것은 알리사와 더불어 내 인생
을 더 훌륭히 시작하고자 하는 거란다. 그런데 나의 모든 미래는
알리사에게 걸려 있어! 알리사가 없이 내가 될 수 있는 것이라면,
무엇이건 원하지도 않아……."

"오빠가 그런 얘기를 하면 언니는 뭐라고 말해?"

"알리사에겐 그런 얘기를 전혀 하지도 않는걸. 우리가 아직 약
혼하지 않는 것은 그 때문이기도 해. 우리 사이에는 결혼이나 결
혼 다음에 우리가 할 일을 문제 삼는 적이 없단다. 오, 쥘리에트!
알리사와의 삶은 나에게 너무나도 아름답게 보여서, 나는 감히,
이해하겠니? 나는 감히 알리사에게는 그런 얘길 꺼내지도 못해."

"오빠는 행복이 갑작스럽게 알리사에게 찾아들기를 바라는 모
양이군요."

"아니! 그런 건 아냐. 그러나 난 두려워…… 알리사를 두렵게
할까 봐. 이해하겠니?…… 나는 어렴풋이 보이는 그 엄청난 행복
이 알리사를 겁나게 할까 봐 두려운 거야! 어느 날 나는 알리사에
게 여행하고 싶으냐고 물어본 적이 있어. 알리사는 아무것도 바라
지 않는다고, 어떤 고장들이 있고, 어떤 고장들이 아름다우며, 다
른 사람들이 거기에 갈 수 있다는 것을 아는 것으로써 자기에게는
충분하다고 말하는 것이었어……."

"오빠는 여행하고 싶지?"

"어느 곳에든! 인생 전체가 나에게는 하나의 긴 여행, 알리사와 더불어 책이며 사람들이며 여러 나라들을 거치는 긴 여행으로 보인 다……. 닻을 올린다는 그 말이 무엇을 뜻하는지 생각해 보았니?"

"그럼, 자주 생각하는걸." 그녀가 중얼거렸다.

그러나 나는 그녀의 얘기를 주의해 듣지 않고, 그 말을 마치 상 처 입은 가련한 새처럼 땅에 떨어지게 내버려둔 채로, 말을 이어 갔다.

"밤에 떠난다. 새벽의 현란함 속에서 잠이 깬다. 불안한 파도 위 에 오직 둘만이 있음을 느낀다……."

"그러고는 아주 어린 시절 엽서에서 보았던, 모든 것이 낯선 어 느 항구에 도착한다……. 오빠의 팔에 기댄 알리사와 함께 배에 서 내리는 선교(船橋) 위의 오빠 모습이 보이는 것 같아요."

"우리는 곧장 우체국에 갈 거야." 나는 웃으며 덧붙였다. "쥘리 에트가 우리에게 써보낸 편지를 찾으러……."

"그 아이가 남아 있을 퐁괴즈마르에서 부친 편지…… 퐁괴즈마 르도 오빠네들에겐 아주 작고, 몹시 쓸쓸하고, 아주 멀리 떨어진 곳으로 보일 테지……."

이것이 정확히 그녀의 말이었던가? 나는 단언할 수가 없다. 다 시 얘기하는 바이지만, 나는 나의 사랑으로 너무도 가득 차 있어 서, 사랑의 표현 이외의 다른 어떤 표현에도 별로 귀 기울이지 않 았기 때문이다.

우리는 둥근 갈림길에 다다르고 있었다. 우리가 발길을 되돌리 려고 했을 때, 알리사가 갑자기 그늘에서 나와 모습을 드러냈다.

그녀가 너무도 창백해 보여서 쥘리에트는 소리쳤다.

"정말 몸이 좋지 않아." 알리사가 서둘러 중얼거렸다. "바람이 차구나. 들어가는 편이 좋을 것 같아." 그러고는 그녀는 곧장 우리와 헤어져, 잰걸음으로 집 쪽으로 돌아갔다.

"언니는 우리 얘기를 들은 거야." 알리사가 좀 멀어지자마자 쥘리에트가 외쳤다.

"그렇지만 뭐 기분 상하게 할 얘기는 하나도 없었잖니. 반대로……"

"갈래요." 쥘리에트는 제 언니를 뒤쫓아 달려갔다.

그날 밤 나는 잠을 이룰 수가 없었다. 알리사는 저녁 식사 때 나타났지만, 골치가 아프다고 투덜거리며 곧 물러가 버렸다. 우리의 대화에서 그녀는 무슨 말을 들었던 것일까? 나는 걱정스럽게 우리의 말을 되씹어 보았다. 그러고는 쥘리에트의 허리에 팔을 두르고 그녀와 너무 바짝 붙어 걸은 것이 아마도 잘못이었던 것 같다고 생각하기도 했다. 그러나 그건 어린 때부터의 버릇이었고, 우리가 그렇게 걷는 모습을 알리사는 이미 여러 번 보아 왔던 것이다. 내 잘못을 더듬거려 찾으면서도, 내가 잘 들어 두지 않았고, 기억에도 잘 떠오르지 않는 쥘리에트의 말을 알리사가 더 잘 들었으리라고는 잠시도 생각조차 못했으니, 아아! 나는 얼마나 한심한 장님이었던가. 아무려면 어쩌랴! 불안감에 뒤흔들리고, 알리사가 나를 의심할지도 모른다는 생각에 겁먹으면서도, 다른 위험이라곤 상상도 못 하고, 내가 쥘리에트에게 했던 얘기에도 불구하고, 아니 어쩌면 쥘리에트가 내게 한 얘기에 충격을 받아, 나는 나의 소심한 마음과 우려를 극복하고 다음날로 약혼을 하기로 결심했다.

그것은 내가 떠나기 전날이었다. 나는 그녀의 슬픈 모습을 그 탓으로 돌렸다. 그녀는 나를 피하는 것처럼 보였다. 그녀와 단독으로 만날 수도 없는 채 하루가 지나가고 있었다. 그녀에게 얘기도 하기 전에 떠나야 할지도 모른다는 두려움 때문에 나는 저녁식사 조금 전에 그녀의 방에까지 밀고 들어갔다. 그녀는 산호 목걸이를 매는 중이었는데, 그것을 잡아매려고, 문에 등을 돌리고서 불 켜진 두 촛대 사이에 있는 거울을 어깨 너머로 쳐다보며 양팔을 쳐들고 몸을 구부리고 서 있었다. 그녀가 처음 내 모습을 본 것은 거울 속에서였는데, 그녀는 고개를 돌리지 않은 채 잠시 동안 계속해서 거울 속의 나를 쳐다보았다.

"어머! 방문이 닫혀 있지 않았었어?" 그녀가 말했다.

"노크를 했는데 대답이 없었어, 알리사. 내가 내일 떠나는 걸 알지?"

그녀는 아무 대답도 않고, 끝내 고리를 채우지 못한 목걸이를 난로 위에 놓았다. 약혼이란 단어가 너무 노골적이고 거친 것처럼 보여서, 나는 그 말 대신 어떤 우언법(迂言法)을 사용하여 말했다. 내 말뜻을 알아듣자마자, 알리사는 비틀거리는 듯이 보이더니 난로에 몸을 기댔……. 그러나 나 자신도 너무 떨려서 그녀 쪽을 바라보기를 조심스럽게 피하고 있었다.

나는 그녀의 곁에 있었다. 나는 눈을 들지 못한 채 그녀의 손을 잡았다. 그녀는 손을 빼내지는 않았으나, 얼굴을 약간 숙이고서 내 손을 조금 들어 올려 거기에 입술을 갖다 대고는, 나에게 반쯤 기댄 채 중얼거렸다.

"아니, 제롬. 아니, 약혼하지는 말자, 제발⋯⋯."

내 가슴이 어찌나 심하게 고동치는지 그녀도 그걸 느꼈으리라고 생각된다. 그녀는 한결 다정하게 말을 이었다. "아니, 아직은⋯⋯."

그리고 내가 "왜?" 하고 그녀에게 묻자,

"물어야 할 사람은 나야, 왜지? 왜 바꾸려고 해?"

나는 전날의 대화를 감히 그녀에게 얘기하진 못했으나, 내가 그 생각을 하고 있음을 느끼는지, 나의 생각에 대한 대답인 듯 그녀는 나를 뚫어지게 바라보며 이렇게 말했다.

"이봐, 너는 잘못 생각하고 있어. 나는 그렇게 많은 행복이 필요한 게 아니야. 우리는 이대로 행복하지 않니?"

그녀는 억지로 미소를 지어 보이려 했다.

"안 그래, 너와 헤어져야 하니까 말이야."

"이봐, 제롬, 오늘 저녁엔 말할 수 없어⋯⋯. 우리의 마지막 시간을 망치지 말자⋯⋯. 안 돼, 안 돼. 나는 언제나처럼 너를 사랑해. 안심해 줘. 내가 편지를 쓸게. 설명하겠어. 편지 쓴다고 약속하겠어. 내일⋯⋯, 네가 떠나자마자. 이제 가줘! 이런, 내가 울었구나⋯⋯. 그만 가줘."

그녀는 나를 밀고 내게서 부드럽게 몸을 빼냈다. 그것이 우리의 작별 인사였다. 왜냐하면 나는 그날 저녁 그녀에게 한 마디도 할 수 없었고, 다음날 내가 떠나는 시간에는 그녀가 자기 방에 틀어박혀 나오지 않았기 때문이다. 나는 그녀가, 내가 탄 마차가 멀어져 가는 것을 바라보며 창가에 서서 작별의 인사를 보내는 모습을 보았다.

3장

나는 아벨 보티에를 그해에는 거의 만나 볼 수 없었다. 징집에 앞서 그는 자원입대를 했고, 반면에 나는 수사학반(修辭學班)에 다시 남아 있으면서 학사 시험을 준비하고 있었다. 아벨보다 두 살 연하인 나는, 그해 우리 둘이 들어가게 되어 있던 고등 사범 학교 졸업 때까지 군 복무를 연기해 두고 있었다.

우리는 반갑게 다시 만났다. 제대를 하자 그는 한 달 이상 여행을 한 것이었다. 나는 그의 변한 모습을 보게 될까 염려하고 있었지만, 그는 단지 좀 더 자신 만만해졌을 뿐, 그의 매력을 전혀 상실하지 않고 있었다. 우리가 뤽상부르 공원에서 함께 보낸 개학 전날 오후에, 나는 나의 비밀을 억제할 수가 없어서 그에게 길게 나의 사랑 얘기를 털어놓았다. 하긴 그는 이미 나의 사랑을 알고 있었다. 그해 얼마간의 여자 경험을 했던 그는 약간 젠체하는 우월성의 태도를 보였지만, 그것이 내 기분을 상하게 하지는 않았다. 여자가 정신을 가다듬도록 내버려두어서는 절대로 안 된다는 것은 공리라고 내세우면서, 그는 소위 그가 말하는 바의 마지막 말을 내가 제시할 줄 몰랐다고 놀려 댔다. 나는 그가 말하는 대로 내버려두었다. 그러나 그의 뛰어난 논리란, 나에게도 알리사에게도 좋은 것이 못 되며, 우리를 잘 이해하지 못하고 있음을 그가 보여줄 뿐이라고 나는 생각했다.

우리가 도착한 이튿날, 나는 다음과 같은 편지를 받았다.

　친애하는 제롬,

　나는 네가 나에게 제의한 것(내가 제의한 것이라고! 우리의 약혼을 그렇게 부르다니!)을 곰곰이 생각해 보았어. 내가 너에게는 너무 나이가 많다는 것이 겁이 나. 네가 아직 다른 여자들을 볼 기회가 없었기 때문에 아직은 그렇게 보이지 않을는지도 몰라. 하지만 내가 너의 것이 되고 난 다음, 내가 네 마음에 들 수 없는 것을 알게 된다면, 나는 후에 가서 괴로울 것으로 생각돼. 내 편지를 읽으면서 너는 아마도 몹시 화를 내겠지. 너의 항변이 들려 오는 것 같다. 그렇지만 네가 인생살이에서 좀 더 나아갈 때까지 기다리기를 부탁한다.

　나로서는 계속 너를 사랑하지 않을 수는 결코 없다고 확신하니까, 여기서 내가 얘기하는 것은 오직 너를 위해서임을 이해해 줘.

　　　　　　　　　　　　　　　　　　　　　　알리사

계속 사랑하지 않게 된다! 그런데 이런 것이 문제가 될 수나 있는가!…… 나는 슬프다기보다는 놀란 상태였지만, 너무도 충격이 심해서 그 편지를 보이려고 곧장 아벨에게 달려갔다.

"그런데, 넌 어떻게 할 작정이야?" 입술을 꽉 다물고 머리를 흔들며 편지를 읽고 난 다음 아벨이 말했다. 나는 불안과 비탄에 차서 두 팔을 들었다. "적어도 나는 네가 답장을 쓰지 않길 바란다. 여자와 논쟁을 벌이기 시작하면 파멸이야……. 들어 봐. 토요일 르아브르에서 자면 일요일 아침엔 퐁괴즈마르에 갈 수 있고, 월요일 첫 강의에 대서 이리 돌아올 수 있을 거야. 나는 군 복무 이후로 네 친척들을 만나지 못했으니까, 핑계는 그것으로 충분하고 또 내 체면도 서는 일이다. 그것이 핑계에 불과한 것을 알리사가 알게 되면, 더욱 좋지! 네가 알리사와 얘기하는 동안 나는 쥘리에트를 맡겠어. 어린애 같은 짓은 하지 않도록 애써라……. 사실을 말하자면, 네 이야기 속에는 설명이 잘 안 되는 어떤 것이 있어. 네가 나한테 다 털어놓지 않은 모양이지……. 아무튼 좋아! 내가 그걸 밝혀 낼 테니까……. 특히 우리의 도착을 알리지 마라. 네 외사촌 누이를 기습해서, 그녀에게 무장할 시간을 주지 말아야 해."

정원의 살문을 밀면서 나는 몹시 가슴이 두근거렸다. 쥘리에트가 곧 달려 나와 우리를 맞았다. 속옷을 정리하느라고 바빴던 알리사는 얼른 내려오지 않았다. 우리가 외삼촌과 미스 애시버튼과 얘기를 하고 있는데 마침내 그녀가 응접실로 들어섰다. 갑작스런 우리의 도착이 그녀를 당황하게 했다 할지라도, 그녀는 조금도 그런 내색을 하지 않을 줄 알았다. 아벨이 내게 했던 말을 생각하고서, 나는 그녀가 그처럼 오랫동안 나타나지 않고 있었던 것은 바로 나에 대한 무장을 갖추기 위해서였다고 생각했다. 쥘리에트의 극도로 활기찬 태도는 그녀의 신중함을 더욱더 냉랭한 것으로 보이게 했다. 내가 되돌아온 것을 그녀가 못마땅해하고 있음이 역력했다. 아무튼 그녀는 자기의 태도 속에 못마땅해하고 있음을 보여주려 하고 있었고, 그런 기색의 이면에서 좀 더 생생한 어떤 은밀한 감동을 나는 감히 찾아보지 못했다. 우리와 멀리 떨어진 구석의 창가에 앉아서, 그녀는 수놓는 일에만 온통 정신이 팔린 듯, 입술을 움직여 가면서 바늘 자리를 표시하고 있었다. 아벨이 얘기를 하고 있었다. 다행스럽게도! 나로서는 얘기할 기력도 없음을 느꼈기 때문에, 그가 군 복무 기간과 여행 얘기를 하지 않았던들, 이 재회의 첫 시간은 침울한 것이 되었을 것이다. 외삼촌 자신도 유달리 근심스런 것처럼 보였다.

점심 식사가 끝나자마자, 쥘리에트가 나를 따로 부르더니 정원으로 끌고 갔다.

"나한테 청혼하는 사람이 다 있어요!" 우리 둘만이 있게 되자마자 그녀가 외쳤다. "펠리시 고모님이 어제 아빠한테 편지를 보내셔서 님(Nîmes)에서 포도 재배하는 사람의 청혼을 알리셨잖아. 대단히 훌륭한 사람이라고 고모님은 단언하시는데, 올 봄 사교 모임에서 나를 몇 차례 만나고선 나에게 반했다는 거야."

"너도 그 남자를 눈여겨보았었니?" 나는 그 청혼자에 대해 본의 아닌 반감을 표하며 물었다.

"그럼, 그가 누군지 잘 알아. 일종의 사람 좋은 돈키호테로, 교양도 없고, 아주 못생기고, 아주 천박한 데다가, 상당히 우스꽝스러워서 그 사람 앞에서는 고모님도 근엄을 못 빼시지."

"그 사람이…… 가망성이 있나?" 나는 빈정거리는 투로 말했다.

"이봐요, 제롬! 농담하는 거야! 장사꾼인데!…… 그 사람을 보았더라면, 나한테 그런 질문은 안 했을 거야."

"그런데…… 외삼촌은 뭐라고 대답하셨지?"

"나 자신이 대답한 그대로. 결혼하기엔 내가 너무 어리다고……." 그녀는 웃으며 덧붙여 말했다. "불행히도 고모님은 그런 이의를 예견하신 거야. 추신에도 고모님은 에두아르 테시에르 씨는……, 그것이 그의 이름이야……, 기다리는 것은 동의하며, 이렇게 일찍 청혼하는 것은 '서열에 끼기' 위한 것일 뿐이라고 쓰셨어……. 어이없는 얘기지 뭐야. 그렇지만 내가 어쩌겠어? 그가 너무 못생겼다고 그에게 전하랄 수는 없는 노릇 아니겠어!"

"그럴 수야 없지. 하지만 포도 재배자와 결혼하고 싶지 않다고 전할 수야 있겠지."

그녀는 어깨를 으쓱했다.

"그건 고모님 머리에는 통하지 않는 이유야……. 그 얘긴 그만하기로 해. 알리사가 오빠에게 편지했어?"

그녀는 몹시 수다스럽게 얘기했지만 대단히 흥분되어 있는 것처럼 보였다. 내가 그녀에게 알리사의 편지를 내밀자, 그녀는 몹시 얼굴을 붉히면서 그 편지를 읽었다.

"그래, 오빠는 어떻게 할 거지?" 그녀가 내게 물었을 때, 나는 그녀의 목소리에서 분노의 억양을 알아차렸다.

"이제 모르겠다." 내가 대답했다. "이곳에 온 마당에, 나는 편지를 쓰는 편이 더 수월했을 거라는 느낌이고, 벌써 여기 온 것을 후

회한다. 알리사가 말하고자 한 것이 무엇인지 너는 알겠니?"

"알리사는 오빠를 자유롭게 놔두고자 하는 것으로 생각돼."

"그렇지만 어디 내가 내 자유에 집착하니? 그러면 알리사가 왜 나한테 그런 편지를 썼는지도 알겠니?"

모른다는 그녀의 대답이 너무도 퉁명스러웠기 때문에 진실을 전부 예감하지는 못했지만, 아무튼 나는 쥘리에트가 그것을 모르지는 않을 것이라고 그 순간부터 확신했다. 그러고 나서, 그녀는 우리가 따라 걷고 있던 오솔길 모퉁이에서 갑자기 발길을 돌리더니 이렇게 말했다.

"이젠 가겠어. 오빠 나와 얘기하러 온 게 아니잖아. 우린 너무 오래 전부터 함께 있었어."

그녀는 집 쪽으로 달음질쳐 도망갔고, 잠시 후에는 그녀가 치는 피아노 소리가 들렸다.

응접실로 돌아오니, 그녀는 이제 되는 대로 즉흥적으로 치는 듯 건반을 무심히 두들기면서도 피아노 치기를 멈추지는 않은 채, 그녀를 만나러 와 있던 아벨과 얘기하고 있었다. 나는 그들 둘을 내버려두었다. 그러고는 알리사를 찾으려고 정원을 꽤 오래 배회했다.

그녀는 과수원 깊숙한 곳의 담 밑에서 너도밤나무 숲의 낙엽 향기에 그 향기를 섞고 있는 철 이른 국화를 따고 있었다. 대기는 가을로 충만해 있었다. 햇살은 이제 과수장(果樹牆)을 미지근하게 비쳐 줄 뿐이었지만, 하늘은 동양적인 순수함을 지니고 있었다.

그녀의 얼굴은 커다란 젤란드 모자에 거의 가려져 있어서 테두리로 둘러싸인 것 같았다. 아벨이 여행 기념으로 그녀에게 가져다 준 것을 당장 쓴 것이었다. 내가 다가가도 그녀는 처음에는 고개를 돌리지 않았다. 그러나 그녀의 억제할 수 없는 가벼운 떨림은 내 발자국 소리를 알아들었음을 알려 주었다. 벌써부터 나는 그녀의 시선이 나에게 짓눌러 올 엄격함과 그녀의 질책에 저항하며 용기를 가다듬었다. 그러나 내가 아주 가까이 다가가, 겁먹은 듯 벌써 발걸음을 늦추자, 그녀는 처음에는 내 쪽으로 얼굴을 돌리지 않고 토라진 어린애처럼 얼굴을 떨군 채로, 꽃이 가득 든 손을 거의 등 뒤로 해서 나를 향해 내밀면서 신호를 해보이는 것 같았다. 그러고는 그 신호와는 반대로 장난삼아 내가 멈추어 서자, 그녀는 이윽고 몸을 돌려 나를 향해 몇 걸음 걸어왔다. 그녀가 얼굴을 들자, 나는 미소가 가득한 그녀의 얼굴을 보았다. 그녀의 시선에 비추어지자 내게는 또다시 모든 것이 갑자기 단순하고 수월해 보여서, 나는 힘들이지 않고 변함없는 목소리로 말문을 열었다.

"네 편지 때문에 다시 오게 되었어."

"그런 줄 알았어" 하고 말하더니, 그녀는 목소리를 바꿔서 꾸지람의 가시를 무디게 하면서 얘기했다. "나를 화나게 하는 건 바로 그거야. 내가 말한 걸 왜 좋지 않게 받아들여? 아주 간단한 일이었는데……. (그러자 이미 슬픔과 곤경은 내 마음 속에만 존재하는, 실상은 허황된 꿈이었던 것처럼 보였다.) 너한테 잘 이야기했듯이 우리는 이대로 행복하잖아. 바꾸어 보자고 네가 제의할 때 내가 거절한다고 뭐 놀랄 게 있어?"

정말로 그녀 곁에서 나는 행복함을 느꼈다. 너무도 완전한 행복이어서 이제부터는 내 생각이 그녀의 생각과 조금도 다르지 않을 것 같았다. 벌써부터 나는 그녀의 미소와, 그리고 꽃으로 둘러싸인 포근한 길을 그녀에게 손을 맡기고 이처럼 걷는 것 이상의 어떤 것도 원하지 않았다.

"네가 그 편을 더 좋아한다면," 나는 단번에 일체의 다른 희망을 포기하고 순간의 완전한 행복에 자신을 맡기면서 심각하게 말했다. "네가 그 편을 더 좋아한다면, 약혼은 하지 말자. 네 편지를 받았을 때, 나는 사실상 행복했는데 앞으로는 그렇지 못하게 되리라는 것을 동시에 깨달았어. 아! 내가 가졌던 그 행복을 나에게 돌려 줘. 나는 그 행복 없이는 지낼 수 없어. 나는 일생 동안이라도 기다릴 만큼 너를 사랑해. 그렇지만 네가 나를 사랑하지 않게 된다거나 나의 사랑을 의심한다거나 하는 그런 생각은 나에게 견딜 수가 없어."

"어쩌면! 제롬. 내가 의심할 수가 있다니."

이 말을 하는 그녀의 목소리는 차분하면서도 쓸쓸했다. 그러나 그녀를 밝혀 주는 미소는 너무도 맑고 아름답게 남아 있어서, 나는 나의 두려움과 항의를 부끄럽게 여겼다. 그러자 그녀의 목소리 깊은 곳에서 느껴졌던 슬픔의 여운은 오직 나의 두려움과 항의에서만 나온 것처럼 보였다. 느닷없이 나는 나의 계획이며, 공부며, 많은 이점이 예견되는 새로운 생활의 형태 같은 것을 얘기하기 시작했다. 당시의 고등 사범학교는 근자에 변질된 그러한 학교가 아니었다. 꽤 엄격한 규율을 견디기 힘든 것은 게으르거나 고집스런 사람들뿐이었다. 그 규율은 학구적인 의지의 노력을 북돋아 주는 것이었다. 거의 수도승적인 그런 관습이 세상으로부터 나를 보호해 주는 것이 나의 마음에 들었다. 세상이란 별로 나의 관심을 끌지 못했을뿐더러, 알리사가 두려워한다면 나에게는 곧 밉살스러워 보일 그런 것이었다. 미스 애시버튼은 처음에 나의 어머니와 함께 기거하시던 아파트를 파리에 그대로 유지하고 계셨다. 그분 이외에는 파리에 거의 알음알이가 없는 아벨과 나는 일요일마다 그분 곁에서 몇 시간씩 지낼 것이며, 나는 일요일마다 알리사에게 편지를 써서 내 생활의 전모를 알릴 것이었다.

우리는 열려 있는 온실 창틀에 걸터앉아 있었다. 마지막 열매마저 따버린 오이의 굵은 덩굴들이 창틀 밖으로 되는 대로 뻗어 나와 있었다. 알리사는 내 얘기를 귀 기울여 듣고, 또 질문을 하곤 했다. 아직까지 내가 이보다 더 배려 깊은 그녀의 애정, 이보다 더 정성어린 그녀의 사랑을 느낀 적은 없었다. 두려움, 근심, 그리고 더없이 가벼운 불안감마저도 티끌 하나 없는 창공 속으로 안개가 사라지듯 그녀의 미소 속에 증발되고, 그 매혹적인 친밀감 속에 흡수되었다.

뒤이어 쥘리에트와 아벨이 우리와 합류해 온 너도밤나무 숲의 벤치에 앉아, 우리는 각자 돌려 가며 한 절씩 읽으면서 스윈번*의 『시대의 승리』를 되풀이 읽는 데 그날의 마지막 시간을 보냈다. 저녁이 되었다.

"자!" 우리가 떠날 때, 알리사는 나의 뺨에 입 맞추면서, 반쯤은 농담조였지만, 그러나 손위 누이 같은 그런 태도로 나에게 말했다. 아마도 무분별한 내 행동에 유발된 것으로, 그녀가 기꺼이 택한 태도 같았다. "이제 앞으로는 그렇게 공상적이 되지 않겠다고 약속해 줘……."

"그래! 넌 약혼했니?" 다시 우리 둘만 있게 되자마자 아벨이 나에게 물었다.

"이 친구야, 이제 약혼 같은 건 문제도 안 돼" 하고 대답하고는, 일체의 새로운 질문을 잘라 버리는 어조로 나는 재빨리 덧붙였다. "그리고 이대로 있는 편이 훨씬 나아. 오늘 저녁 이상으로 행복한 적은 결코 없었다."

"나도 그래." 그가 외쳤다. 그러고 나서는 갑자기 내 목을 끌어안으면서 말했다. "놀랍고도 기막힌 얘기를 너에게 해줄게! 제롬, 나는 쥘리에트에게 미친 듯이 반했어! 벌써 작년에도 약간 그런 생각이 들었었지. 그러나 그 후 나는 세상 경험을 했고, 그래서 네 외사촌 누이들을 다시 보기 전에는 너한테 아무 말도 하려 하지 않았다. 이제는 끝장이다. 내 인생이 결정지어진 거지.

나는 사랑하노라, 사랑하다니 무슨 소린가……. 나는 경배하노라, 쥘리에트를!

오래 전부터 나는 너에게 일종의 동서(同壻)와도 같은 애정을 느꼈던 것 같아……."

그러고는 웃고 장난치면서, 그는 팔을 한껏 벌려 나를 끌어안더니 우리를 파리로 실어 가는 기차간의 좌석 위를 어린애처럼 뒹굴었다. 나는 그의 고백으로 잔뜩 숨이 막혔고, 그 고백에 섞여 있는 듯이 느껴지는 꾸밈새 때문에 얼마간 거북스럽기도 했다. 그러나 그러한 격정과 기쁨에 저항할 수단이 있을까?

"그래, 어찌 된 거야! 사랑을 고백했니?" 사랑의 토로 사이에 나는 간신히 그에게 물어보았다.

"천만에! 천만에." 그는 부르짖었다. "나는 역사의 가장 매혹적인 장(章)을 태워 버리고 싶지 않거든.

그대를 사랑하노라고 말할 때가
사랑의 최상의 순간은 아닐지니…….

이봐! 나한테 그걸 비난하지는 못하겠지, 느림보의 대가인 너로서는."

"그러나 어쨌든 네 생각으로는 그 애, 그 애 편에서도?……" 약간 역정이 나서 나는 말을 이었다.

"나를 다시 만나 보게 되었을 때의 그녀의 동요를 너는 알아보지 못했구나! 우리가 방문했던 내내 그렇게 흥분돼 있었고, 그렇게 얼굴을 붉혔고, 그렇게 많이 얘기가 쏟아져 나왔었는데!…… 아니지, 당연히 너는 아무것도 눈여겨보지 않았겠지. 너는 알리사에게 온통 정신이 팔려 있었으니까……. 그리고 쥘리에트가 어찌나 나에게 물어 대는지! 그녀는 내 얘기를 삼킬 듯이 열심히 들었어! 작년 이후로 그녀의 총명함은 몹시 발전해 있더라. 네가 어떤

점으로 미루어 쥘리에트가 독서를 좋아하지 않는다고 생각할 수 있었는지 모르겠다. 너는 독서란 알리사만을 위해 있다고 항상 믿고 있어……. 그런데 이 친구야, 쥘리에트가 알고 있는 것은 정말 놀랄 만해! 우리는 단테의 칸초네*를 암송하며 즐겼어. 우리가 번갈아 시구 하나씩을 암송했는데, 내가 틀리면 그녀가 이어 가는 거야. 너도 알지.

Amor che nella mente mi ragiona
(내 마음을 불러 주는 사랑의 마음이여)

그녀가 이탈리아어를 배웠다는 것을 너는 나한테 말해 주지 않았어.”

“나 자신도 그걸 몰랐는데.” 나는 꽤 놀라서 말했다.

“뭐라고! 칸초네를 시작할 때, 그녀에게 그걸 알게 해준 것은 너였다고 얘기하던데.”

“그 애 언니에게 내가 그걸 읽어 주는 것을 아마 들었던 모양이군. 흔히 하는 식으로 우리 곁에서 바느질을 하거나 수를 놓던 어느 날 말이야. 하지만 저도 이해한다는 눈치는 전혀 보이지 않았는데.”

“맞았어! 알리사와 너, 너희들은 놀라운 이기주의자야. 너희들은 너희들의 사랑 속에 온통 젖어 들어, 그 지성, 그 영혼의 사랑스런 개화에는 눈길 한 번 던지지 않았던 거야! 자화자찬하려는 것은 아니지만, 어쨌든 내가 나타날 시기였어……. 천만에, 천만에, 너도 잘 알다시피 너를 원망하지는 않는다." 그는 또다시 나를 껴안으면서 말했다. "다만 이 모든 일에 관해 알리사에게는 한 마디도 않겠다고 약속해 줘. 나는 내 일은 혼자서 이끌어 가겠다. 쥘리에트는 사로잡혔어, 그건 확실해. 다음 방학까지 내버려 두어도 좋을 만큼 사로잡힌 거야. 지금부터 그때까지는 그녀에게 편지도 쓰지 않을 생각이다. 그러나 신년 휴가가 되면, 너와 나는 르아브르에 가서 휴가를 보내고, 그러고는……."

"그러고는?……"

"그러면, 알리사는 단번에 우리의 약혼을 알게 되겠지. 나는 그걸 신속하게 해낼 작정이야. 그리고 무슨 일이 일어날 것인지 알겠니? 네가 끌어 낼 수 없는 알리사의 동의를 우리의 모범적인 힘으로 내가 너한테 얻어 주겠다, 이 말이야. 너희들의 결혼 전에는 우리의 결혼식을 할 수 없다고 우리가 그녀를 설득하겠다……."

그는 이야기를 계속해서, 고갈될 줄 모르는 말의 흐름 속에 나를 빠져들게 했다. 그것은 기차가 파리에 도착했을 때도, 우리가 고등 사범 학교로 돌아왔을 때도 그치지 않았다. 역에서 학교까지 걸어왔음에도 불구하고, 그리고 밤늦은 시간이었음에도 불구하고, 아벨은 내 방으로 나를 따라와서 우리는 아침까지 이야기에 빠져들었다.

아벨의 열광이 현재와 미래를 마음대로 처분했다. 그는 우리 두 쌍의 결혼을 보고, 벌써부터 그것을 얘기했다. 그는 각자의 놀라움과 기쁨을 상상하고 묘사했으며, 우리의 이야기와 우리의 우정과 내 사랑에서의 자기의 역할의 아름다움에 도취하기도 했다. 나는 그렇게 달콤한 열정으로부터 자신을 잘 방어하지 못하고, 마침내 그것에 젖어 드는 듯이 느꼈고, 그의 공상적인 제안의 매력에 서서히 넘어갔다. 우리의 사랑 덕분으로, 우리의 야망과 용기도 부풀어 갔다. 학교를 졸업하자마자, 보티에 목사님의 주례로 우리 두 쌍의 결혼식이 이뤄지고, 우리 넷은 함께 여행을 떠나리라. 그 다음 우리는 거창한 일에 착수하고, 우리의 아내들은 기꺼이 우리의 협력자가 되어 주리라. 교수직에는 별로 끌리지 않고 글쓰는 소질을 타고났다고 믿는 아벨은 몇 편의 성공적인 희곡을 써내 그에게 모자라는 재산을 삽시간에 획득하리라. 공부에서 끌어 낼 수 있는 이익보다는 공부 자체에 이끌리는 나로서는, 종교 철학 공부에 몰두하여 그 역사를 저술해 볼 생각을 했다⋯⋯. 그러나 여기에서 그 많은 희망을 상기해 본들 무슨 소용이 있겠는가?

다음날 우리는 다시 학업에 빠져들었다.

4장

신년 휴가까지의 기간은 너무도 짧아서, 지난 번 알리사와의 만남으로 잔뜩 고무된 나의 믿음은 잠시도 약화될 수가 없었다. 마음속으로 작정했던 바와 같이, 나는 일요일마다 그녀에게 아주 긴 편지를 쓰곤 했다. 다른 날에는 아벨이나 겨우 만나 볼 뿐, 학교 친구들과도 떨어져서 알리사에 대한 생각에 잠겨 살았으며, 내가 좋아하는 책들에는, 나 자신이 찾는 흥미를 알리사가 거기서 취할 수 있는 흥미에 종속시키면서 그녀를 위한 표시를 가득 채워 넣곤 했다. 그녀의 편지들은 여전히 나를 불안스럽게 했다. 내 편지에 그녀는 꽤 규칙적으로 답장을 보내 주기는 했지만, 나를 따라오는 그녀의 열성에는 마음의 이끌림보다는 내 공부를 격려하려는 염려가 엿보이는 듯싶었다. 또한 작품의 평가나 논의나 비평이 나에게는 내 생각을 표현하는 하나의 수단에 불과한 데 반하여, 그녀는 자기 생각을 내게 감추기 위해서 그 모든 것을 사용하고 있는 것처럼 보이기도 했다. 때로는 그녀가 장난으로 그렇게 하는 것이 아닌가 하는 의심이 들기도 했다……. 아무려면 어떠랴! 아무것도 불평하지 않기로 단단히 결심한 나는, 내 편지에 그런 불안감을 조금도 드러내지 않도록 했다.

12월 말께 아벨과 나는 르아브르를 향해 떠났다.

나는 플랑티에 이모님 댁에 거처를 정했다. 내가 도착했을 때 이모님은 댁에 계시지 않았다. 그러나 내가 방에 자리를 잡자마자, 이모님이 응접실에서 나를 기다리신다고 하인이 와서 알려 주었다.

이모님은 나의 건강이나 나의 거처나 내 학업에 관한 소식을 알기가 무섭게 아무런 조심성도 없이 그분의 애정 어린 호기심에 빠져드시는 것이었다.

"얘야, 퐁괴즈마르에 머물렀던 결과가 만족스러웠는지 어쨌는지 너는 아직껏 얘기하지 않았다. 네 일을 좀 진전시킬 수가 있었니?"

이모님의 그 서툰 호의는 견뎌 내야만 할 것이었다. 그러나 더 없이 순수하고 부드러운 용어조차 내게는 난폭한 것으로 보일 감정을 이처럼 간략히 취급해 버리는 소리를 듣는 것이 나에게는 고통스러운 일이었지만, 그것이 그렇게도 소박하고 다정한 어조로 말해졌기 때문에 거기에 화내는 것도 어리석은 짓이었을 것이다. 그렇지만 우선은 나는 얼마간 대드는 기세로 대꾸했다.

"봄에는 약혼이 너무 이른 것으로 생각된다고 말씀하셨었잖아요?"

"그랬지, 나도 알고 있다. 처음에는 그렇게들 얘기하지." 이모님은 내 한 손을 잡아 당신의 손 안에 감동적으로 꼭 쥐면서 대꾸하셨다. "그런데다가, 너의 공부며 군 복무 때문에 너희들이 여러 해가 지나기 전에는 결혼할 수 없다는 것도 안다. 그렇기는 하지만, 내 개인적 생각 같아서는, 오랜 기간의 약혼은 별로 찬성할 만한 것이 못 돼. 그건 처녀들을 지치게 만들고……. 그러나 때로는 그게 아주 감동적일 수도 있지……. 그런데, 약혼을 공식화시킬 필요는 없겠지만…… 단지 말이다, 약혼을 해두면 — 물론 은밀하게지만 — 남들에게 더 이상 그 처녀들을 뒤쫓을 필요가 없다고 이해시킬 수가 있지. 그런데다가 약혼을 해두면 너희들의 편지 왕래며 교제를 공공연히 허용해 주지. 그리고 만약 다른 어떤 혼처가 나타난다고 해도 말이다……. 그건 일어날 수 있을 법한 일이지 않니……." 이모님은 그럴듯한 미소를 띠고 넌지시 말씀하셨다. "약혼을 해두면……, 안 된다고, 그럴 필요는 없다고 완곡하게 대답할 수가 있지. 쥘리에트에게 청혼이 있었다는 걸 너도 알고 있지! 그 애는 올 겨울에 대단히 두드러졌지. 그 애는 아직은 약간 어리다. 그 애도 바로 그렇게 대답했지. 그런데 청년은 기다리겠다는 거야……. 엄밀히 말해 이제 청년 이상이지만…… 요컨대 훌륭한 혼처다. 아주 확실한 사람이지. 그렇지 않아도 너는 내일 그 사람을 만나게 될 거다. 그는 내 크리스마스트리를 보러 올 테니까, 네 인상이 어떤지 내게 말해 주려무나."

"그 사람이 괜히 헛수고하는 것은 아닌가, 쥘리에트가 다른 사람을 마음에 두고 있는 것은 아닌가 걱정되는군요, 이모님." 나는 곧바로 아벨의 이름을 꺼내지 않으려고 무진 애를 쓰며 말했다.

"응? 너는 참 사람을 놀라게 하는구나! 그렇다면 그 아이가 왜 내게는 한 마디도 하지 않았을까?" 이모님은 미심쩍은 듯 입을 앞으로 내밀고 머리를 옆으로 갸우뚱하고는 의아스럽게 말씀하셨다.

나는 더 이상 말하지 않으려고 입술을 깨물었다.

"그럴 수가! 두고 보기로 하지……. 요사이는 쥘리에트 그 애가 좀 아파서……." 이모님은 말씀을 이어갔다. "그건 그렇다 하고, 지금 문제되는 것은 그 아이가 아니지……. 아! 알리사도 역시 참 귀엽지……. 요는 알리사한테 네 선언을 한 것이냐 안 한 것이냐?"

너무도 어울리지 않게 난폭해 보이는 그 선언이라는 말에 대해 진정으로 반발감을 느꼈지만, 정면으로 질문을 받은 데다가 거짓말을 할 수도 없는 노릇이어서 나는 모호하게 대답했다.

"예." 그리고 나는 얼굴이 달아오름을 느꼈다.

"그래, 그 애는 뭐라더냐?"

나는 고개를 숙였다. 좀처럼 대답하고 싶지 않았다. 그래서 내키지 않는 듯 더욱 모호하게 말했다.

"약혼하는 것은 거절하더군요."

"그래, 그 애 생각이 맞지, 그 깜찍한 아이가! 너희들은 시간이 얼마든지 있지, 그렇고 말고……." 이모님은 외치셨다.

"아! 이모님, 그만 해두세요." 나는 말을 중지시키려 애썼으나 허사였다.

"그건 그렇다 하고, 그 애가 그렇게 한 것은 놀라운 건 아냐. 그 아이, 네 사촌 누이는 언제나 너보다 더 철이 들어 보였거든……."

그때 나는 아마도 그런 심문에 역정이 나서였겠지만 딱히 영문을 알 수 없게 갑자기 가슴이 찢어지는 듯싶었다. 그래서 어린애처럼 사람 좋은 이모님의 무릎 위에 얼굴을 파묻고는 흐느끼면서 외쳤다.

"아녜요, 이모님, 이모님은 이해하지 못하세요. 그 애는 저한테 기다리라고 요청한 건 아니에요……."

"뭐라고! 그 애가 너를 거부하기라도 했단 말이냐?" 손으로 내 얼굴을 들어 올리시며 이모님은 매우 다정한 연민의 어조로 말씀하셨다.

"그런 건 아니에요……. 아녜요, 꼭 그런 건 아니에요."

나는 슬프게 고개를 흔들었다.

"그 애가 너를 사랑하지 않게 될까 봐 두려우니?"

"아! 아녜요. 제가 두려운 건 그게 아녜요."

"가엾은 녀석, 내가 너를 이해하게 되기를 바란다면, 좀 더 분명히 설명해야만 한다."

나는 나의 연약함에 이끌려 들어간 것이 부끄럽고도 서글펐다. 이모님은 필경 내가 불안해하는 이유를 이해하실 수 없었을 것이다. 그러나 알리사가 거절하는 이면에 어떤 분명한 동기가 감추어져 있다면, 이모님이 그녀에게 부드럽게 물어보심으로써 그것을 발견해 내는 데 나를 도와주실 수 있을는지도 모를 일이었다. 이모님이 스스로 그 얘기를 꺼내시며 말씀을 이어 가셨다.

"이봐, 알리사는 내일 아침에 나와 함께 크리스마스트리를 꾸미러 오게 되어 있어. 대관절 어찌 된 일인지 내가 곧 알아보겠다.

점심때 네게 그걸 알려 주겠다. 네가 걱정할 만한 일은 없다는 걸 너는 알게 될 거야. 틀림없이 그럴 거다."

나는 뷔콜랭 댁으로 저녁 식사를 하러 갔다. 실제로 며칠 전부터 몸이 아픈 쥘리에트는 변해 있는 것처럼 보였다. 그녀의 시선은 약간 사납고 또 거의 굳은 표정을 띠고 있어서, 그것이 전보다도 더 그녀의 언니와 그녀를 달라 보이게 했다. 그날 저녁에는 그녀들 둘 중 누구에게도 단독으로 얘기할 수가 없었다. 그런데다가 나는 그렇게 하기를 바라지는 않았고, 또 외삼촌께서 피곤해 보이셔서 식사가 끝난 잠시 후에 물러 나왔다.

플랑티에 이모님이 준비하시는 크리스마스트리는 해마다 많은 어린애들과 친척들과 친구들을 모여들게 했다. 그것은 층계참을 이루고 있는 현관에 세워졌는데, 현관은 첫 번째 대기실, 응접실, 그리고 식탁을 차려 놓은 일종의 온실의 유리문들로 통해 있었다. 트리의 장식이 끝나지 않아서, 내가 도착한 다음날인 축제날 아침 알리사는 이모님이 예고하신 대로 꽤 일찍부터 와서 트리의 가지에 장식, 조명, 과일, 과자류, 장난감 같은 것을 매다는 데 이모님을 도왔다. 그녀의 곁에서 그런 일을 하는 것에 나 자신도 커다란 즐거움을 느꼈을 것이지만, 이모님이 그녀에게 얘기를 할 수 있도록 해주어야만 했다. 그래서 나는 그녀를 보지도 못하고 집을 나서서 오전 내내 나의 불안을 메우려고 애썼다.

우선 나는 쥘리에트를 다시 만나 보기를 바라며 뷔콜랭 댁으로 갔다. 아벨이 나에 앞서 그녀 곁에 와 있다는 것을 알고는, 결정적인 대화를 중단시킬까 봐 두려워서, 나는 곧 물러 나와 점심 식사 시간까지 선창과 거리를 배회했다.

"바보 같으니라고!" 내가 돌아오자 이모님이 외치셨다. "인생을 그렇게 망쳐 버릴 수가 있는가! 오늘 아침에 네가 나한테 한 얘기 속에는 이치에 닿는 말이라고는 한 마디도 없더구나……. 아무렴! 나는 단도직입적으로 처리했지. 우리를 거드느라고 피곤해진 미스 애시버튼을 바람 쐬러 내보내고 나서, 내가 알리사와 단 둘이 있게 되자마자, 왜 올 여름에 약혼하지 않았느냐고 다짜고짜로 물어보았다. 너는 아마 그 애가 당황했으리라고 생각하겠지? 그 애는 조금도 동요되지 않고, 아주 태연하게, 저는 제 동생보다 먼저 결혼하고 싶지 않다고 대답하더라. 네가 그 애에게 솔직하게 물어보았더라면, 그 애는 너한테도 나에게처럼 대답했을 거다. 혼자 괴로워한 이유는 바로 여기 있는 거야, 안 그러냐? 보려무나, 애야, 솔직함만 한 것은 없는 거야……. 가엾은 알리사, 그 애는 제 아버지를 떠날 수 없다고도 얘기하더라……. 그래, 우리는 많은 얘기를 나눴다. 그 애, 그 깜찍한 것은 아주 철이 들었어. 그 애는 제가 너한테 어울리는 여자인지 아직 확신할 수 없다고도 말하더라. 너한테는 제가 너무 나이가 많지 않은가 두렵다고, 그리고 쥘리에트 또래의 여자가 더 바람직하지 않겠냐는 거야……."

이모님은 계속해서 말씀하셨다. 그러나 나는 더 이상 듣지 않았다. 나에게는 단 한 가지 사실만이 중요했다. 알리사는 자기 동생보다 먼저 결혼하기를 거부한다는 사실. — 그러나 아벨이 있지 않은가! 아벨, 그 잘난 체하는 녀석의 생각이 옳았다. 그는 단번에 우리 두 쌍의 결혼을 달성해 내려는 것이었다…….

그렇게도 단순한 사실이 밝혀져서 내가 겪게 된 동요를 이모님께는 최선을 다해 감추고서, 나는 이모님께는 매우 당연해 보이는 기쁨, 당신께서 나에게 주신 것이니만큼 더욱 그분의 마음을 즐겁게 하는 기쁨만을 나타내 보였다. 그러나 점심 식사가 끝나자마자 나는 적당한 핑계를 대고 그분 곁을 떠나 아벨을 만나러 달려갔다.

"어떠니! 내가 뭐라고 말했어!" 그에게 나의 기쁨을 알리자마자 그는 나를 포옹하면서 외쳤다. "이 친구야, 거의 너에 관한 얘기뿐이었긴 하지만, 오늘 아침에 내가 쥘리에트와 나눈 대화는 거의 결정적이었다고 벌써부터 너한테 예고할 수 있어. 그런데 그녀가 피곤하고 마음이 들떠 있는 것처럼 보여서……. 너무 깊이 얘기를 진행시켜 그녀를 동요시키고, 너무 오래 머물러서 그녀를 흥분시킬까 두려웠어. 네가 나한테 사실을 알려 준 바에야, 이제 다 됐다! 이 친구, 급히 가서 단장과 모자를 가져올게. 도중에서 내가 날아가면 나를 붙들어 주는 셈 잡고 뷔콜랭 댁 문 앞까지만 나를 바래다 다오. 나는 지금 에우포리온*보다도 몸이 더 가볍게 느껴지니까……. 언니가 너한테 동의하기를 거절하는 것은 오직 자기 때문임을 쥘리에트가 알게 될 때는, 그리고 곧 내가 청혼을 하게 될 때는……. 아아! 친구여, 오늘 저녁 크리스마스트리 앞에서, 행복의 눈물을 글썽이며 주님을 찬양하고, 무릎 꿇은 네 명의 약혼자의 머리 위로 축복이 가득한 손을 드리우시는 내 아버지의 모습이 벌써부터 보이는 듯하다. 미스 애시버튼은 탄식 속으로 증발하고, 플랑티에 아주머니는 블라우스 속으로 녹아들고, 온통 불이 밝혀진 트리는 신의 영광을 노래하며 성서에 나오는 산들처럼 손뼉을 칠 거다."

크리스마스트리에 불을 밝히고, 아이들, 친척들, 친구들이 그 주위로 모여드는 것은 저녁 무렵이 되어야 했다. 아벨과 헤어진 후, 할 일이 없는 데다 불안과 초조함에 휩싸여서, 기다림을 잊기 위해 나는 생타드레스의 절벽 위로 긴 산책에 나섰다가 길을 잃고 헤맨 탓으로, 다시 퐁그티에 이모님 댁에 되돌아왔을 때에는 조금 전부터 벌써 축제가 시작되어 있었다.

현관에 들어서자마자 나는 알리사의 모습을 보았다. 그녀는 나를 기다리고 있던 모양으로 곧 나를 향해 다가왔다. 그녀는 밝은색 블라우스 목 부분의 팬 곳에 오래된 작은 자수정 십자가를 달고 있었다. 어머니에 대한 추억의 선물로 내가 그녀에게 주었던 것인데, 아직까지 그녀가 달고 있는 것을 보지 못하던 것이었다. 그녀의 모습은 초췌해 보였으며, 얼굴에 드러난 고통스런 표정은 나를 가슴 아프게 했다.

"왜 이렇게 늦게 오니? 나는 너에게 얘기하고 싶었는데." 그녀는 억눌린 듯하고 다급한 목소리로 나에게 말했다.

"절벽 위에서 길을 잃었었어……. 그런데 몸이 안 좋은 모양이네……. 아니! 알리사, 무슨 일이야?"

그녀는 입술을 떨며 어리둥절한 듯이 잠시 내 앞에 서 있었다. 그런 괴로운 모습이 내 가슴을 죄었기 때문에 나는 감히 그녀에게 물어보질 못했다. 그녀는 내 얼굴을 끌어당기려는 듯 내 목에 손을 갖다 대었다. 그녀가 뭔가 얘기를 하려는 듯이 생각되었다. 그러나 그 순간 손님들이 들어왔다. 그녀의 손이 힘을 잃고 아래로 떨어졌다…….

"더 이상 시간이 없구나." 그녀는 중얼거렸다. 그러고는, 내 눈에 눈물이 가득 고이는 것을 보고는, 마치 그런 어설픈 설명이 나를 진정시키기에 충분하기라도 하다는 듯, 나의 눈길의 질문에 이렇게 답하는 것이었다.

"아냐……. 안심해, 단지 머리가 좀 아픈 거야. 아이들이 어찌나 시끄럽게 구는지……. 내가 이리로 좀 피해 와야 했었지. 이제 아이들 곁으로 돌아가야 할 때야."

그녀는 갑자기 내 곁을 떠났다. 사람들이 무리 지어 들어와서 나와 그녀를 갈라놓았다. 나는 응접실에서 그녀와 합류하려고 생각했다. 방의 반대편에서 아이들에 둘러싸여 그 아이들의 놀이를 주선해 주고 있는 그녀의 모습이 보였다. 그녀와 나 사이에서 나는 붙잡히지 않고는 뚫고 나갈 수 없을 많은 사람들을 알아보았다. 인사며 대화며, 나는 그런 것이 불가능함을 느꼈다. 혹시 벽을 따라서 살짝 빠져나가 본다면……. 나는 시도해 보았다.

정원의 커다란 유리문 앞을 지나가려 하는데, 누군가 내 팔을 붙잡는 것을 느꼈다. 문틀에 반쯤 몸을 숨기고서 커튼으로 몸을 가린 쥘리에트가 거기 있었다.

"온실로 가요." 그녀가 황급하게 말했다. "꼭 말할 게 있으니까. 그쪽으로 혼자 가요. 내가 곧 따라가 만날 테니까." 그러고서 그녀는 순식간에 문을 살짝 열고서 정원으로 달아났다. 무슨 일이 일어났는가? 나는 아벨을 만나보고 싶었다. 그가 무슨 얘기를 한 것인가? 그는 무슨 짓을 한 것인가?…… 현관 쪽으로 되돌아오다가, 나는 쥘리에트가 기다리고 있는 온실로 갔다.

그녀의 얼굴은 불같이 달아올라 있었다. 눈썹을 찌푸린 것이 그녀의 시선에 억세고도 고통스런 표정을 띠게 했다. 그녀의 두 눈은 열기를 품은 듯이 반짝거렸다. 일종의 격분 같은 것이 그녀를 흥분시키고 있었다. 불안함에도 불구하고 나는 그녀의 아름다움에 놀랐고, 또 거의 거북스러워졌다. 우리는 단 둘만이 있었다.

"알리사가 오빠에게 얘기했어?" 그녀가 다짜고짜로 나에게 물었다.

"겨우 두어 마디야. 나는 아주 늦게 돌아왔거든."

"언니는 내가 언니보다 먼저 결혼하기를 바란다는 걸 오빠도 알고 있어?"

"그래."

그녀는 나를 뚫어지게 쳐다보았다…….

"그리고 내가 누구와 결혼하기를 언니가 바라는지 오빠 알고 있지?"

나는 잠자코 있었다.

"오빠란 말이야!" 그녀는 외치듯이 말을 이었다.

"무슨 미친 소리야!"

"그렇겠지!" 그녀의 목소리 속에는 절망과 동시에 의기양양함이 깃들어 있었다. 그녀는 몸을 일으켰다. 아니, 그보다는 온통 몸을 뒤로 내젖혔다…….

"이제 내게 남아 있는 해야 할 일이 뭔가 알겠어." 정원의 문을 열면서 모호하게 덧붙여 말하더니, 그녀는 그 문을 난폭하게 등 뒤로 닫았다.

내 머리와 내 가슴 속에서는 모든 것이 비틀거렸다. 나는 관자 놀이에 피가 뛰는 것을 느꼈다. 단 한 가지 생각이 나의 당혹감에 맞서고 있었다. 아벨을 다시 만난다는 생각. 그러면 어쩌면 두 자매의 야릇한 얘기를 내게 설명해 줄 수 있을 것이다……. 그러나 모두들 나의 혼란을 알아챌 것으로 생각되는 응접실로는 감히 되돌아가지 못했다. 나는 밖으로 나섰다. 정원의 차디찬 공기가 나를 진정시켜 주었다. 나는 얼마 동안 그곳에 머물러 있었다. 어둠이 내리고 바다 안개가 차서 도시를 가리고 있었다. 나무들은 잎이 떨어져 있었고, 땅과 하늘은 더없이 황량해 보였다……. 노랫소리가 들렸다. 아마도 크리스마스트리 주위에 모인 어린애들의 합창일 것이다. 나는 현관으로 해서 다시 안으로 들어갔다. 응접실과 대기실의 문들은 열려 있었다. 어린애들이 그들의 성가를 마친 참이었다. 조용해지더니, 보티에 목사님이 트리 앞에서 설교 같은 말씀을 시작하셨다. 그분은 당신이 '좋은 씨를 뿌린다'고 일컫는 일의 기회는 놓치는 법이 없으셨다. 불빛과 열기가 나를 불편하게 했다. 나는 다시 나가고 싶었다. 그때 나는 문에 기대어 있는 아벨을 보았다. 그는 얼마 전부터 거기에 있었던 모양이었다. 그는 적의를 품고 나를 쳐다보더니 눈길이 마주치자 어깨를 으쓱했다. 나는 그에게로 갔다.

"바보 녀석!" 그는 낮은 소리로 웅얼거렸다. 그러더니, 갑자기 덧붙였다. "아아! 자! 나가자. 좋은 말씀은 넌더리가 난다!" 그리고 우리가 밖에 나서자마자, "바보 녀석!" 하고 또다시 내뱉더니, 내가 말없이 걱정스럽게 그를 쳐다보니까 이렇게 말했다. "바보 녀석, 그녀가 사랑하는 건 너란 말이야! 도대체 너는 나한테 그런 얘기도 해줄 수 없었니?"

나는 어안이 벙벙했다. 나는 도무지 알고 싶질 않았다.

"안 그래, 그렇지! 너 혼자서는 알아차릴 수조차 없었단 말이지!"

그는 내 팔을 붙잡더니 맹렬하게 나를 흔들어 댔다. 악문 이빨 사이로 그의 목소리는 떨리며 더듬거렸다.

잠시 동안 잠자코 있다가, 그가 되는 대로 성큼성큼 나를 끌고 가는 동안 역시 떨리는 목소리로 나는 그에게 말했다. "아벨, 제발 그렇게 화내지만 말고, 무슨 일이 있었는지 얘기해 봐. 나는 아무 것도 모른다."

어렴풋한 가로등 불빛 아래 그는 갑자기 나를 멈춰 세우더니 내 얼굴을 뚫어지게 쳐다보았다. 그러고 나서 그는 나를 와락 끌어당겨 내 어깨에 머리를 기댄 채 흐느끼면서 중얼거렸다.

"미안하다! 나는 바보야. 나 역시 너보다 분명히 볼 줄을 몰랐어. 가련한 형제야."

울음이 그를 약간 진정시킨 듯이 보였다. 그는 머리를 쳐들더니, 다시 걷기 시작하면서 얘기를 계속했다.

"무슨 일이 있었느냐고?…… 이제 그 얘기로 되돌아간들 무슨 소용이 있겠는가? 너한테 말한 대로, 나는 아침에 쥘리에트와 얘기했었다. 그녀는 유별나게 아름답고 생기에 차 있었어. 나는 그것이 나 때문이라고 믿었지. 그런데 그건 단지 우리가 네 얘기를 하고 있었기 때문이었어."

"그때는 네가 그걸 알아차릴 수 없었단 말인지?……"

"몰랐어. 분명히는 말이야. 그러나 이제 와서는 아무리 사소한 단서라도 명백하다……."

"잘못 생각하는 것이 아니라고 확신하니?"

"잘못 생각한다고! 하지만, 이 친구야. 장님이 아니고서야 그녀가 너를 사랑한다는 것을 보지 않을 도리가 없지."

"그래서 알리사가……."

"그래서 알리사가 자기희생을 하는 거지. 알리사는 동생의 비밀을 알아차리고는 동생에게 자리를 양보하려고 한 거야. 자, 이 친구야! 어쨌든 그건 이해하기 어렵지 않다……. 나는 쥘리에트에게 다시 얘기해 보려고 했다. 내가 첫 마디를 꺼내자마자, 아니 그보다도 쥘리에트가 내 뜻을 이해하기 시작하자마자, 그녀는 우리가 있던 긴 의자에서 일어서더니, '내 그런 줄 알았어요' 하고 몇 번이고 되풀이하는 거야. 전혀 그것을 알지 못하던 사람의 어조로 말이야……."

"아아! 농담은 좀 그만 해둬!"

"왜? 나는 그 얘기가 우스꽝스럽게 생각된다……. 그녀는 제 언니 방으로 냅다 달려가더라. 나는 갑자기 성난 목소리가 터져 나오는 걸 듣고 불안했지. 다시 쥘리에트를 만나 보기를 바라고 있는데, 잠시 후에 알리사가 나오는 거야. 그녀는 모자를 쓰고 있었는데, 나를 보기가 거북스러운 듯, 지나치면서 재빨리 '안녕하세요' 하고 인사할 뿐이었어……. 그게 전부다."

"너는 쥘리에트를 다시 못 봤니?"

잠시 머뭇거리더니 아벨이 말했다.

"봤지. 알리사가 나간 다음, 나는 방 문을 밀었어. 쥘리에트는 대리석 위에 팔꿈치를 괴고, 두 손에 턱을 받친 채, 벽난로 앞에 꼼짝 않고 있더라. 그녀는 거울 속의 제 모습을 뚫어지게 바라보고 있었어. 내 발자국소리를 듣자, 그녀는 고개를 돌리지도 않고서, '아아! 내버려두세요!' 하고 외치며 발을 구르는 것이었어. 그 어조가 어찌나 매몰차던지 나는 남아 있지 못하고 다시 나와 버렸다. 그게 전부야."

"그럼 이제는?"

"휴우! 너한테 말해 버리니 마음이 편하다……. 그럼 이제는? 그렇지, 너는 쥘리에트의 사랑병을 고치도록 애써야지. 내가 알리사를 아주 잘못 알고 있는 것이 아니라면, 그 전에는 그녀는 너한테 되돌아오지 않을 테니까."

우리는 말없이 꽤 오래도록 걸었다.

"돌아가자!" 그가 마침내 말했다. "이제 손님들도 갔을 거야. 아버지가 나를 기다리실까 걱정이다."

우리는 되돌아왔다. 응접실은 실제로 텅 비어 있었다. 대기실에는, 거의 불이 꺼진 헐벗은 트리 곁에 이모님, 그분의 두 자녀, 뷔콜랭 외삼촌, 미스 애시버튼, 목사님, 내 외사촌 누이들, 그리고 상당히 우스꽝스러운 한 인물만이 남아 있었다. 나는 그 인물이 이모님과 오랫동안 얘기를 나누는 것은 보았으나, 그 사람이 쥘리에트가 얘기했던 그 청혼자라는 것은 그제야 알게 되었다. 우리들 중 누구보다도 더 크고, 더 강건하고, 더 혈색이 붉으며, 거의 대머리인 데다가, 다른 신분, 다른 계층, 다른 태생인 그는 우리들 가운데서 이방인으로 느끼는 것처럼 보였다. 그는 무성한 콧수염 밑의 희끗희끗한 카이저수염 꼬투리를 초조하게 잡아당기며 비비 꼬고 있었다. 현관은 문들이 다 열려 있는 채였고, 더 이상 불도 밝혀 있지 않았다. 우리 둘이 소리 없이 들어서자, 아무도 우리의 출현을 알아채지 못했다. 끔찍한 예감이 내 가슴을 죄었다.

"멈춰!" 아벨이 내 팔을 잡으며 말했다.

우리는 그때 그 낯선 사내가 쥘리에트에게로 다가가서, 그녀가 그를 향해 시선도 돌리지 않은 채 저항 없이 그에게 내맡긴 손을 잡는 것을 보았다. 내 마음에는 암흑이 뒤덮였다.

"그런데, 아벨, 무슨 일이 일어나고 있는 거지?" 나는 아직도 이해하지 못한 듯이, 또는 내가 잘못 이해했기를 바라는 듯이 중얼거렸다.

"아무렴! 저 아이는 자신을 경매에 붙인 거지. 저 아이는 제 언니 밑에 남아 있기를 바라지 않는 거야. 확실히 하늘에서는 천사들이 박수갈채를 하겠지!" 그는 이빨 사이로 빠져 나오는 목소리로 말했다.

외삼촌이 나오셔서 미스 애시버튼과 이모님에게 둘러싸여 있는

쥘리에트를 포옹하셨다. 보티에 목사님도 다가가셨다……. 나는
앞으로 한 걸음 나아갔다. 알리사가 나를 알아보고 달려와서는 떨
면서 말했다.

"정말이지, 제롬, 이럴 수는 없어. 걔는 그를 사랑하지 않는단
말이야! 그 애는 오늘 아침 나한테 그렇게 말했어. 제롬, 그 애를
좀 말리도록 해. 오오! 저 애가 어찌 되려고?……"

절망적인 애걸을 하며 그녀는 내 어깨에 몸을 기댔다. 그녀의
고뇌를 경감시키기 위해서라면 나는 목숨이라도 바치고 싶었다.

트리 곁에서 갑작스런 외마디소리가 들리고 혼란된 웅성거림이
일었다. 우리는 달려갔다. 쥘리에트가 의식을 잃고 이모님의 품에
쓰러져 있었다. 각자들 서둘러서 그녀를 향해 몸을 기울였기 때문
에, 나는 그녀를 잘 볼 수가 없었다. 헝클어진 머리칼이 무섭도록
창백한 그녀의 얼굴을 뒤로 끌어당기는 것처럼 보였다. 그녀의 몸
이 소스라치는 것으로 미루어 그것은 예사로운 까무러침이 아닌
것처럼 보였다.

"아녜요! 아녜요!" 질겁하신 뷔콜랭 외삼촌을 안심시키려고 이
모님이 큰 소리로 말씀하셨다. 보티에 목사님은 벌써 집게손가락
으로 하늘을 가리키며 외삼촌을 위로하셨다. "아녜요! 아무렇지도
않을 거예요. 흥분했기 때문이죠. 단순한 신경 발작에 불과해요.
테시에르 씨, 당신은 힘이 세니까 나를 좀 도와 줘요. 이 아이를 내
방으로 올라가게 합시다. 내 침대에다…… 내 침대에다……." 그
러더니 이모님은 당신 맏아들에게 몸을 숙이시고는 그의 귀에 몇
마디 속삭이셨다. 그러자 아마 의사를 데리러 가는 모양으로, 그가

곧 밖으로 나가는 모습이 보였다.

이모님과 청혼자는 그들의 팔에 안겨 반쯤 뒤로 젖혀진 쥘리에트를 어깨 밑으로 해서 받쳤으며, 알리사는 동생의 발을 들어 올리고 부드럽게 껴안았다. 아벨은 뒤로 떨어질 것 같은 머리를 떠받쳤다. 마구 흐트러진 그녀의 머리칼을 그러모으며 거기 입 맞추고 있는 구부정한 아벨의 모습이 내 눈에 들어왔다.

방 문 앞에 나는 멈춰 섰다. 쥘리에트는 침대 위에 눕혀졌다. 알리사는 테시에르 씨와 아벨에게 내가 알아들을 수 없는 몇 마디 말을 했다. 그녀는 방문까지 두 사람을 따라 나오더니, 동생 곁에는 플랑티에 이모님과 함께 자기만이 남아 있고 싶으니, 동생이 쉴 수 있도록 해달라고 우리에게 부탁했다…….

아벨은 내 팔을 잡고 밖으로 나를 끌어냈다. 우리는 목적도 없고, 기력도 없고, 별다른 생각도 없이 오랫동안 어둠 속을 걸었다.

5장

　나는 나의 사랑 이외에는 내 삶의 다른 이유를 발견할 수 없었으며, 사랑에 매달렸고, 내 사랑하는 사람으로부터 나오지 않는 것은 아무것도 기대하지 않았고, 또 더 이상 기대하고 싶지도 않았다.

　다음날 내가 알리사를 만나 보러 가려고 차비를 하고 있는데, 이모님이 나를 불러 세우시더니 방금 받으셨다는 이런 편지를 내게 내미셨다.

　……쥘리에트의 심한 흥분 상태는 의사가 처방한 약을 들고 아침 녘에야 가라앉았습니다. 지금부터 며칠간 제롬이 오지 말도록 부탁드립니다. 쥘리에트가 그의 발자국소리나 그의 목소리를 알아챌 수도 있을 텐데, 그 아이에게는 절대 안정이 필요해서요…….

　쥘리에트의 상태가 저를 여기에 붙들어 두게 되지 않을까 걱정되는군요. 제롬이 떠나기 전에 집에서 그를 맞을 수 없게 되면, 고모님, 제가 그에게 편지를 쓰겠다고 말씀해 주세요…….

금족(禁足)은 나만을 겨냥한 것이었다. 이모님이나 다른 모든 사람에게는 뷔콜랭 댁의 초인종을 울리는 것이 자유였다. 그리고 이모님은 당장 그날 아침으로 거기에 가보실 생각이었다. 내가 낼 수도 있는 소리라고? 얼마나 가당찮은 핑계인가…… 상관없다!

"좋습니다. 저는 가지 않겠습니다."

알리사를 곧 보지 못하게 된다는 것은 몹시 가슴 아픈 일이었다. 그러면서도 나는 그 재회를 두려워하고 있었다. 나는 알리사가 자기 동생의 상태에 대한 책임을 나에게 돌리지 않을까 두려웠다. 그래서 나는 화난 그녀와 만나는 것보다는 그녀를 만나지 못하는 편이 오히려 견디기 수월했다.

어쨌든 나는 아벨을 다시 만나고 싶었다.

그의 문간에서, 하녀가 나에게 쪽지 하나를 전해 주었다.

네가 불안해하지 않도록 한 마디 남긴다. 쥘리에트와 이토록 가까이에서 르아브르에 남아 있는 것이 나에게는 견딜 수 없었다. 어제 저녁 너와 헤어진 거의 직후에, 나는 사우샘프턴*행 배표를 끊었다. 런던 S의 집에서 남은 휴가를 지낼 작정이다. 학교에서 다시 만나도록 하자.

……일체의 인간적 도움이 동시에 나에게서 사라져 버렸다. 나는 고통스러움 이외에는 아무것도 남아 있지 않은 체류를 더 이상 연장하지 않고서, 개학에 앞서 파리로 돌아왔다. 하나님께로, '모든 현실적 위안과 모든 은총과 모든 완전한 은혜가 비롯되는' 그

분께로 나는 시선을 돌렸다. 나는 그분께 나의 고행을 바쳤다. 나는 알리사 역시 그분께로 피신했으리라고 생각했으며, 그녀가 기도하고 있다는 생각이 나의 기도를 고무하고 고양시켰다.

알리사의 편지를 받고 또 그녀에게 편지를 쓰는 일 이외에는 별다른 사건도 없이, 명상과 공부의 오랜 시간이 흘러갔다. 나는 그녀의 편지를 모두 간직했다. 이후부터는 모호한 나의 추억은 그 편지로 방향을 잡게 된다……

이모님을 통해서 — 처음에는 오직 이모님만을 통해서 — 나는 르아브르의 소식을 알았다. 나는 이모님을 통해서 쥘리에트의 어려운 상태가 처음 며칠 동안 얼마나 걱정을 끼쳤는지를 알게 되었다. 내가 떠난 지 열이틀 후에야 나는 다음과 같은 알리사의 쪽지를 받았다.

나의 소중한 제롬, 좀 더 일찍 편지하지 못한 것을 용서해 줘. 우리 가련한 쥘리에트의 상태가 거의 편지 쓸 틈도 내주지 않았던 거야. 네가 떠난 후부터 나는 거의 그 애 곁을 떠나지 않고 있었어. 우리 소식을 너한테 전하는 일을 고모님께 부탁드려 두었었는데, 고모님이 그렇게 해주셨을 걸로 생각해. 그러니까 사흘 전부터 쥘리에트가 회복돼 가고 있다는 것을 알고 있겠지. 나는 벌써부터 하나님께 감사드리고 있지만, 아직도 마음이 즐거울 수는 없어.

지금까지 내가 여러분에게 별로 얘기한 바가 없는 로베르도 역시 나보다 며칠 늦게 파리로 돌아오면서 제 누나들의 소식을 나에게 전해 줄 수 있었다. 그녀들 때문에 나는 내 성격의 경향이 자연스럽게 이끌리는 것 이상으로 그에게 관심을 기울이고 있었다. 그가 입학했던 농업학교가 그에게 자유 시간을 줄 때마다, 나는 그를 보살폈고 그의 기분을 전환시켜 주려고 애써 궁리했다.

내가 알리사에게도 이모님께도 감히 물어보지 못했던 것을 알게 된 것은 그를 통해서였다. 에두아르 테시에르는 쥘리에트의 소식을 알려고 부지런히 찾아왔다고 했다. 그러나 로베르가 르아브르를 떠났을 때까지도 쥘리에트는 아직 그를 다시 만나지 않았다는 것이었다. 그리고 내가 떠난 후로 쥘리에트는 제 언니 앞에서 고집스레 침묵을 지키고 있었고, 무슨 수로도 그 침묵을 깰 수 없었다는 것도 나는 알게 되었다.

그러고 나서 조금 후, 내가 예감했던 대로 알리사로서는 곧 파기되기를 희망하는 그 약혼을, 가능한 한 빨리 공표해 주도록 당사자인 쥘리에트가 요청했다는 것을 나는 이모님을 통해 알았다. 그것에 반대하는 충고도 명령도 탄원도 다 좌절시킨 그 결심이 쥘리에트의 이마에 주름을 새기고, 그녀의 눈을 가리게 했으며, 그녀를 침묵 속에 가두는 것이었다…….

세월이 흘러갔다. 나는 알리사로부터 더없이 실망스런 짧막한 편지들밖에는 받지 못했으며, 더구나 나 자신도 그녀에게 무슨 얘기를 써보내야 할지 알 수 없었다. 겨울의 짙은 안개가 나를 뒤덮고 있었다. 공부의 등불도, 나의 사랑과 믿음의 모든 열정도, 아, 슬프도다! 내 마음의 어둠과 한기(寒氣)를 몰아내 주지는 못했다.

세월이 흘러갔다.

그리고 뜻하지 않게 어느 봄 날 아침, 그때 르아브르에 계시지 않던 이모님께서 당신께 온 알리사의 편지를 나에게 전해 주셨는데, 그 편지 중에 이 얘기를 밝혀 줄 수 있는 부분을 여기 적어 보기로 한다.

……저의 순종을 칭찬해 주세요. 고모님께서 하라시는 대로, 저는 테시에르 씨를 집에 오게 했습니다. 저는 그와 오래도록 얘기를 나눴어요. 저는 그가 나무랄 데 없음을 알게 되었고, 사실을 말씀드리자면, 이 결혼이 제가 처음에 두려워하던 것처럼 그렇게 불행하지 않을 것이라는 것을 거의 믿게 되었습니다. 분명히 쥘리에트가 그를 사랑하고 있지는 않아요. 그렇지만 한 주일 한 주일이 지날수록, 저에게는 그분이 사랑받을 가치가 있는 것처럼 보입니다. 그는 상황을 명료하게 보고 얘기하며, 제 동생의 성격에 대해서도 잘못 생각하고 있지 않습니다. 그러나 그는 자신의 사랑의 효과를 대단히 신뢰하여, 자신의 끈기가 굴복시킬 수 없는 것은 아무것도 없다고 자신하고 있습니다. 말하자면 그는 홀딱 반해 있는 셈이지요.

실상, 저는 제롬이 그토록 로베르를 보살펴 주는 것을 알고 몹시 감동했습니다. 로베르의 성격이 제롬과는 별로 닮은 점이 없기 때문에, 저는 그가 의무감에서 그렇게 해주는 것이 아닌가 생각합니다. 또한 저를 기쁘게 하기 위해서 그런지도 모르죠. 그러나 받아들이는 의무가 힘겨우면 힘겨울수록, 더욱더 영혼을 교육하고 고양시키게 된다는 것을 아마 그는 이미 알았을 거예요. 이건 대단히 숭고한 생각이지요! 맏조카딸을 두고 너무 웃으시지는 마세요. 저를 지탱해 주고, 또 쥘리에트의 결혼을 좋은 일로 생각하도록 저를 돕는 것이 바로 그런 생각이니까요.

고모님, 애정 어린 고모님의 배려가 제게는 얼마나 다정한지 모릅니다!⋯⋯ 그렇지만 제가 불행하다고는 생각하시지 마세요. 저는 거의 그 반대라고 말씀드릴 수 있습니다. 쥘리에트를 뒤흔든 시련이 저에게서 그 반향을 일으켰기 때문이지요. '인간을 믿는 자는 불행하도다' 라는 제가 잘 이해하지 못한 채 되풀이하던 성서 구절의 의미가 갑자기 저에게 밝혀졌습니다. 제가 성서에서 그 말씀을 찾아내기 훨씬 전, 제가 막 열네 살이 됐고 제롬이 채 열두 살이 되기 전이었을 때, 제롬이 저한테 보내 주었던 작은 크리스마스카드 위에서 저는 그 말씀을 읽었었습니다. 그 카드 위에는, 그때 저희들에게는 대단히 아름다워 보였던 꽃다발 곁에, 코르네유*가 주석한 다음과 같은 시구가 적혀 있었습니다.

이 세상 그 어떤 승리의 매력이
오늘 나를 주께로 이끄는가?
인간의 무리 위에 지주를 세우는
자는 불행하도다!

사실을 말씀드리자면 저는 이 주석보다는 예레미야*의 간결한 시구를 훨씬 더 좋아합니다. 그때 제롬은 아마 시구에 별다른 주의를 기울이지 않고 그 카드를 골랐을지도 모릅니다. 그러나 그의 편지에 의해 판단하건대, 요사이 그의 성향은 저의 성향과 아주 비슷한 것 같아, 저는 저희 두 사람을 동시에 가까이하여 주신 주님께 매일같이 감사를 드립니다.

고모님과 나눈 대화를 생각하며, 저는 공부하는 데 그를 방해하지 않으려고, 제롬에게 전처럼 긴 편지를 쓰지 않고 있습니다. 제롬 얘기를 더욱더 많이 함으로써 제가 보상을 받으려 한다고 고모님께서 생각하실 것만 같군요. 더 계속하게 될까 봐 얼른 제 편지를 그치겠습니다. 이번에는 저를 너무 꾸짖지 말아 주세요.

이 편지가 나에게 어떤 생각들을 암시해 주었던가! 이모님의 경솔하신 개입(알리사가 넌지시 얘기한 그 대화, 나에게 그녀의 침묵을 가져오게 한 그 대화는 어떤 것이었을까?), 그리고 이 편지를 나에게 건네주도록 이모님을 부추긴 서툰 배려를 나는 저주했다. 이미 알리사의 침묵을 내가 견디기 힘들게 된 바에야, 아아! 그녀가 나에게는 말하지 않는 내용을 다른 어떤 사람에게는 편지로 써보낸다는 것을 모르도록 내버려두는 편이 훨씬 낫지 않았는가! 우리 사이의 자질구레한 비밀을 이모님께 수월하게 털어놓는 것이며, 천연스런 어조, 침착함, 그 진지함, 그리고 명랑한 태도 등 모든 것이 나를 화나게 했다.

"천만에, 이 가련한 친구야! 그녀가 이 편지를 너한테 보낸 것이 아님을 알고 보면, 이 편지에서 너를 화나게 하는 것은 아무것도 없어." 나의 나날의 생활의 친구인 아벨은 나에게 이렇게 말했다.

아벨에게만은 나는 얘기를 할 수 있었고, 나의 고독한 생활 속에서 연약함, 동정에 대한 애처로운 필요성, 나 자신에 대한 불신 같은 것이, 그리고 우리의 성격이 다름에도 불구하고, 또는 오히려 그 다른 점 때문에, 곤경에 처했을 때 내가 그의 충고에 부여하는 신뢰 같은 것이 끊임없이 나를 그에게로 기울어지게 했다…….

"이 편지를 검토해 보자." 그는 편지를 제 책상 위에 펼쳐 놓으며 말했다.

내가 나흘간이나 마음속에 간직해 두고 있던 분한 생각 위로 벌써 사흘 밤이 지나갔다! 그때 나는 아벨이 나에게 다음과 같이 말해 버리는 상태에 거의 자연스럽게 도달해 있었다.

"쥘리에트—테시에르의 짝은 사랑의 불길에 내던져 두자, 그렇지 않니? 우리는 불길이 어떤 효력이 있는지 알고 있지. 그렇고 말고! 테시에르가 나에게는 불길에 몸을 태워야 할 나비로 보이는걸……."

"그 얘긴 접어 두고, 남은 문제로 옮겨 가자." 그의 농담에 기분이 상해서 내가 말했다.

"남은 문제라?" 그가 말했다. "남은 건 모두 너를 위한 거다. 불평하려면 어디 해봐라! 단 한 줄, 단 한 마디도 네 생각으로 가득 차 있지 않은 것이 없구나. 편지 전체가 너에게 보내진 거나 마찬가지야. 펠리시 아주머니는 편지를 너한테 다시 보내 줌으로써, 그 편지를 진짜 수신인에게 되돌려 준 것에 불과해. 알리사가 마치 최악의 경우처럼 편지를 그 선량한 아주머니에게로 보낸 것은 네 잘못 때문이야. 코르네유의 시구 — 말이 난 김에 얘기지만, 그건 라신*의 시구다 ─ 가 네 이모님께 무슨 소용이 있겠니! 너한 테 말해 두는 거지만, 그녀는 너와 얘기를 하고 있는 거다. 그녀는 그 모든 것을 너한테 말하고 있는 거야. 네 외사촌 누이가 두 주일 이내로 너에게 이만큼 길고, 거침없고, 기분 좋은 편지를 써보내 지 않는다면, 너는 바보에 불과하다……."

"그녀는 좀처럼 그렇게 하질 않는걸!"

"그녀가 그렇게 하는 건 오직 너한테 달려 있을 따름이야! 너는 내 충고를 바라지? 지금부터는……, 얼마 동안 너희들 사이의 사 랑이니 결혼에 대해서는 한 마디도 꺼내지 마라. 동생의 사건이 있은 후로, 그녀가 원망하는 건 바로 그 점이라는 것을 너는 알지 못하겠니? 우애의 자질에 대해서 공작을 하고 그녀에게 끊임없이 로베르 얘기를 해라. 네가 이미 그 천치 녀석을 돌보는 인내심을 발휘하고 있는 마당이니까. 단지 계속해서 그녀의 지성을 즐겁게 해주는 거야. 그 나머지 모든 일은 저절로 뒤따라 올 테니까. 아! 그녀에게 편지 쓰는 것이 나이기만 하다면!……"

"너는 그녀의 사랑을 받을 자격이 없을 거야."

그럼에도 불구하고 나는 아벨의 충고를 따랐다. 그러자 실제로 알리사의 편지들이 다시 활기를 띠기 시작했다. 그러나 쥘리에트 의 행복은 아닐지라도 적어도 그녀의 형편이 확실해지기 전까지 는, 나는 알리사 편에서의 진정한 기쁨이나 주저 없는 마음의 내 맡김을 기대할 수가 없었다.

하지만 알리사가 나에게 전해 오는 쥘리에트의 소식은 점점 좋 아져 갔다. 그녀의 결혼식은 7월에 거행될 예정이었다. 그 날짜에는 아벨과 내가 학업에 매여 있게 될 걸로 생각한다고 알리사는 나에게 편지를 써보냈다……. 우리가 결혼식에 나타나지 않는 것이 바람직하다고 그녀가 판단하고 있음을 나는 이해했다. 그래서 무슨 시험을 핑계 대고, 우리는 우리의 축하 말을 보내는 것으로 만족했다.

결혼식이 있은 지 약 두 주일 후에, 알리사는 나에게 다음과 같은 편지를 보내 왔다.

친애하는 제롬,

어제, 네가 나에게 준 라신의 예쁜 책을 되는대로 뒤적이다가, 벌써 10년 가까이 내 성서 속에 간직해 두고 있는 너의 옛 작은 크리스마스 카드에 적힌 넉 줄의 시구를 거기서 다시 발견하고는, 내가 얼마나 어리둥절했겠나 좀 생각해 봐.

이 세상 그 어떤 승리의 매력이
오늘 나를 주께로 이끄는가?
인간의 무리 위에 지주를 세우는
자는 불행하도다!

나는 그 시구가 코르네유의 주석에서 발췌된 것으로 믿고 있었고, 그것이 뛰어난 것이라고 생각하지 않았던 것 또한 사실이야. 그러나 영적(靈的)인 제4 송가(頌歌)를 계속 읽어 나가다가, 너무도 아름다워서 너에게 베껴 보내고 싶은 마음을 억제할 수 없는 절(節)을 발견했어. 네가 책의 여백에 경솔하게 써넣은 첫 글자들로 미루어 보건대, 아마도 너는 이미 그것을 알고 있을 거야. (실상 나는 내 책이나 알리사의 책을 막론하고, 내가 좋아해서 그녀에게도 알려 주고 싶은 구절이 나올 때마다 그 맞은편에 그녀 이름의 첫 글자를 써 넣는 버릇이 있었다.) 아무려면 어때! 내가 그걸 옮겨 쓰는 것은 내 즐거움 때문인걸. 내가 발견했다고 믿었던 것이 실은 네가 나에게 알려준 것임을 알고 처음에는 약간 속이 상했지만, 너도 나처럼 그 구절을 좋아한다고 생각하니 차차 그 몹쓸 감정은 나의 기쁨 앞에 굴복하는 것이었어. 여기에 베껴 쓰면서, 나는 너와 함께 그것을 다시 읽고 있는 듯하다.

불멸의 지혜의 목소리
울리어 우리를 훈계하나니,
'인간의 자식들아, 너희의 노고가
그 어떤 열매를 맺느뇨?
공허한 영혼들아, 그 어떤 잘못으로
너희 혈관의 가장 순결한 피로써
그리도 빈번히 사들이는가,
너희를 먹이는 빵이 아니라,
전보다 더욱 굶주리게 하는
하나의 그림자를?

내 너희에게 권하는 빵은
천사들의 양식으로 쓰이나니
그분의 밀의 정화(精華)로
주께서 손수 빚으신 것.
너희가 따르는 세상은
이토록 맛난 이 빵을
식탁에 결코 올리지 않나니.
나를 따르고자 하는 자에게 주리라
다가오라, 너희는 살기를 바라느뇨?
들라, 먹으라, 그리고 살아라.'
……………………………

복되게 사로잡힌 영혼은
당신의 굴레 아래 평화를 찾으며,
결코 마르지 않는
생명수로 목을 축이나니.
이 넘치는 물 누구나 마실 수 있나니,
이 물은 모든 이를 부르노라.
그러나 우리는 미친 듯 달려가
진창 투성이 샘이나,
언제나 물이 새어 버리는
허망한 물웅덩이를 찾나니.

참으로 아름답지! 제롬, 참으로 아름답지! 정말로 너는 나만큼 이것을 아름답다고 생각하는지? 내가 가지고 있는 판(版)의 작은 주(註)에 따르면, 도말 양이 이 송가를 부르는 것을 들은 맹트농 부인은 감탄을 나타내 보이고, '눈물을 흘리고' 또 곡의 한 부분을 되풀이해 부르게 했다는 거야. 이제 나는 그걸 외울 수 있으니, 싫증내지 않고 되풀이 암송한단다. 오로지 네가 그것을 읽는 소리를 들어 보지 못한 게 애석할 뿐이야.

우리의 여행자들로부터의 소식은 계속 매우 좋은 것이다. 쥘리에트가 바욘과 비아리츠에서 지독한 더위에도 불구하고 얼마나 즐거워했는지는 너도 이미 알고 있지. 그 후로도 그들은 퐁타라비를 구경했고, 부르고스에 머물렀으며, 피레네 산맥을 두 번이나 넘었다는 거야……. 쥘리에트는 지금 몽세라에서 감동적인 편지를 보내 왔다. 그들은 님으로 돌아가기 전에 바르셀로나에서 아직 열흘쯤 더 묵을 생각이라는데, 에두아르는 포도 수확을 위한 모든 일을 주선하기 위해 9월이 되기 전에 님으로 돌아가기를 원한대.

1주일 전부터 아버지와 나는 퐁괴즈마르에 와 있는데, 미스 애시버튼이 내일이면 우리와 합류할 예정이고 로베르는 나흘 후에 올 거야. 그 가엾은 아이가 시험에 실패한 것을 너도 알고 있겠지. 시험이 어려웠던 것이 아니라, 시험관이 너무도 야릇한 질문을 해대서 그 아이가 당황했던 모양이야. 그 애가 열심히 공부한다고 네가 나에게 편지했던 것으로 미루어, 로베르에게 시험 준비가 안 돼 있었다고는 믿을 수 없어. 그런데 그 시험관은 그렇게 학생들을 골탕 먹이는 것이 재미있는가 보지.

너의 성공에 대해서는, 나한테는 그것이 당연해 보이니까, 축하한
다고 말할 필요도 별로 없을 거야. 제롬, 나는 너를 그토록 신뢰하고
있어. 너를 생각하면 금방 내 마음은 희망으로 부푼다. 나에게 얘기
했던 연구는 지금부터 바로 시작할 수 있겠니?……

……이곳의 정원은 전혀 변한 것이 없어. 그러나 집은 텅 비어 있
는 것만 같아! 올해에는 오지 말도록 너에게 부탁한 이유를 너는 잘
이해하고 있겠지? 그 편이 나은 것처럼 느껴진다. 나는 매일같이 그
생각을 혼자 되뇌곤 한다. 너를 만나지 못하고 이처럼 오랫동안 떨어
져 있는 것이 나에게는 몹시 괴로운 일이니까……. 때때로, 나는 어
쩔 수 없이 너를 찾는다. 책 읽던 것을 멈추고, 갑자기 고개를 돌리
면……, 네가 거기 있는 것만 같아!

나는 편지를 다시 계속해 쓰고 있다. 지금은 밤이야. 모두들 잠이
들었고, 나는 열어 놓은 창문 앞에서 편지를 쓰느라고 남아 있어. 정
원은 아주 향긋한 냄새를 풍기고, 대기는 온화하다. 기억하고 있지,
우리가 어렸을 때, 대단히 아름다운 어떤 것을 보거나 듣게 되면 곧,
감사합니다, 하나님, 그것을 창조해 주셔서, 하고 생각하던 것을 말
야……. 오늘 밤, 나는 진정으로 이렇게 생각하고 있다. 감사합니다,
하나님. 이토록 아름다운 밤을 만들어 주셔서! 그러고는 갑자기, 어
쩌면 너도 그것을 느낄 수 있을 만큼 강렬하게, 나는 네가 여기에 있
기를 바라고, 또 여기 내 곁에 있음을 느낀다.

그래, 편지에서 너는 아주 잘 얘기했었지. '훌륭하게 태어난 영혼들에게는' 감탄이 감사와 뒤섞인다고……. 아직도 쓰고 싶은 말이 얼마나 많은지 몰라!…… 나는 쥘리에트가 얘기한 그 빛나는 나라를 꿈꾼다. 더 넓고, 빛이 더 찬란하고, 더 황량한 다른 나라들도 꿈꾼다. 어느 날엔가는 어찌해서 우리가 함께 신비스런 어떤 커다란 나라를 보게 될 것이란 이상한 확신이 나에게 깃들고 있다…….

얼마나 기쁨에 넘쳐서, 얼마나 사랑의 눈물에 젖어 내가 이 편지를 읽었겠는가를 여러분은 쉽사리 상상할 수 있을 것이다. 다른 편지들도 잇달아 왔다. 분명히 알리사는 내가 퐁괴즈마르에 가지 않는 것을 고마워했으며, 분명히 올해에는 자기와 만나지 말도록 나에게 간청했으나, 그녀는 나의 부재(不在)를 아쉬워했고, 내가 곁에 있기를 바라고 있었다. 페이지마다 나를 부르는 똑같은 소리가 울려 퍼지고 있었다. 어디에서 나는 그 부름에 저항하는 힘을 찾아냈던가? 어쩌면 아벨의 충고에서, 나의 기쁨을 갑자기 허물어뜨리지 않을까 하는 두려움에서, 또는 내 마음의 유혹에 반(反)한 자연스런 굳은 마음에서일 것이다.

뒤따라 온 편지들 중에서 이 이야기를 밝혀 줄 수 있는 모든 것을 옮겨 적기로 한다.

친애하는 제롬.

너의 편지를 읽으면서 나는 기쁨으로 녹아드는 것 같다. 오르비에토에서 보낸 네 편지에 답하려 하고 있는데, 페루자와 아시시에서 네가 보낸 편지가 동시에 도착했어. 나의 마음은 여행자가 되어 있다. 내 몸만이 여기 있는 시늉을 하고 있는 거지. 실상은, 나는 너와 더불어 움브리아의 하얀 길 위에 있는 거야. 나는 너와 더불어 아침이면 떠나고, 전혀 새로운 눈으로 여명을 바라보곤 한단다……. 코르토나의 테라스에서 너는 정말로 나를 불렀었니? 나는 네가 부르는 소리를 들었어……. 아시시 너머의 산에서는 지독히도 목이 말랐었지! 하지만 프란체스코회의 수도사가 내밀던 한 잔의 물은 얼마나 맛이 좋아 보이던지! 오오, 제롬! 나는 너를 통해 모든 것을 바라본다. 성 (聖)프란체스코에 대해 내게 써보내 준 것이 얼마나 좋았는지 몰라! 그래, 정말이지, 찾아야 할 것은 마음의 해탈이 아니고 '감격'이야. 마음의 해탈이란 가증스런 오만이 없이는 이루어지지 않거든. 자신의 야망은 반항이 아니고 봉사하는 데 놓여야 하겠지…….

님(Nîmes)에서 보내 오는 소식도 너무나 좋은 것이어서, 기쁨에 몸을 내맡기도록 하나님께서 나에게 허락해 주시는 것처럼 보인다. 올 여름의 단 한 가지 걱정은, 가엾으신 아버지의 상태야. 내가 보살펴 드림에도 불구하고 아버지는 쓸쓸해하신다. 그보다도 오히려 혼자 계시도록 내가 내버려 두면 아버지는 금세 쓸쓸함을 되찾으시고는, 거기서 벗어나기가 점점 어려워지시는 거야. 우리 주위에서 속삭이는 자연의 모든 기쁨이 그분께는 낯선 언어가 되어 가고 있다. 아버지는 그 소식을 들으려고 애쓰시지조차 않는 거야. 미스 애시버튼은 잘 지내신다. 나는 두 분 모두에게 너의 편지들을 읽어 드린다. 편지 하나하나가 우리에게 사흘간 얘기할 화제 거리를 마련해 준단다. 그러면 또 다른 새로운 편지가 도착하고…….

……로베르는 그저께 여기를 떠났다. 그는 친구 R의 집에서 남은 방학을 보낼 작정인데, 그 친구의 아버지는 모범 농장을 경영하신대. 우리가 여기서 보내는 생활이 그 애에게는 아주 유쾌한 것이 못 됨이 분명해. 그 애가 떠나겠다고 말했을 때, 나는 그 애의 계획을 격려해 줄 수밖에 없었다…….

……할 말이 태산 같아. 나는 그칠 줄 모르는 얘기에 갈증이 나 있는 거야! 때때로 나는 주고받을 무한한 부(富)에 대한 숨 막힐 듯한 감각만을 지닌 채 — 오늘 저녁에도 나는 꿈꾸는 듯이 이 편지를 쓰고 있다 — 말이나 분명한 생각이 떠오르질 않아.

우리가 어떻게 그렇게 여러 달 동안이나 침묵하고 지낼 수 있었을까? 아마도 우리가 동면에 빠져 있었던 모양이지. 오오! 그 무서운 침묵의 겨울은 영원히 끝나 버렸기를! 너를 되찾은 이후부터는, 생활도 생각도 우리의 영혼도 모두가 나에게는 무진장으로 아름답고, 사랑스럽고, 풍요해 보인다.

9월 12일

피사에서 보낸 네 편지 잘 받았다. 이곳도 역시 날씨가 기막히게 좋단다. 아직껏 노르망디가 나에게 이처럼 아름다워 보인 적은 결코 없었지. 그저께는 혼자서 들판을 가로질러 발길이 닿는 대로 오래 산보를 했었다. 나는 태양과 기쁨에 흠뻑 취해서, 피곤하기보다는 흥분된 상태로 집에 돌아왔어. 불타는 태양 아래, 밀단 무더기들이 얼마나 아름답던지! 모든 것이 아름답다는 것을 느끼기 위해서 굳이 내가 이탈리아에 와 있다고 상상할 필요가 없었어.

그래, 제롬, 자연의 '아련한 찬가'에서 내가 듣고 이해하는 것은, 네가 말한 바와 같이, 기쁨에의 권유야. 나는 그 권유를 새들의 노래 소리에서마다 들으며, 꽃의 향내에서마다 맡는다. 그리고 나는 형언 못 할 사랑으로 가득 찬 마음으로, 성프란체스코와 함께 주여! 주여! *e non altro* (그것만이) 하고 되풀이 하면서, 기도의 유일한 형식은 찬미뿐이라는 것을 이해하기에 이르렀다.

그렇다고 내가 무식한 여자가 되어 간다고 걱정하지는 마! 요즈음 나는 책을 많이 읽었어. 며칠간 비가 내린 덕택에, 나는 나의 예찬을 책 속으로 향하게 했다고나 할까……. 말브랑슈*를 다 읽고 나서 곧 라이프니츠의 『클라크에게 보낸 편지』를 집어 들었다. 그러고 나서 는, 쉴 겸해서 셸리의 『첸치』를 읽었는데, 재미는 없었어. 『함수초(含羞草)』도 읽었다……. 어쩌면 네가 화낼지도 모르지만, 우리가 지난 여름에 함께 읽었던 키츠의 오드* 네 편과 바꾼다면, 나는 셸리의 거 의 전 작품과 바이런의 전 작품을 내줄 거야. 마찬가지로 나는 보들 레르의 소네트 몇 편을 위해 위고의 전 작품을 내줄 거야. '위대한' 시인이란 말은 아무 의미가 없어. 중요한 것은 '순수한' 시인이 되는 것이지……. 오오 제롬! 나에게 이 모든 것을 알고 이해하고 사랑하 도록 해준 것에 감사한다.

……아냐, 며칠간 만나는 기쁨을 위해 네 여행을 단축하지 말기를 바라. 진지하게 하는 말이지만, 아직은 우리가 만나지 않는 편이 좋 아. 내 말을 믿어. 네가 내 곁에 있게 된다 해도, 나는 너를 이 이상 더 생각할 수는 없을 거야. 너를 괴롭게 만들고 싶지는 않지만, 지금 은 네가 곁에 있는 것을 더 바라지 않게 되었어. 이 얘기를 너한테 해

야 할까? 네가 오늘 저녁에 온다는 것을 내가 알게 된다면…… 나는
달아날 거야.

오오! 제발이지, 이, ……감정을 설명하라고 요구하지는 말아 줘.
다만 나는 내가 끊임없이 너를 생각한다는 것(이것으로 너의 행복에
는 충분할 거야)과 이대로 내가 행복하다는 것을 알고 있을 뿐이야.

....

이 마지막 편지가 있은 지 얼마 지나지 않아서, 그리고 내가 이
탈리아에서 돌아오자마자, 나는 군에 징집되어 낭시로 이송되었
다. 낭시에는 아는 사람이라고는 하나도 없었으나, 나는 혼자 있
는 것을 기뻐했다. 왜냐하면 이렇게 혼자 있음으로 하여, 알리사
의 편지가 나의 유일한 은신처이며, 그녀의 추억이, 롱사르*가 얘
기했던 것처럼 '나의 유일한 완성의 실현' 이라는 사실이 애인으
로서의 나의 자부심에나 알리사에게는 더 분명히 나타나 보일 것
이기 때문이었다.

사실상, 나는 우리에게 과해진 꽤 힘든 규율을 아주 기꺼운 마
음으로 견뎌 냈다. 나는 모든 것에 대해 굳세게 저항했으며, 알리
사에게 보내는 편지에서는 헤어져 있는 것만을 서글퍼했다. 그리
고 우리는 이 긴 별리(別離)에서 우리의 용기에 어울리는 시련을
찾아내기까지 했다. '결코 하소연하지 않는 너, 약한 모습을 상상
할 수 없는 너……' 라고 알리사는 나에게 편지를 써보냈다. 그녀
의 말에 대한 증거를 보이기 위해서라면 내가 무엇인들 견디지 못

했을 것인가?

우리의 마지막 재회가 있은 후로부터 거의 1년이 흘러갔다. 알리사는 그것을 생각지 않는 것 같았고, 이제야 겨우 그녀의 기다림을 시작하는 것처럼 보였다. 나는 그녀에게 그 점을 나무랐다. 그녀는 이런 답장을 보내 왔다.

이탈리아에서도 나는 너와 함께 있지 않았었니? 배은망덕한 사람같으니라구! 나는 단 하루도 너를 떠난 적이 없었다. 그러니 지금 잠시 동안은 내가 너를 따를 수 없음을 이해해 줘. 내가 별리라고 부르는 것은 이 상태, 단지 이 상태일 뿐이야. 군복을 입은 네 모습을 상상해 보려고 애쓴다, 정말이야……. 그러나 상상할 수가 없어. 저녁때, 강베타 가(街)의 작은 방에서, 글을 쓰거나 책을 읽는 너의 모습을 되찾는 것이 고작이야……. 그런데 그것도 아닌가? 실제로는 1년후 퐁괴즈마르나 르아브르에서야 너를 다시 만나게 되겠지.

1년이라! 나는 이미 흘러간 나날은 헤아려 보지 않는다. 나의 희망은 서서히, 서서히 다가오는 미래의 지점을 응시하고 있다. 생각나겠지, 정원의 깊숙한 안쪽, 그 밑에 국화를 심어 놓았고, 그 위를 우리가 위험을 무릅쓰고 걸어 다니던 그 낮은 담장 말이야. 쥘리에트와너는 곧장 천국으로 달려가는 회교도들처럼 대담하게 담장 위로 걸어 다녔었지. 나는 처음 몇 걸음을 옮겨 놓자마자 현기증을 일으켜서, 네가 담장 아래에서 소리치곤 했지. '발밑은 내려다보지 말라니까!…… 앞을 봐! 그대로 전진해! 목표를 정하고!' 그러고는 마침내

— 그런데 그 편이 말하는 것보다 더 나았어 — 너는 담장 끝에 기어 올라서 나를 기다렸어. 그러면 나는 더 이상 떨지 않았다. 나는 현기증을 느끼지 않게 되는 것이었어. 나는 너만을 쳐다보았지. 나는 너의 활짝 벌린 팔 안으로 달려들곤 했다…….

제롬, 너에 대한 신뢰가 없다면 나는 어떻게 될까? 나는 네가 강하다고 느끼는 것이 필요해. 나는 너에게 기대는 것이 필요해. 약해지지 말아요.

마치 우리의 기다림을 일부러 연장시키기라도 하듯 일종의 도전으로, 그리고 또한 불완전한 재회에 대한 두려움으로 해서, 설날 무렵의 며칠간의 휴가를 내가 파리의 미스 애시버튼 곁에서 보낸다는 데에 우리는 합의했다…….

여러분에게 앞서 얘기한 바와 같이, 나는 편지들 모두를 옮겨 쓰고 있는 것은 아니다. 2월 중순께 내가 받은 편지는 다음과 같다.

그저께, 파리 가(街)를 지나다가, 네가 나에게 알려 주기는 했었지만 실제로는 믿을 수가 없었던 아벨의 책이 M 서점의 진열장에 버젓이 진열돼 있는 것을 보고 몹시 놀랐다. 나는 참을 수가 없어서 서점에 들어갔지. 그런데 책 제목이 너무나 우스꽝스럽게 보여서 점원에게 그걸 말하기가 망설여지는 거야. 한 순간 아무거나 다른 책을 집어 들고 나오려고까지 했었다. 요행히 계산대 옆에 그 『교태(嬌態)』가 작은 무더기로 쌓여 있기에 나는 한 권을 집어 들고는 입을 열 필요도 없이 1백 수를 던지고 나와 버렸어.

아벨이 자기 책을 나에게 보내지 않은 것을 다행으로 생각한다! 나는 수치심을 느끼지 않고는 책장을 넘길 수가 없었다. 그 책 자체 — 거기에서 나는 외설스러움보다는 어리석음을 더 많이 보았지만 — 때문이라기보다는, 아벨, 너의 친구 아벨 보티에가 그것을 썼다는 사실이 더 창피스러웠다. 『르 탕』지의 평론가가 거기에서 발견했다는 그 '대단한 재능'을 몇 페이지마다 찾아보았지만 허사였다. 아벨이 곧잘 화제에 오르는 우리 르아브르의 조그만 사교계에서는, 그 책이 대단한 성공을 거두고 있음을 알고 있다. 그 치유될 길 없는 경박한 정신이 '경쾌성'이니 '우아함'으로 불리고 있는 소리를 듣는다. 당연히 나는 조심스런 신중함을 지키고 있으며, 내가 읽은 것을 너에게만 얘기한다. 처음에는 당연히 딱하게 여기시던 가엾으신 보티에 목사님은 이제는 그 책에도 무슨 자랑스러운 점이 있는 것이 아닌가 하고 생각하시기에 이르렀다. 그분 주위의 사람들은 모두 그분에게 그렇게 믿게 하려고 애쓰고 있다. 어제는 플랑티에 고모님 댁에서, V 부인이 갑작스럽게 목사님에게 말하는 것이었다. '목사님, 아드님께서 훌륭한 성공을 거두어서 매우 기쁘시겠습니다!' 그러자 목사님은 약간 당황하셔서 '뭘요, 아직 그럴 정도는 아닌 걸요……' 하고 대답하시더군. 그러자 '하지만 그렇게 되실 걸요! 그렇게 되실 거예요!' 하고 아주머님이 말씀하셨는데, 분명히 악의는 없었지만, 그 어조가 너무나 용기를 돋우는 투여서 모두들, 목사님까지도 웃기 시작했어.

불바르의 무슨 극장에서 상연하려고 그가 준비 중이라는 소문이 들리며, 벌써부터 신문들이 떠들고 있는 모양인 『신(新) 아벨라르』가

정작 상연되면 어떤 꼴이 될까!…… 가련한 아벨! 그가 원하는, 또 그가 만족할 성공이란 정말로 이런 것인가!

어제 나는 『내면의 위안』에서 다음과 같은 말을 읽었어. '진실하고도 영원한 영광을 진정으로 원하는 자는 일시적인 영광을 개의치 않느니라……. 일시적인 영광을 마음속으로 멸시하지 않는 자는 천상의 영광을 사랑하지 않음을 스스로 보이는 자이니라.' 그리고 나는 이렇게 생각했어. 감사합니다, 하나님. 그것에 비하면 다른 것은 아무것도 아닌 그 천상의 영광을 위해 제롬을 선택해 주셨음을.

단조로운 일과 속에서 여러 주일, 여러 달이 흘러갔다. 그러나 추억이나 희망에만 나의 생각을 매달아 둘 수 있음으로 해서, 나는 세월이 느리고 시간이 길다는 것을 별로 알아차리지 못했다.

외삼촌과 알리사는 그때쯤 해산을 기다리고 있는 쥘리에트를 만나러 6월에는 님 근교로 가게 되어 있었다. 그런데 좀 좋지 않은 소식이 와서 그들은 출발을 서두르게 됐다. 알리사는 이런 편지를 보내 왔다.

르아브르로 부친 너의 마지막 편지는 우리가 그곳을 떠난 직후에 도착했어. 그런데 그 편지가 한 주일 후에야 내 손에 들어오다니 어찌 된 까닭일까? 한 주일 내내 나는 불완전하고, 얼어붙은 듯하고, 의혹에 찬, 오그라든 마음이었어. 오오 제롬이여! 나는 너와 더불어서만 진정으로 나일 수 있고, 나 이상일 수 있는 것이다…….

쥘리에트는 다시 건강이 좋아졌어. 우리는 오늘 내일 하며 그 애의 해산을 기다리고 있는데, 별다른 걱정은 없다. 오늘 아침에 내가 너에게 편지를 쓴다는 것을 쥘리에트도 알고 있다. 우리가 에그비브에 도착한 다음날 그 애가 나한테 묻더라. '그래, 제롬은 어때요……. 여전히 편지해?……' 그래 내가 거짓말을 할 수도 없었는데, '제롬한테 편지할 때는, 말해 줘……' 하고는 잠시 머뭇거리더니, 아주 부드럽게 미소를 지으며, '……내가 나았다고' 하는 거야. — 항상 명랑한 그 애의 편지를 받아 보면서도, 그 애가 나에게 행복한 척 연극을 해보이는 것은 아닌가, 그리고 그 애 자신 그 연극에 속아 넘어 가고 있는 것이 아닌가 하고 나는 약간 걱정했었지……. 오늘 그 애의 행복을 이루고 있는 것은 그 애가 꿈꾸던 것, 그 애의 행복을 좌우하는 듯이 보이던 것과는 너무도 다른 거야!…… 아아! 사람들이 '행복'이라고 부르는 것은 영혼과 얼마나 밀접한 것이며, 행복을 형성하는 듯이 보이는 외부적 요소들은 얼마나 사소한 것인가! '황야'의 외로운 산책에서 내가 할 수 있었던 많은 생각들을 너에게 다 쓰지는 않겠다. 그 황야에서 가장 나를 놀라게 한 것은 자신이 즐겁게 느껴지지 않는다는 것이다. 쥘리에트의 행복이 내 마음을 가득 채워 주었을 텐데도……. 왜 내 마음은 물리칠 길 없는 알지 못할 우울에 빠져드는 것일까? 내가 느끼는, 적어도 내가 확인하는 이 고장의 아름다움조차 나의 설명할 길 없는 슬픔을 더해 줄 뿐이니……. 네가 이탈리아에서 편지를 써보낼 때는, 나는 너를 통해 모든 것을 볼 줄 알았다. 지금은 너 없이 바라보는 이 모든 것을 내가 너에게서 빼앗고 있는 것처럼 보인다. 요컨대, 퐁괴즈마르와 르아브르에서는 비오는 날을 생각해서라도 참는 힘을 길러 두었었지. 그러나 여기서는 그 힘이 더 이상 효력이 없으며, 나는 쓸모없는 그 힘을 느끼는 것이 불안한 것이다. 사람들과 이 고장의 명랑한 기질이 나의 기분을 거스른다. 내가 '적적하다'고 부르는 것은 단지 그들처럼 소란스럽지 못하다는 것인지도 모르지……. 아마 이전에는, 나의 기쁨에 어떤 오만이 깃들어 있었는지도 몰라. 왜냐하면 지금, 이 낯선 들뜬 분위기 속에서 내가 느끼는 감정은 굴욕과도 같은 어떤 것이니까.

내가 이곳에 온 후로는 기도도 별로 할 수 없었다. 나는 하나님이 전과 동일한 장소에 계시지 않는다는 어린애 같은 감정을 느끼고 있다. 잘 있어. 아주 서둘러서 끝낸다. 이 모욕적인 말, 나의 나약함, 나의 슬픔이 부끄럽다. 그리고 그것을 고백한다는 것이 부끄러우며, 우체부가 오늘 저녁에 가져가지 않는다면 내일에는 찢어 버릴 이 모든 얘기를 너에게 써보낸다는 것이 부끄럽다…….

다음 번 편지에는 알리사가 대모(代母)가 될 조카딸의 출생과 쥘리에트의 기쁨, 외삼촌의 기쁨 같은 것만이 얘기되어 있었고…… 그녀 자신의 감정은 더 이상 적혀 있지 않았다.

그 후에는 다시 퐁괴즈마르에서 부친 편지들이었는데, 7월에는 쥘리에트도 그곳에 와 있었다…….

에두아르와 쥘리에트는 오늘 아침에 이곳을 떠났다. 무엇보다도 섭섭한 것은 나의 어린 대녀(代女)가 떠난 것이다. 6개월 후에 아기를 다시 보게 되면, 고것의 몸짓은 알아보지 못할 정도로 달라져 있을 거야. 지금껏 그 아기가 만들어 내는 몸짓을 거의 하나도 빼지 않고 나는 지켜봤었다. '성장'이란 언제나 매우 신비스럽고도 놀라운 것이다! 우리가 더 자주 놀라지 않는 것은 주의력의 결핍 때문이지. 나는 희망으로 가득 찬 그 작은 요람 위에 몸을 기울이고 얼마나 많은 시간을 보냈는지 몰라. 그 무슨 에고이즘, 자기 만족, 최선에 대한 의욕의 감퇴 때문에 발달은 그처럼 빨리 멈춰 버리며, 모든 피조물은 하나님과 그렇게 멀리 떨어진 상태로 멈추어 버리는 것일까? 오오! 하지만 우리가 하나님과 더욱 가까워질 수 있고, 더욱 가까워지기를 원한다면…… 얼마나 멋진 경쟁이 될 것인가!

쥘리에트는 대단히 행복해 보인다. 그 애가 피아노와 독서를 포기하는 것을 보고 나는 처음에는 슬픔을 느꼈다. 그러나 에두아르 테시에르는 음악을 좋아하지 않으며 책에 대해서도 별다른 취미가 없는 것 같아. 쥘리에트는 남편이 따라올 수 없는 즐거움을 추구하지 않음으로써 슬기롭게 처신하고 있는지도 모른다. 반면에 그 애는 자기 남편의 일에 흥미를 느끼고 있으며, 남편도 그 애에게 사업의 모든 일을 가르쳐 주고 있다. 올해는 사업의 규모가 대단히 커졌다. 에두아르는 르아브르에 중요한 고객을 얻게 된 것도 자기의 결혼 때문이라고 즐겨 말하더라. 로베르는 지난 번 사업상으로 여행했을 때 그분과 동행했었다. 에두아르는 로베르에게 각별한 관심을 기울이며, 그 애의 성격을 잘 이해한다고 장담하고 있고, 그 애가 그런 종류의 일에 진지하게 취미를 붙이는 것을 보고 좋아한단다.

아버지는 훨씬 나아지셨다. 딸이 행복해하는 것을 보시고는 다시 젊어지신 모양이야. 아버지는 다시 농장과 정원에 흥미를 갖게 됐고, 우리가 미스 애시버튼과 함께 시작했다가 테시에르네 가족이 머무는 동안 중단되었던, 큰 소리로 읽는 독서를 다시 하자고 때때로 나에게 청하시기도 하는 거야. 내가 두 분께 그렇게 읽어 드리는 것은 휘프너 남작의 여행기인데, 나 자신도 거기에 큰 재미를 느끼고 있다. 이제는 나도 역시 책 읽을 시간을 좀 더 많이 갖게 될 거야. 그러나 나는 네가 좋은 책을 좀 골라 주었으면 싶다. 오늘 아침 나는 몇 권의 책을 하나하나 들춰 보았는데, 어느 것에도 흥미를 느낄 수가 없었어!⋯⋯

이 무렵에서부터 알리사의 편지들은 더 혼란되어 갔고, 더 절박해졌다. 여름이 끝날 무렵 그녀는 이런 편지를 써보냈다.

너를 걱정시킬까 봐 두려우면서도 네가 얼마나 기다려지는가를 얘기하지 않을 수가 없어. 너를 만나기 전까지 지내야 할 하루하루가 나를 짓누르고 나를 압박한다. 아직도 두 달! 그 기간이 이미 너와 떨어져 지낸 모든 세월보다 더 길어 보인다! 기다림을 잊기 위해 시도하는 모든 일이 나에게는 터무니없이 일시적인 방책으로 보이며, 나는 그 어떤 것에도 마음을 붙들어 맬 수가 없다. 책들은 힘도 없고 매력도 없으며, 산보도 재미가 없고, 대자연 전체는 위력이 없고, 정원은 퇴색하여 향기가 없다. 너를 끊임없이 너 자신에게서 떼어 내며, 너를 피곤하게 하고 너의 나날을 정신없이 흘러가게 하고, 저녁이면 피로에 휩싸인 너를 잠 속으로 내모는 너의 고역, 너 자신이 선택하지 않은 그 의무적인 훈련이 나는 부럽다. 기동 훈련에 대해 써보냈던 그 감동적인 묘사가 내 뇌리를 떠나지 않는다. 잠을 못 이루었던 요 며칠 밤, 나는 몇 번이나 기상나팔 소리에 소스라쳐 잠이 깨곤 했다. 정말로 나는 기상나팔 소리를 들었어. 네가 얘기한 그 가벼운 도취 같은 것, 그 새벽의 환희, 그 반쯤 현기증 나는 상태를 나는 너무나도 잘 상상할 수 있다……. 새벽의 얼어붙은 현란함 속에서의 그 말제빌 고원은 얼마나 아름다울 것인가!……

얼마 전부터 몸이 좀 좋질 못해. 오! 하지만 심한 건 아냐. 다만, 너를 좀 지나치게 기다리기 때문인가 봐.

그리고 여섯 주일 후에.

제롬, 이것이 내 마지막 편지다. 네가 돌아올 날짜가 아직 확정되지는 않았다 할지라도, 그 날짜가 오래 지연될 수는 없을 테니까. 이제 너에게 더 편지할 수는 없을 거야. 나는 퐁괴즈마르에서 너를 만나고 싶었지만, 날씨가 나빠져서 몹시 추운 탓으로, 아버지는 시내로 돌아가자는 말씀밖엔 안 하신다. 쥘리에트도 로베르도 우리와 함께 있지 않은 지금으로서야, 네가 우리 집에 묵는 것도 수월한 일이지만, 펠리시 고모님 댁에 머무는 것이 나을 거야. 고모님도 너를 맞는 것을 기뻐하실 테고.

우리가 재회할 날이 가까워 올수록, 나의 기다림은 더 걱정스러워진다. 거의 두려움이라고나 할까. 그렇게도 바라고 바랐던 네가 돌아온다는 것이 이제는 두려워지는 것만 같다. 나는 더 이상 그렇게 생각하지 않으려고 애쓰고 있다. 네가 울리는 초인종 소리, 층계를 올라오는 너의 발자국 소리를 상상하고 있으면, 나의 심장은 고동을 멈추고, 가슴이 꽉 죄어 오는 것만 같다……. 무엇보다도 내가 너에게 특별한 말을 하리라고 기대하지 말기를……. 나의 과거는 거기서 끝나는 것처럼 느껴진다. 그 너머에는 아무것도 보이지 않고. 나의 생(生)은 정지하는 듯…….

하지만 나흘 후, 즉 나의 제대 1주일 전에, 나는 또다시 아주 짤막한 편지를 받았다.

　제롬, 르아브르에서의 너의 체류와 우리의 첫 재회의 시간을 지나치게 길게 하지 않으려는 데 대해 너에게 전적으로 찬동한다. 이미 서로 편지를 주고받은 것 이외에 무슨 할 말이 있겠어? 그러니 학교 등록 때문에 28일에 파리에 가야 한다면, 주저하지 말고 가도록. 이틀밖에 머무를 수 없다는 것을 애석하게 생각하지 마. 우리에겐 앞으로 일생이 있지 않니?

6장

우리의 첫 만남이 이루어진 것은 퐁괴즈에 이모님 댁에서였다. 군 복무 탓인지 나는 갑자기 자신이 둔해지고 육중해진 느낌이었다……. 이어서 나는, 알리사도 내가 변했다고 여기고 있다는 생각이 들었다. 그러나 이런 거짓된 첫 인상이야 우리 사이에 무슨 중요성이 있겠는가? 나로서는, 그녀의 옛 모습을 완전하게 알아보지 못할까 봐 두려워서, 처음에는 그녀를 제대로 쳐다보지도 못했다……. 아니, 오히려 우리를 난처하게 한 것은 사람들이 우리에게 떠맡긴 약혼자 사이의 그 터무니없는 역할이었으며, 우리 둘만을 남겨 두려고 모두들 서둘러서 우리 앞을 떠나는 태도였다.

"그런데, 고모님, 고모님은 저희에게 전혀 방해되시는 게 아녜요. 저희는 둘만이 얘기할 비밀 같은 건 전혀 없어요." 자리를 피해 주려고 아주머니가 성급하게 애쓰시자 알리사가 마침내 부르짖었다.

"천만에! 천만에, 얘들아! 나는 너희들을 잘 이해해. 오래 만나지 못하고 지냈을 때는, 자질구레한 얘기 거리가 쌓여 있는 법이지……."

"고모님, 부탁이에요. 가버리신다면 저희에게 불친절하신 거예요." 이 말은 거의 화난 어조로 튀어나왔기 때문에 알리사의 목소리라고 생각되지 않을 정도였다.

"이모님, 이모님이 가버리시면, 저희들은 정말 단 한 마디도 나누지 않을 겁니다!" 나는 웃으면서, 그러나 단 둘만이 남게 된다는 생각에 어떤 두려움이 스며드는 걸 느끼며 덧붙여 말했다. 그래서 우리 셋 사이에는, 거짓으로 유쾌하며, 진부하고, 이면에 각자 자신의 불안을 숨긴 채 억지로 활기를 띤 대화가 다시 시작되었다. 외삼촌이 나를 점심에 초대하셨기 때문에, 우리는 다음날 다시 만나도록 되어 있었다. 그래서 우리는 그 연극을 끝장내는 것을 다행스러워하면서, 첫날 저녁에는 별 어려움 없이 헤어졌다.

나는 점심 식사 시간 훨씬 전에 도착했는데, 알리사는 어떤 여자 친구와 얘기를 나누고 있었다. 알리사는 그 친구를 억지로 보내지 못했고, 그 친구도 눈치 있게 떠나 주지 않았다. 마침내 그 친구가 떠나 우리 둘만 남게 되었을 때, 나는 알리사가 그 친구를 점심 식사에 붙들지 않은 것을 짐짓 놀라워하는 척했다. 우리 둘은 모두 밤새 잠을 이루지 못해 피곤했고 신경이 들떠 있었다. 외삼촌이 나타나셨다. 알리사는 내가 외삼촌이 늙으셨다고 생각하고 있음을 눈치 챘다. 외삼촌은 귀가 어두워져서 내 목소리를 잘 알아들으시지 못했다. 이해하시도록 소리를 질러야 했기 때문에 내 이야기는 맥이 빠져 버렸다.

점심 식사 후, 약속되었던 대로, 플랑티에 이모님은 당신의 마차로 우리를 데리러 오셨다. 이모님은 돌아오는 길에는 그 코스의 가장 쾌적한 부분을 함께 걸어오게 하실 의도로, 알리사와 나를 오르세까지 태워다 주셨다.

　계절에 비해 날씨가 더웠다. 우리가 걸어온 언덕배기는 햇볕에 노출되어 매력이라곤 없었다. 잎이 떨어진 나무들은 우리에게 피할 곳을 제공해 주지 않았다. 이모님이 기다리고 있는 마차로 빨리 돌아가야 한다는 염려에 뒤쫓기며, 우리는 불편할 정도로 걸음을 빨리 했다. 두통으로 죄어 오는 머리에서 나는 한 가지 생각도 짜낼 수가 없었다. 겉모습을 갖추기 위해서, 또는 이런 동작이 말을 대신할 수도 있다는 것 때문에, 나는 계속 걸으면서 알리사가 내맡긴 손을 잡고 있었다. 감정의 동요, 빨리 걷는 숨 가쁨, 그리고 침묵을 지키고 있는 것의 거북스러움이 우리의 얼굴에 피를 몰아 왔다. 나의 관자놀이에 피가 뛰는 소리가 들렸다. 알리사는 흉하게 얼굴이 상기되어 있었다. 그러고는 곧 땀에 젖은 손을 서로 붙들고 있다고 느끼는 어색함 때문에 우리는 손을 놓고 각자 쓸쓸히 내려뜨렸다.

　우리는 너무 서둘렀으므로 마차보다도 훨씬 먼저 네거리에 도착했다. 이모님은 우리에게 얘기할 시간을 주기 위해, 다른 길로 해서, 아주 천천히 마차를 몰고 오셨던 것이다. 우리는 언덕 비탈에 앉았다. 땀에 흠뻑 젖어 있었기 때문에 갑자기 인 찬 바람이 우리를 오싹하게 했다. 이윽고 우리는 마차를 마중하러 가려고 자리에서 일어섰다……. 그런데 아주 곤란한 일은, 우리가 충분히 얘기했으리라고 확신하며, 우리의 약혼에 대해 캐물으려는 가련한 이모님의 성급한 정성이었다. 그것을 견디지 못하고 눈에 눈물이 그렁그렁해진 알리사는 머리가 몹시 아프다고 핑계를 댔다. 돌아오는 길은 침묵 속에서 끝났다.

다음날, 나는 온몸이 쑤시고 감기가 든 상태로 잠에서 깼는데, 너무도 몸이 괴로워서 정오가 지난 후에야 뷔콜랭 댁에 가보기로 마음먹었다. 운 나쁘게도, 알리사는 혼자 있지 않았다. 펠리시 이모님의 손녀딸 가운데 하나인 마들렌 플랑티에가 거기에 와 있었다. 나는 알리사가 그 애와 자주 얘기하기를 좋아한다는 것을 알고 있었다. 그 애는 며칠간 제 할머니 댁에 와서 지내고 있었는데, 내가 들어서자 이렇게 외쳤다.

"여기서 나가실 때 '언덕'으로 돌아가신다면, 우리 함께 올라갈 수 있겠군요."

나는 기계적으로 승낙을 해버려서, 결국 알리사와 단둘이 만나 볼 수가 없었다. 그러나 이 사랑스런 아이가 있는 것이 어쩌면 우리에게 도움이 되어 주었다. 나는 전날의 견딜 수 없었던 어색함을 느끼지 않았다. 곧 우리 세 사람 사이에 수월하게 대화가 이루어졌는데, 처음에 내가 두려워하던 것보다는 훨씬 덜 피상적인 얘기였다. 내가 작별 인사를 하자 알리사는 기묘한 미소를 지었다. 그때까지도 내가 다음날 떠난다는 것을 그녀는 이해하지 못하고 있던 것처럼 보였다. 그런데다가 아주 가까운 재회의 전망이 나의 작별 인사에서, 작별 인사가 가질 수 있는 슬픈 느낌을 빼앗고 있었다.

하지만 저녁을 먹은 후, 나는 막연한 불안감에 밀려 다시 시내로 내려갔다. 시내를 한 시간 가까이나 배회한 다음에야 나는 다시 뷔콜랭 댁의 초인종을 누르기로 마음먹었다. 나를 맞은 것은 외삼촌이었다. 알리사는 몸이 불편해 이미 자기 침실로 올라갔으며, 곧 잠자리에 든 모양이라는 것이었다. 나는 외삼촌과 잠시 얘기를 나누다가 다시 나왔다……

계제에 맞지 않는 이러한 일들은 유감스럽기 짝이 없었지만, 그것을 이제 와서 비난해 보았자 허사일 것이다. 설사 모든 일이 우리를 도왔다 할지라도, 우리는 그런 거북스러움을 만들어 냈을 것이다. 그런데 알리사도 역시 그 거북스러움을 느꼈다는 것은 나를 더욱 비탄에 빠지게 했다. 파리에 돌아오자마자 나는 다음과 같은 편지를 받았다.

제롬, 얼마나 쓸쓸한 재회였던가! 너는 그러한 잘못을 타인들에게 돌리는 듯이 보였지만, 너 자신도 그렇게 확신할 수는 없었을 거야. 나는 이제는 언제나 이럴 것이라고 생각하며, 또 그러리라는 것을 알고 있다. 아아! 제발이지, 더 이상 만나지 말도록 하자.

얘기할 것은 태산 같은데, 왜 그런 거북스러움, 잘못 자리 잡은 듯한 그런 느낌, 그런 마비감, 그런 벙어리 같은 침묵인 것인지? 네가 돌아온 첫날에는 나는 그 침묵조차도 기뻤다. 그 침묵은 사라져 버릴 것이라고, 네가 신기한 얘기들을 나에게 들려줄 것이라고 믿었기 때문이었지. 그러기 전에는 네가 떠날 수 없으리라고 생각했던 거야.

그러나 오르세에서 우리의 침통한 산보가 끝내 침묵 속에서 끝나는 것을 보았을 때, 그리고 특히 우리의 손이 서로 떨어져서 희망 없이 내려뜨려졌을 때, 나는 슬픔과 고통으로 가슴이 무너져 내리는 줄 알았다. 그러나 나를 가장 슬프게 하는 것은 네 손이 내 손을 놓아 버렸다는 것이 아니라, 네 손이 그렇게 하지 않았다면 내 손이 먼저 그렇게 했으리라고 느껴지는 것이었어. 내 손 역시 너의 손 안에서 즐거워하지 않았으니까.

다음날 — 그러니까 어제 — 나는 오전 내내 미친 듯이 너를 기다렸다. 집에 머물러 있기에는 너무도 마음이 불안해서, 방파제 위에서 만나자는 말을 너에게 남겨 두고 나는 집을 나섰다. 오래도록 나는 넘실거리는 바다를 바라보고 있었다. 그러나 네가 없이 바라보는 것은 너무도 마음이 아팠어. 네가 내 방에서 기다리고 있다고 불현듯 상상하며, 나는 집으로 돌아왔어. 오후에는 내가 자유롭지 못할 것임을 알고 있었어. 전날 마들렌이 찾아오겠다고 알려 왔는데, 나는 오전에 너를 만날 것을 기대하고 있었기 때문에, 그 아이가 오도록 내버려두었다. 그런데 이번 재회에서 우리가 유일하게 기분 좋은 순간을 보낼 수 있었던 것은 그 아이가 있어 준 덕택이 아닌가 한다. 나는 그 편안한 대화가 오랫동안, 오랫동안 지속될 것이란 야릇한 환상을 잠시 가져 보기도 했다……. 그런데 내가 그 아이와 함께 앉아 있던 긴 의자로 네가 다가와서, 나를 향해 몸을 숙이고 작별 인사를 했을 때, 나는 너에게 대답도 할 수 없었다. 나에게는 모든 것이 끝나 버리는 것처럼 보였다. 갑자기 나는 네가 떠난다는 것을 깨달았다.

네가 마들렌과 함께 나가 버리자마자, 그런 일이란 나에게는 있을 수 없는, 견딜 수 없는 것처럼 보였다. 내가 다시 뛰어나간 것을 너는 알까! 나는 너에게 다시 얘기하고 싶었고, 너에게 전혀 말하지 못했던 모든 것을 비로소 말하고 싶었다. 벌써 나는 플랑티에 댁으로 달려가고 있었다……. 그러나 너무 늦었었다. 시간도 없었고, 감히 그러질 못했어……. 난 절망에 휩싸여 집으로 돌아왔다. 너에게 편지를 쓰려고……. 더 이상 너에게 편지를 쓰고 싶지 않다는…… 이별의 편지를……. 우리의 편지 왕래 전부가 하나의 커다란 신기루에 불과했다는 것을, 우리 각자는 아아! 자기 자신에게 편지를 쓰고 있었을 뿐이라는 것을, 제롬! 제롬! 아아! 우리가 항상 멀리 떨어져 있었다는 것을 마침내 나는 너무도 분명히 느꼈던 거야!

나는 그 편지를 찢어 버렸다. 정말이야. 그러나 지금 나는 거의 그것과 똑같은 편지를 쓴다. 오오! 제롬! 내가 너를 전보다 덜 사랑하는 것은 아니다. 반대로 네가 나에게 다가오자마자 얼마나 깊이 너를 사랑하는지를, 혼란과 거북스러운 기분 가운데서도 그처럼 절실히 느낀 적은 없었다. 그러나 절망적으로……, 왜냐하면, 이 사실을 너에게 고백해야만 하겠기에 말이지만, 멀리 있을 때 나는 너를 더 사랑했기 때문이야. 벌써부터 나는 그런 의심이 들었었다, 슬프게도! 그렇게도 바라던 이번의 만남은 나에게 그 사실을 분명히 일깨워 주었다. 그리고 제롬, 너 역시도 그 사실을 납득해야만 해. 잘 있어. 이토록 사랑하는 제롬, 하나님께서 너를 지켜 주시고 너를 인도해 주시기를. 오직 그분 곁으로만 우리는 마음 놓고 다가갈 수 있는 것이다.

그리고 이 편지로써는 아직 나에게 충분히 고통을 주지 못하기라도 한 듯이, 그녀는 다음날, 거기에 이런 추신을 덧붙여 놓고 있었다.

우리 두 사람에게 관계되는 일에 있어서는 좀 더 신중하도록 부탁하지 않고서는 이 편지를 보내고 싶지 않다. 너와 나 사이에만 머물러 있어야 할 것을 쥘리에트나 아벨에게 이야기함으로써 네가 내 기분을 상하게 한 것이 몇 번인지 모른다. 바로 이 점이, 네가 그런 추측을 하기 훨씬 이전부터 너의 사랑은 무엇보다도 이성적(理性的)인 사랑이며, 애정과 신의에 대한 훌륭한 지적(知的) 집착이라고 나에게 생각하게 했다.

내가 이 편지를 아벨에게 보이지 않을까 하는 염려가 이 마지막 몇 줄을 써넣게 했음에 틀림없었다. 도대체 그 어떤 의심 많은 통찰력이 그녀를 이렇게 경계하게 만들었을까? 그녀는 최근에 내 이야기 속에서 아벨의 어떤 충고의 반영이라도 간파해 냈던 것일까?……

나는 이제 아벨과는 상당히 거리가 있음을 느끼고 있었다! 우리는 점점 더 멀어지는 두 길을 따라가고 있었던 것이다. 그래서 이런 권고는, 슬픔의 무거운 짐을 혼자서 짊어지고 괴로워하라고 나에게 가르치는 것이라면, 아무 쓸모가 없는 것이었다.

뒤이은 사흘간은 오직 탄식에 사로잡혀 흘러갔다. 나는 알리사에게 답장을 쓰고 싶었으나, 지나치게 침착한 논쟁이나, 지나치게 격렬한 항변, 또는 서툰 말 한 마디 때문에 우리의 상처를 치유할 길 없이 더 깊게 만들까 봐 두려웠다. 나는 나의 사랑이 몸부림치는 편지를 수도 없이 고쳐 쓰곤 했다. 내가 마침내 보내기로 결심한 편지의 사본, 눈물로 씻긴 그 종잇장은 오늘날에도 눈물을 흘리지 않고서는 다시 읽을 수 없다.

알리사! 나를, 우리 둘을 가엾게 여겨 줘!…… 네 편지는 나를 가슴 아프게 했다. 너의 두려움을 그저 웃어넘길 수만 있다면 얼마나 좋을 것인가! 그래, 나도 네가 써보낸 모든 것을 느끼고 있었다. 그러나 나는 그렇게 생각하기를 두려워했다. 가상에 불과한 것에 너는 얼마나 끔찍한 현실성을 부여하고 있으며, 너는 우리 사이에 그것을 얼마나 두텁게 만들고 있는 것인지!

만약 네가 전보다 나를 덜 사랑한다고 느끼고 있다면……. 아아! 너의 편지 전체가 부인하고 있는 그런 잔인한 가정(假定)은 나와는 먼 것이다! 그렇다면 너의 일시적인 두려움이야 무슨 상관이 있겠는가? 알리사! 이치를 따지려고 하면, 내 글은 금세 얼어붙는다. 나는 내 가슴의 신음 소리밖에는 들리지 않는다. 재주를 부리기에는 나는 너무도 너를 사랑한다. 그리고 너를 사랑하면 사랑할수록 나는 점점 더 너에게 어떻게 말해야 할지를 모르겠어. '이성적인 사랑' …… 그 말에 내가 뭐라고 대답하기를 바라는 것이니? 내가 너를 사랑하는 것은 나의 영혼 전부로써인데, 어떻게 내가 나의 이성과 감성을 구분할 수 있겠어? 그러나 우리의 왕래가 너의 혹독한 비난의 원인이 되어 있으니, 편지 왕래에 의해 고양되어 있다가 뒤이어 현실 속에 추락한 것이 우리에게 그토록 혹심한 상처를 입혔으니, 네가 나에게 편지를 쓴다 할지라도 이제는 너 자신에게 쓰고 있을 뿐이라고 네가 믿을 것이니, 또한 이번 것과 흡사한 새로운 편지를 견뎌 낼 만한 힘이 나에게는 없으니, 제발 부탁이지만, 당분간 우리 사이에 일체의 편지 왕래를 중지하기로 하자.

내 편지의 끝 부분에서, 나는 그녀의 판단에 항변하면서 생각을 고치도록 호소했고, 새로운 상봉을 허락해 주도록 그녀에게 애원했다. 지난번의 만남은 무대 장치, 단역 배우들, 계절, 그리고 우리로 하여금 그 만남을 위해 신중하게 준비하도록 해주지 못했던 열띤 편지 왕래에 이르기까지 모든 것이 뒤틀어진 만남이었다. 이번에는 만남에 앞서 오직 침묵만이 있을 것이다. 나는 봄에 퐁괴즈마르에서 그 만남이 이루어지기를 바랐다. 거기에서는 과거의 추억이 나에게 유리하게 변호 역할을 해줄 것으로 생각되었고, 부활절 방학 동안 외삼촌께서 나를 맞아 주실 것이었으므로, 그녀 자신이 좋다고 생각할 기간 동안 머물 수 있을 것이다.

나의 결심이 확고히 정해졌기 때문에, 편지를 부치고 나자 곧 나는 학업에 열중할 수가 있었다.

* * *

그해가 끝나기 직전 나는 알리사를 다시 볼 수 있었다. 몇 달 전부터 건강이 쇠약해져 가던 미스 애시버튼이 크리스마스 나흘 전에 돌아가셨던 것이다. 군 복무를 마치고 돌아온 이후로 나는 다시 그분과 함께 지내고 있었다. 나는 그분 곁을 거의 떠나지 않았으며, 그분의 마지막 순간을 지켜볼 수 있었다. 알리사의 엽서는 이번의 슬픔보다도 우리의 침묵의 약속 쪽에 더 마음을 두고 있음을 보여 주었다. 외삼촌께서 참석하실 수 없기 때문에, 매장이라도 보러 그녀가 잠시 다녀가겠다는 내용이었다.

장례식에서나, 관을 따라갈 때나, 그녀와 나 둘뿐인 셈이었다. 나란히 걸으면서, 우리는 겨우 몇 마디 말을 주고받았을 따름이었다. 그러나 그녀가 내 곁에 앉아 있었던 교회에서는, 나는 그녀의 시선이 몇 번이나 다정하게 나에게 머무는 것을 느꼈다.

"결정된 거야." 헤어지는 순간 그녀가 말했다. "부활절 이전에는 아무것도."

"그래, 하지만 부활절에는……."

"기다릴게."

우리는 묘지의 문 앞에 있었다. 나는 역에까지 바라다 주겠다고 제안했다. 그러나 그녀는 손을 들어 마차를 부르더니, 작별의 말한 마디 없이 나를 남겨 두고 떠났다.

7장

"알리사가 정원에서 너를 기다린다." 4월 말께 내가 퐁괴즈마르에 도착했을 때, 외삼촌은 아버지처럼 나를 포옹한 다음 이렇게 말씀하셨다. 처음에는 알리사가 서둘러 나를 맞아 주지 않는 데 실망했으나, 곧 뒤이어 재회의 첫 순간의 진부한 인사말 등을 서로에게 면하게 해준 것에 대해 나는 그녀에게 고맙게 생각했다.

그녀는 정원의 깊숙한 곳에 있었다. 매년 이 무렵이면 활짝 피어난 라일락, 마가목, 양골담초, 웨즐리아 등의 덤불로 빽빽이 둘러싸이는 그 둥근 갈림길 쪽으로 나는 걸어갔다. 너무 멀리서부터 그녀의 모습이 눈에 띄지 않도록 하기 위해, 또는 내가 다가가는 것을 그녀가 보지 못하도록 하려고, 나는 정원의 다른 편으로, 나뭇가지 아래 대기가 서늘한 그늘진 오솔길을 따라갔다. 나는 천천히 나아갔다. 하늘은 내 기쁨처럼 덥고, 빛나고, 섬세하게 청명했다. 아마 그녀는 다른 편 오솔길로 해서 내가 올 것을 기다리고 있었던 모양이었다. 나는 그녀 가까이, 그녀의 등 뒤에 이르렀으나,

그녀는 내가 다가가는 소리를 듣지 못하고 있었다. 나는 멈춰 설수 있을 것 같았다. 지금이야말로 행복 그 자체에 앞서 오는, 그리고 행복 그 자체도 미치지 못할 가장 감미로운 순간인지 모른다고 나는 생각했다…….

나는 그녀 앞에 무릎을 꿇고 주저앉고 싶었다. 나는 한 발짝 앞으로 나섰다. 그녀가 그 소리를 듣고 말았다. 그녀는 수놓던 것을 땅에 굴러 떨어뜨린 채 급히 일어서서 나를 향해 팔을 내밀더니, 내 어깨 위에 두 손을 얹었다. 그녀는 양팔을 내밀고, 미소 지은 얼굴을 갸우뚱하고서, 말없이 다정하게 나를 쳐다보고만 있었다. 그녀는 온통 흰 옷을 입고 있었다. 거의 지나칠 정도로 근엄한 그녀의 얼굴에서, 나는 어린애 같은 그녀의 미소를 되찾을 수 있었다…….

"들어 봐, 알리사." 나는 갑자기 외쳤다. "나는 앞으로 열이틀간 자유로워. 하지만 네 마음에 안 든다면 하루도 더 머물지 않을 거야. '내일은 퐁괴즈마르를 떠나야 한다'는 것을 뜻하는 신호를 하나 정해 두기로 하자. 그러면 그 다음날에는 항변도 불평도 없이 내가 떠날 테니까. 동의하니?"

이 말은 전혀 준비해 둔 말이 아니었기 때문에, 나는 더 수월하게 말할 수 있었다. 그녀는 잠시 생각하고 나서 말했다.

"저녁 식사하러 내려오면서, 네가 좋아하는 자수정 십자가를 내가 목에 걸지 않는 저녁이야……. 알겠니?"

"그것이 나의 마지막 저녁이라는 거지."

그녀가 말을 이었다. "그렇지만 눈물도 흘리지 않고, 한숨도 짓지 않고 떠날 수 있어야 돼."

"작별 인사도 없이. 그 마지막 저녁에도 그 전날 했던 것과 마찬가지로 너와 헤어질게. 얘가 이해하질 못했나, 하고 처음에는 네가 의아해할 정도로 간단하게 말이야. 다음날 아침 네가 나를 찾으면, 나는 더 이상 거기 없을 뿐이겠지."

"다음날에는 나는 더 이상 너를 찾지 않을 거야."

그녀는 나에게 손을 내밀었다. 그 손을 나의 입술에 가져가면서, 나는 다시 말했다.

"지금부터 운명의 저녁까지는, 나에게 무엇을 예감케 하는 암시는 전혀 없기야."

"너도 뒤따라올 헤어짐에 대해 전혀 암시하지 않기다."

이제는 이 재회의 엄숙함이 우리 사이에 야기할 위험이 있는 거북스러움을 깨야만 했다. 내가 말을 이었다.

"네 곁에서 지내는 이 며칠간이 다른 날들과 다르지 않게 보였으면 참 좋겠어……. 우리 둘 다, 이 며칠간이 예외적이라고 느끼지 않았으면 한다는 뜻이지. 그리고…… 우리가 처음에는 얘깃거리를 찾으려고 너무 애쓰지 말았으면 해……."

그녀가 웃기 시작했다. 내가 덧붙여 말했다.

"우리가 함께 해볼 수 있는 일은 뭐 없겠니?"

우리는 언제나 정원 손질을 즐겨 했었다. 경험 없는 정원사가 옛날 정원사와 바뀐 지 얼마 되지 않아서, 두 달 동안 방치되어 있던 정원은 일거리를 많이 제공하고 있었다. 장미나무들은 전지가 잘 되어 있지 못했다. 생장이 왕성한 어떤 나무들은 죽은 가지들로 뒤엉켜 있었다. 덩굴을 뻗는 어떤 나무들은 잘 받쳐 주질 않아 땅에 쓰러져 있었다. 너무 자란 군가지들은 다른 가지들을 시들게 하고 있었다. 대부분은 우리가 전에 접붙여 준 것들이었다. 우리는 우리가 가꾼 것들을 알아볼 수 있었다. 그것들에게 필요한 손질이 오래도록 우리를 바쁘게 했기 때문에, 처음 사흘간은 전혀 심각한 말을 하지 않고도 많은 얘기를 주고받을 수 있었고, 입을 다물고 있을 때도 침묵이 전혀 무겁게 느껴지지 않았다.

이렇게 해서 우리는 서로 간에 옛날의 습관을 되찾았다. 나는 그 어떤 설명보다도 이러한 습관에 더 기대를 걸고 있었다. 우리 사이에는 서로 헤어져 있던 기억조차 이미 사라져 갔으며, 내가 그녀에게서 종종 느끼던 그 두려움도, 그리고 그녀가 나에게서 염려하던 그 마음의 위축도 이미 감소되어 가고 있었다. 지난 가을의 쓸쓸한 방문 때보다 더 앳된 알리사는 그 어느 때보다도 예뻐 보였다. 나는 아직 그녀를 포옹해 보지 못했다. 매일 저녁 나는 그녀의 블라우스 위에서, 금줄에 매달린 작은 자수정 십자가가 반짝이는 것을 볼 수 있었다. 신뢰 가운데서, 나의 가슴 속에는 희망이 다시 태어나고 있었다. 희망이라니, 무슨 소린가? 그것은 이미 확신이었다. 그리고 나는 알리사에게서도 마찬가지로 그것을 느낄 수 있다고 상상했다. 왜냐하면 나는 나 자신을 그토록 의심치 않았기 때문에 그녀도 더 이상 의심할 수가 없었던 것이다. 우리의 대화는 조금씩 조금씩 대담해졌다. 매혹적인 대기가 웃음 짓고 우리의 마음도 꽃처럼 개화된 어느 날 아침 나는 그녀에게 말했다.

"알리사, 쥘리에트도 이제 행복하니, 우리도 이대로 있지는 말

자. 우리도 역시……."

나는 그녀를 바라보며 천천히 말했다. 그런데 그녀가 갑자기 너무도 이상스럽게 창백해져서 나는 내 말을 끝맺을 수가 없었다. 내 쪽으로 시선을 돌리지도 않은 채 그녀가 말하기 시작했다.

"제롬! 나는 네 곁에서 사람이 행복할 수 있으리라고 믿었던 것 이상으로 행복하게 느끼고 있어……. 하지만 믿어 줘, 우리는 행복을 위해 태어난 게 아니야."

"영혼이 행복함보다 무엇을 더 바랄 수 있겠니?" 내가 격렬하게 외쳤다. 그녀가 중얼거렸다.

"성스러움……." 너무도 낮은 소리였기 때문에, 나는 그 말을 들었다기보다는 차라리 그렇게 짐작했다.

나의 모든 행복은 날개를 펴고 내 곁을 떠나 저 멀리 하늘로 날아가 버렸다.

"네가 없이는 나는 거기에 이르지 못해." 그녀의 무릎에 얼굴을 파묻고, 슬픔이 아니라 사랑에 복받쳐, 어린애처럼 울면서 나는 되풀이했다. "너 없이는 안 돼, 너 없이는 안 돼!"

그러고 나서 그날은 다른 날들처럼 흘러갔다. 그러나 저녁에, 알리사는 작은 자수정 보석을 달지 않고 나타났다. 나는 나의 약속을 충실히 지켜, 다음날 이른 새벽에 떠나왔다.

그 다음 다음 날, 나는 셰익스피어의 시 몇 귀절이 제사(題詞) 형식으로 적혀 있는 다음과 같은 이상한 편지를 받았다.

다시 한 번 그 가락을 — 꺼질 듯 스러져 가는 가락.

오오, 오랑캐꽃 피어난 기슭 위에,

향기를 앗아 가며 실어다 주며 산들거리는,

향기로운 남풍인 양 내 귀에 울려오던 가락 — 됐어. 그만 해,

이제는 전처럼 감미롭지 못하니…….

그래! 제롬, 오전 내내 나도 모르게 나는 너를 찾았다. 네가 떠났다
고 믿을 수가 없었어. 우리의 약속을 지킨 네가 원망스러웠다. 그것
은 장난이겠지 하고 생각하기도 했다. 네 모습이 나타나는 것을 보려
고 덤불 뒤마다 가보기도 했다. 그러나 아니었다! 네가 떠난 것은 사
실이었다. 고맙다.

너에게 알려 주고 싶은 어떤 생각에 끊임없이 사로잡혔다. 그리고
그 생각을 너에게 알리지 않는다면, 네게 대해 해야 할 일을 소홀히
했으며 너의 비난을 받아 마땅하다는 느낌을 나중에 갖게 되리라는,
기이하고도 분명한 두려움에 사로잡혀 나는 하루의 나머지 시간을
보냈다…….

네가 퐁괴즈마르에 머문 처음 몇 시간 동안, 네 곁에서 내가 느낀
나의 전 존재(全存在)에 대한 그 야릇한 만족감에 나는 놀랐고, 곧 뒤
이어 불안해졌다. '그 이상 아무것도 바랄 것이 없는 그러한 만족
감!'이라고 너는 나에게 말했지만, 아아 슬프게도! 바로 그 만족감이
나를 불안하게 한다…….

제롬, 내 뜻이 잘못 이해될까 봐 두렵다. 특히 내 영혼의 더없이 격
렬한 감정의 표현에 지나지 않는 것을 네가 미묘한 이론 전개(오오!

얼마나 서툰 이론 전개일 것인가)로 생각하지나 않을까 두렵다.

'충족시켜 주지 못한다면, 그건 행복이 아닐 거야'라고 네가 나에게 말한 것을 기억하니? 나는 대답할 바를 몰랐었지. 아니, 제롬, 그건 우리를 충족시켜 주지 못해. 제롬, 그건 우리를 충족시켜 주지 못할 거야. 환희로 가득 찬 그 만족감, 나는 그것을 진정한 것으로 여길 수 없다. 그 만족감이 어떤 비탄을 감싸고 있었는지 우리는 지난 가을에 이해하지 않았니?……

진정한! 아아! 그것이 진정할 수 있도록 하나님이 우리를 지켜 주시기를! 우리는 다른 행복을 위해 태어난 거야…….

이전에 주고받던 편지가 지난 가을의 재회를 망쳤던 것처럼, 어제 네가 곁에 있었던 추억이 오늘 나의 편지 쓰는 기쁨을 앗아 간다. 너에게 편지 쓸 때면 느꼈던 그 황홀함이 어떻게 되어 버린 것일까? 편지에 의해, 가까이 있음에 의해, 우리는 우리의 사랑이 자부할 수 있는 기쁨의 모든 순수함을 고갈시켜 버렸다. 그래서 이제는, 본의 아니게도, 『십이야(十二夜)』의 오르시노처럼 '됐어! 그만 해! 이제는 전처럼 감미롭지 못하니' 하고 나는 외친다.

잘 있어, 제롬. *Hic incipit amor Dei* (주를 사랑함은 여기에서 시작되나니). 아아! 내가 얼마나 너를 사랑하는지 너는 알 수 있을까?…… 언제까지나 나는 너의 알리사일 거야.

알리사

덕성의 함정에 대해 나는 무방비로 남아 있었다. 일체의 영웅주의가 나를 현혹하면서 나를 끌어당기고 있었다. 왜냐하면 나는 영웅주의를 사랑과 구분하지 않고 있었기 때문이었다. 알리사의 편지는 더없이 무모한 열광으로 나를 도취시켰다. 좀 더 많은 덕성을 쌓으려고 내가 노력한 것도 오직 그녀만을 위해서였음에 틀림없다. 그것이 오르막길이기만 하다면 모든 오솔길은 그녀와 합류할 수 있는 곳으로 나를 인도할 것이다. 아아! 우리 둘만을 떠받치기 위해서라면, 대지가 아무리 갑작스럽게 좁아 든다 해도 좋으리라! 슬프다! 나는 그녀의 가장(假裝)의 미묘함을 알아채지 못했으며, 절정에 이르러 그녀가 또다시 나에게서 빠져나갈 수 있으리라고는 상상하지 못했다.

나는 그녀에게 긴 답장을 했다. 나의 편지 가운데서 얼마간 명석함을 지녔던 것으로 생각되는 단 한 구절만이 기억난다. 나는 그녀에게 이렇게 말했던 것이다.

'나의 사랑은 내가 자신 속에 간직하고 있는 것 중에서 최상의 것으로 흔히 생각된다. 나의 모든 덕성도 사랑에 달려 있으며, 사랑은 나 자신 이상으로 나를 고양시켜 주는 것으로서, 네가 없다면 나는 극히 평범한 소질의 그 보잘것없는 높이로 다시 떨어져 내릴 것처럼 보이는 것이다. 아무리 가파른 오솔길이라도 나에게는 항상 최상의 길로 보이는 것은 너를 만나리라는 희망 때문인 것이다.'

여기에 내가 무슨 말을 덧붙여 놓았기에 그녀로 하여금 나에게 이런 회답을 보내게 했던가.

그렇지만 제롬, 성스러움은 선택이 아니라 의무(그녀의 편지에는 이 단어 밑에 밑줄이 세 개나 그어져 있었다)인 거야. 네가 만약 내가 믿었던 그런 사람이라면, 너 역시 그 의무에서 벗어날 수는 없을 거야.

그것이 전부였다. 거기에서 우리의 편지 왕래가 끝날 것임을, 그리고 아무리 교묘한 충고도, 아무리 집요한 의지도 아무 효력이 없을 것임을 나는 이해했다. 아니 그것은 이해라기보다는 오히려 예감이었다.

그렇지만 나는 애정에 넘치는 긴 편지들을 거듭 썼다. 내가 세 번째 편지를 보낸 후에야 나는 이런 쪽지를 받았다.

나의 벗이여,

내가 더 이상 너에게 편지를 쓰지 않으려고 어떤 결심이라도 했다고는 믿지 말기 바란다. 다만 이제는 편지 쓰는 데 흥미가 없을 뿐이야. 그렇지만 너의 편지들은 여전히 나를 즐겁게 한다. 하지만 이 정도로 네가 마음을 써주고 있는 데 대해 나는 점점 더 가책을 느낀다.

여름도 멀지 않았다. 당분간 편지 내왕은 포기하기로 하고, 9월의 후반 두 주일을 퐁괴즈마르에 와서 내 곁에서 지내 주었으면 한다. 받아들이겠니? 승낙한다면, 회답은 필요 없어. 너의 침묵을 승낙으로 여길 테니까, 나에게 답장하지 않기를 바라겠어.

나는 답장을 쓰지 않았다. 어쩌면 이 침묵은 그녀가 나에게 부과한 마지막 시련일는지도 몰랐다. 몇 개월의 학업과, 뒤이어 몇 주일의 여행 끝에 퐁괴즈마르에 돌아갔을 때는, 나는 더없이 평온한 안정 상태였다.

처음에는 나 자신도 잘 알 수 없었던 일을, 간단한 이야기로써 어떻게 독자에게 곧 이해시킬 수 있을 것인가? 그 이후 내가 전적으로 무릎을 꿇고 만 그 비탄의 사건 이외에 여기에 무엇을 더 쓸 수 있겠는가? 왜냐하면 오늘에 이르러서는 더없이 부자연스런 외관의 가면 밑에서 아직도 사랑이 팔딱거리고 있음을 느끼지 못했던 데 대해 자신을 용서할 수가 없지만, 처음에는 나는 그 외관밖에는 볼 수가 없었고, 지난날의 내 연인의 모습을 되찾을 수 없다고 그녀를 비난했기 때문이었다……. 아니, 알리사! 그때조차 나는 당신을 비난했던 것이 아니오. 당신의 옛 모습을 알아볼 수 없음으로 하여 절망의 눈물을 흘렸던 것이오. 사랑이 낳은 침묵의 술책과 잔인한 기교에서 당신의 사랑의 힘을 측량할 수 있게 된 지금, 당신이 앞으로 나를 더욱 더 뼈아픈 슬픔에 잠기게 할 그만큼, 나는 한층 더 당신을 사랑해야만 하는 것이 아닐까?

경멸? 냉담? 아니다, 극복되어야 할 것은 아무것도 없었다. 내가 대항해 싸울 수 있는 것조차 아무것도 없었다. 그리하여 나는 자신의 비참함을 스스로 꾸며 내는 것이 아닌가 하고 때때로 주저하고 의혹을 품었다. 그토록 나의 비참함의 원인은 미묘한 것으로 머물러 있었고, 그토록 알리사는 나의 비참함을 모르는 척 능란하게 꾸며 대고 있었다. 그러나 도대체 나는 무엇을 한탄할 수 있었던 것인가? 그녀가 나를 대해 주는 태도는 그 어느 때보다도 상냥했다. 그녀가 이보다 더 친절하고 사근사근한 적은 결코 없었던 것이다. 첫날에는 나는 그런 태도에 거의 속을 정도였다……. 납작하게 졸라매어 표정마저 달라 보이게 할 정도로 그녀의 얼굴 윤곽을 굳게 만드는 새로운 머리 모양새쯤이야 결국 무슨 중요성이 있겠는가. 우중충한 색깔의 촉감이 거친 천으로 지어 입은, 어울리지 않는 웃옷이 그녀의 몸의 섬세한 리듬을 어색하게 만들고 있던 것쯤이야 무슨 상관이랴……. 그런 것쯤이야 그녀 자신이, 또는 나의 요청에 의해서, 내일부터라도 그녀가 고칠 수 있는 사소한 것이라고 나는 맹목적으로 생각했던 것이다……. 나는 우리 사이에 별로 익숙하지 않은 그런 친절과 사근사근함이 더 슬펐다. 나는 거기서 충동이기보다는 결심을, 그리고 감히 입에 담기도 힘든 것이지만, 사랑보다는 예의를 보게 되는 것이 두려웠다.

저녁에 응접실에 들어가면서, 나는 늘 놓여 있던 자리에 피아노가 없는 것을 보고 놀랐다. 내가 실망한 소리로 외치자,

"피아노는 수리 중이야, 제롬." 알리사가 더없이 태연한 목소리로 대답했다.

"애야, 내가 거듭 말했지 않느냐." 외삼촌이 거의 엄격한, 꾸중하는 듯한 어조로 말씀하셨다. "지금까지는 네가 그런 대로 써올 수 있었으니, 제롬이 떠날 때까지 기다렸다가 피아노를 고치러 보낼 수도 있었을 게다. 네가 서두는 바람에 큰 즐거움 하나를 빼앗겼잖니……."

"하지만 아버지, 요즈음은 피아노가 헛소리만 내서 제롬도 아무것도 칠 수 없었을 거예요." 그녀가 빨개진 얼굴을 돌리며 말했다.

그녀는 안락의자 커버의 치수를 재는 데 몰두한 듯 한동안 그늘진 쪽으로 몸을 숙이고 있더니, 갑자기 방을 나갔다가, 매일 저녁 외삼촌이 습관적으로 드시는 탕약을 쟁반에 받쳐 들고 한참 후에야 다시 나타났다.

다음날에도 그녀는 머리 모양새나 웃옷을 바꾸지 않았다. 집 앞 벤치에 아버지와 나란히 앉아, 그녀는 전날 저녁에도 몰두했던 바느질(바느질이라기보다는 깁는 일)을 다시 시작했다. 그녀 곁의 벤치나 테이블 위에, 해진 긴 양말과 짧은 양말들이 가득 찬 커다란 바구니를 놓아두고, 거기서 그녀는 일감을 계속 꺼내는 것이었다. 며칠 후에는 일감이 냅킨과 시트 등속으로 변했다⋯⋯. 그 일은 완전히 그녀를 사로잡아 그녀의 입술은 일체의 표정을 잃고 그녀의 눈은 일체의 광채를 잃을 정도였다.

첫날 저녁, 나는 잘 알아볼 수 없을 정도로 시취(詩趣)를 잃은 그 얼굴에 질겁해서, "알리사!" 하고 외치고 말았다. 조금 전부터 나는 그 얼굴을 뚫어지게 바라보고 있었으나, 그녀는 나의 시선을 느끼지도 못하는 것처럼 보였다.

"왜 그래?" 그녀는 고개를 들며 말했다.

"내 말이 들리는지 알아보고 싶었던 거야. 생각이 나에게서 너무도 멀리 떨어져 있는 것처럼 보인다."

"아냐, 나는 여기 있어. 하지만 여간 주의해서 깁지 않으면 안 돼."

"네가 바느질 하는 동안, 너에게 책이라도 읽어 줄까?"

"아주 잘 들을 수는 없을 것 같아."

"왜 그렇게 골몰케 하는 일을 택하지?"

"누군가가 그걸 해야 하니까."

"그런 일이 밥벌이가 될 가난한 여자들도 많은데. 절약하기 위해 네가 이런 허튼 일에 억지로 매달리는 것도 아니잖니?"

그녀는 대뜸 어떠한 일도 그 이상 그녀에게 재미있는 것은 없으며, 오래 전부터 자기는 다른 일은 해오지 않아서, 다른 일을 위한 솜씨는 아마 모두 잊어버린 것 같다고 단언했다……. 그녀는 얘기하면서 미소를 짓고 있었다. 그녀의 목소리가 이보다 더 다정한 적이 없었으나 나는 슬픔을 억제할 수가 없었다. "나는 당연한 얘기를 하고 있을 뿐인데, 너는 왜 그것을 슬퍼하니?" 하고 그녀의 얼굴 표정은 말하고 있는 듯이 보였다. 내 마음의 모든 항변은 내 입술까지도 올라오지 못한 채 오히려 나를 숨 막히게 했다.

그 다음 다음 날 우리가 장미를 꺾고 나자, 그녀는 그해에 아직한 번도 들어가 보지 못한 그녀의 방으로 장미꽃을 가져다달라고 나에게 부탁했다. 그러자 나는 곧 얼마나 희망에 들떴던가! 왜냐하면 나는 아직도 나의 슬픔을 나 자신의 탓으로 돌리고 있었기 때문이었다. 그녀의 한 마디 말이 내 마음을 치유할 수도 있을 것이었다.

나는 아무런 감동도 없이 그 방에 들어간 적이 없었다. 거기에는 알리사의 모습을 알아볼 수 있는 어떤 아름다운 선율의 평화 같은 것이 깃들고 있었다. 창과 침대 둘레에 친 커튼의 푸른 그늘, 반들거리는 마호가니 가구들, 질서와 청결과 고요함, 그 모든 것이 그녀의 순결함과 그녀의 사려 깊은 우아함을 내 마음에 전해 주는 것이었다.

그날 아침, 나는 그녀의 침대 옆 벽에서, 내가 이탈리아에서 가져다주었던 마사치오*의 두 장의 커다란 사진을 볼 수 없어서 놀랐다. 그 사진들이 어떻게 되었는지 그녀에게 물어봐야겠다고 생각하고 있는데, 내 시선은 그녀가 애독서를 정리해 두는 바로 옆의 책장에 머물렀다. 그 작은 서가는 절반은 내가 그녀에게 준 책으로, 또 절반은 우리가 함께 읽었던 책으로 서서히 형성되어 왔던 것이다. 그 책들 모두가 치워지고, 그녀가 경멸감밖에는 갖지 않아 주었으면 싶은 통속적인 신앙심에 관한 보잘것없는 소책자들로 대치되어 있는 것을 나는 알아보았다. 갑자기 눈을 뜨니, 웃고 있는, 그렇다, 나를 처다보며 웃고 있는 알리사의 모습이 눈에 들어왔다.

"미안해." 그녀는 곧 말을 꺼냈다. "네 얼굴 모습이 우스웠어. 내 책장을 얼핏 보고는 네 얼굴이 너무도 갑작스럽게 일그러졌거든……."

나는 별로 농담을 할 기분이 아니었다.

"아니, 정말이야, 알리사, 이게 네가 요즘 읽는 것이야?"

"그럼, 뭘 그리 놀라니?"

"자양이 풍부한 양식에 길든 지성이라면, 역겨움이 없이는 저런 맥 빠진 것들을 맛볼 수 없으리라고 나는 생각했는데."

"나는 네 말을 이해할 수가 없어." 그녀가 말했다. "그들은 최선을 다해 자기들의 생각을 표현하고, 나와 함께 소박하게 얘기를 주고받는 겸허한 영혼들이야. 그리고 나는 그들과 더불어 있는 게 즐거워. 그들은 어떠한 미사여구의 함정에도 빠지지 않을 것이며, 그들의 책을 읽으면서 나는 어떠한 세속적 찬미에도 빠져들지 않을 것임을 나는 미리부터 알고 있어."

"그러면 이제 이런 것들만 읽니?"

"거의 그래. 몇 달 전부터는 그래. 게다가 이제는 독서할 시간도 많질 않아. 사실을 말하자면, 아주 최근에, 찬미할 만하다고 네가 나에게 가르쳐 주었던 그 위대한 작가들 가운데 어떤 작가의 글을 다시 읽어 보려고 했으나, '제 키를 한 자쯤 덧붙이려고 애쓰는' 성서에 나오는 사람과 같은 결과만 됐어."

"너 자신에 대해 그렇게 괴상한 생각을 갖도록 한 그 '위대한 작가'가 누구인데?"

"내가 그런 생각을 갖게 된 건 그 작가 때문이 아냐. 그 작가의 글을 읽다가 내가 그런 생각을 한 거지……. 그건 파스칼이었어. 아마 내가 어떤 좋지 못한 구절에 부딪혔던 모양이야……."

나는 안타까움을 나타내는 몸짓을 했다. 그녀는 아직 정돈을 마치지 않은 꽃에서 눈도 들지 않은 채, 마치 숙제를 암송하기라도 하는 듯, 맑고 단조로운 목소리로 말했다. 내 몸짓을 보고는 잠시 말을 끊더니, 이어서 똑같은 어조로 계속 말했다.

"그 많은 과장된 문체는 놀라운 것이야, 그리고 그 많은 노력도. 그런데도 증명하는 것은 별로 없잖아. 때때로 나는 그의 비장한 어조는 믿음이기보다 오히려 의혹의 결과가 아닌가 하고 생각한다. 완전한 믿음은 그처럼 눈물을 많이 흘리고 그처럼 목소리가 떨리는 것이 아니거든."

"그 목소리의 아름다움을 만드는 것은 그 떨림, 그 눈물인 것이야" 하고 나는 즉시 대꾸하려고 시도했으나, 용기가 없었다. 왜냐하면 알리사의 그 말 속에서는 내가 알리사에게서 소중히 여기던 것을 전혀 찾아볼 수 없었기 때문이었다. 나는 나중에 와서 수식이나 논리를 덧붙이거나 하지 않고 기억나는 대로 그 말을 옮기고 있다.

그녀가 계속 말했다. "만약 그가 현세의 삶에서 그의 기쁨을 먼저 비워 내지 않았더라면, 그 현세의 삶이 저울에서 더 무겁게 나갔을지도 몰라……."

"무엇보다 말이야?" 나는 그녀의 이상한 얘기에 당황해서 말했다.

"그가 제안한 불확실한 지복(至福)보다."

"그럼 너는 그 지복을 믿지 않니?" 내가 부르짖었다.

"아무래도 상관없어!" 그녀가 계속 말했다. "거래라는 일체의 혐의를 떨쳐 버리기 위해서는 지복이 불확실한 편이 좋겠어. 하나님을 사모하는 영혼이 덕행 속에 몰입하는 것은 무슨 보상을 받으려는 희망 때문이 아니라, 타고난 고귀함 때문이야."

"파스칼 같은 사람의 고귀함이 은신처를 구하는 그 은밀한 회의주의는 바로 거기에서 연유하는 것이지."

"회의주의가 아니라 장세니즘*이야." 그녀가 미소를 지으며 말했다. "그것이 나와 무슨 상관이야? 여기 있는 이 가련한 영혼들 ― 그녀는 자기 책들 쪽으로 고개를 돌렸다 ― 은 자기들이 장세니스트인지, 정적주의자(靜寂主義者)*인지, 또는 다른 어떤 것인지 말하기가 대단히 난처할 거야. 이 영혼들은 악의도, 혼란도, 아름다움도 없이, 바람에 나부끼는 풀들처럼 하나님 앞에 고개를 숙이는 거야. 이 영혼들은 자신들을 보잘것없는 것으로 여기며, 그들은 하나님 앞에서 자신들을 지워 버림으로써만 어떤 가치를 갖게 되는 것을 알고 있어."

"알리사! 너는 왜 자신의 날개를 떼어 버리니?" 내가 외쳤다.

그녀의 목소리는 너무도 조용하고 자연스러워서 나의 외침은 나 자신에게 그만큼 더 우스꽝스럽게 과장된 것으로 보였다.

그녀가 고개를 흔들며 또다시 미소를 지었다.

"이번에 파스칼을 읽고서 얻은 모든 것이란⋯⋯."

"대체 뭐야?" 그녀가 말을 중단했으므로, 내가 이렇게 물었다.

"그리스도의 이런 말씀이야. '누구든지 제 목숨을 구원하고자 하면 잃을 것이요.' 〔마태 16:25〕 그 나머지는," 그녀는 더 크게 미소를 짓고 나를 정면으로 쳐다보면서 말을 이었다. "사실 나는 그를 거의 이해할 수 없었어. 이 작은 사람들과 더불어 얼마 동안 지낸 뒤에는, 위대한 사람들의 숭고함이란 얼마나 빨리 사람을 숨가쁘게 하는 것인지 놀라울 정도야."

어리둥절한 가운데서 내가 어떤 대답할 말을 찾아냈겠는가?⋯⋯

"만약 내가 오늘 너와 함께 이 모든 설교집, 명상록을 읽어야 한다면⋯⋯."

그녀가 말을 가로막았다. "하지만 네가 이런 것들을 읽는 것을 본다면 나는 마음이 아플 거야! 너는 이것보다 훨씬 더 훌륭한 것을 위해 태어났다고 나는 정말로 믿는다."

이처럼 우리 둘의 삶을 갈라놓는 그런 말이 내 가슴을 얼마나 찢어질 듯 아프게 할지는 생각하지도 않는 듯 그녀는 아주 간단하게 말했다. 나는 머리가 불타오르는 듯했다. 나는 좀 더 얘기하고 싶었고 울음을 터뜨리고도 싶었다. 어쩌면 그녀가 내 울음에는 설복당할지도 모를 일이었다. 그러나 나는 벽난로에 팔꿈치를 기대고 두 손으로 얼굴을 감싼 채 잠자코 그대로 있었다. 그녀는 나의 괴로움을 보지 못하는지, 아니면 전혀 보지 못하는 체하는지, 계속해서 조용히 꽃만 정돈하고 있었다…….

그 순간 식사를 알리는 첫 번째 종소리가 울렸다.

"이러다간 점심 식사할 차비도 못하겠네. 빨리 먼저 가." 그녀가 말했다. 그러고는 마치 문제되었던 것이 장난 거리에 불과했던 듯이 말하는 것이었다.

"이 이야기는 나중에 다시 해보자."

그 이야기는 되풀이되지 않았다. 알리사는 끊임없이 나에게서 빠져나갔다. 결코 그녀가 나를 피하는 것처럼 보이지는 않았으나, 우연히 일어나는 모든 일이 훨씬 더 급박한 중요성을 띤 의무로서 곧 부과되는 것이었다. 나는 차례를 기다렸다. 항상 되풀이 일어나는 가사(家事)의 일들, 광에서 해야 할 작업의 감독, 소작인들을 찾아보는 일이며, 그녀가 점점 더 관심을 기울여 가는 빈민들의 가정을 방문하는 일 다음에야 내 차례가 왔다. 나는 얼마 안 되는,

남은 시간밖에 차지할 수가 없었다. 나는 항상 분주한 모습의 그녀밖에는 볼 수 없었다. 그러나 내가 얼마나 소홀히 대해지고 있는가를 나 자신이 별로 느끼지 않았던 것은 그 자질구레한 일거리들 때문이었고, 또한 그녀를 늘 뒤쫓는 것을 내가 포기했기 때문이었는지도 모른다. 조금만 대화를 나누어도 나에게는 그런 사실이 더욱더 깨우쳐지는 것이었다. 알리사가 나에게 잠시 동안 시간을 내줄 경우에도, 실상 그건 더없이 어색한 대화를 나누기 위한 것이었고, 그 대화마저 그녀는 어린애 장난을 대하듯이 응하는 것이었다. 그녀는 방심한 태도로 미소를 머금고 내 곁을 재빨리 지나갔으며, 그러면 나는 전혀 알지 못했던 사람 이상으로 그녀가 멀어진 느낌이 들었다. 때로는 그녀의 미소에 어떤 빈정거림이 보이는 듯이 생각되기조차 했으며, 내 욕망을 그렇게 회피하는 데 그녀가 재미를 느끼는 듯이 생각되기도 했다……. 그러면 나는 비난에 몸을 내맡기지 않고자 하여, 그리고 내가 그녀로부터 기대하는 것이 무엇이며, 내가 그녀에게 비난할 수 있는 것이 무엇인지 더 이상은 알 수 없게 되어 결국 모든 불평을 나 자신에게로 되돌렸다.

지극한 행복을 기대했던 며칠이 이렇게 흘러갔다. 나는 날짜가 지나가는 것을 멍청하게 바라보았을 뿐, 날짜의 수효를 증가시키고 싶지도 않았고 그 흐름을 더디게 하고 싶지도 않았다. 그토록 하루하루가 나의 고통을 악화시켜 나갔다. 그렇지만 내가 떠나기 전전 날, 버려진 이회암갱(泥灰岩坑)의 벤치에까지 알리사가 나를 동반해 주었기에 — 그날은 안개 한 점 없는, 지평선까지 각각의 세세한 부분이 푸르게 물들어 보이고, 가장 어렴풋이 떠도는 추억까지도 과거 속에서 뚜렷이 헤아려지는 것 같은 맑은 가을날 저녁이었다 — 나는 나의 하소연을 억제할 길 없어, 어떤 행복을 장사 지냈기에 오늘 나의 이런 불행이 이루어졌는가 하고 얘기했다.

그러자 그녀가 즉시 대답했다. "그렇지만 제롬, 내가 어떻게 할 수 있겠니? 너는 어떤 환영(幻影)에 대한 사랑에 빠져 있는 거야."

"아니, 결코 환영이 아냐. 알리사."

"상상 속의 모습이지."

"아아! 나는 그 모습을 만들어 내고 있는 게 아냐. 그녀는 내 연인이었어. 나는 그녀를 부른다. 알리사! 알리사! 그대는 내가 사랑하던 여인이었다. 그대는 자신을 어찌 했는가? 그대는 무엇이 돼 버린 것인가?"

천천히 꽃잎을 뜯으면서 고개를 숙인 채로 그녀는 잠시 동안 대답이 없었다. 그러더니 이윽고,

"제롬, 전보다 나를 덜 사랑한다고 왜 솔직하게 털어놓지 않지?"

"왜냐하면 그건 사실이 아니니까! 왜냐하면 그건 사실이 아니니까! 왜냐하면 내가 이보다 너를 더 사랑한 적은 없으니까." 나는 분개하여 부르짖었다.

"지금의 나를 사랑하고……, 그러면서도 과거의 나를 아쉬워하고!" 그녀는 미소를 지으려고 애쓰면서, 그리고 어깨를 약간 으쓱해 보이며 말했다.

"나는 나의 사랑을 과거에 매어 둘 수는 없어."

내 발 아래에서 땅이 꺼지는 것 같았다. 그래서 나는 아무것에 나 매달렸다…….

"사랑도 나머지 것과 더불어 사라져 버릴 것임에 틀림없어."

"이런 사랑은 나와 더불어서만 사라질 거야."

"그것은 서서히 약해질 거야. 네가 아직도 사랑한다고 주장하는 알리사는 이미 너의 추억 속에만 존재한다. 언젠가는 그 여자를 사랑했었다는 추억만이 남는 날이 올 거야."

"너는 마치 내 마음 속에서 무언가가 네 자리를 대신할 수 있다 는 듯이, 또는 내 마음이 사랑하기를 그만둬야 한다는 듯이 말하 는구나. 나를 괴롭히는 것을 이렇게 기꺼워할 수 있다니, 너는 너 자신이 나를 사랑했었다는 것이 이제 기억에도 없니?"

나는 그녀의 창백한 입술이 떨리는 것을 보았다. 거의 알아들을 수 없는 목소리로 그녀가 중얼거렸다.

"아니, 아니, 알리사의 마음은 변치 않았어."

"그렇다면 변한 것은 아무것도 없는 거야." 나는 그녀의 팔을 잡으며 말했다.

그녀는 더 확신을 가지고 말을 계속했다.

"한 마디면 모든 것이 설명될 거야. 왜 그 말을 하지 못하니?"

"무슨 말?"

"나는 나이를 먹었어."

"그만둬……."

나는 나 자신 역시 그녀만큼 나이를 먹었다고, 우리 사이의 연 령 차이는 달라지지 않았다고 즉시 항변했다……. 그러나 그녀는 다시 침착해졌다. 유일한 기회는 지나갔고, 논쟁에 이끌려 드는 바람에 나는 모든 유리함을 잃어 버렸다. 나는 어찌할 바를 모르고 허우적거렸다.

나는 그녀와 나 자신에 대해 불만을 품고서, 그때까지 내가 '미덕'이라고 부르던 것에 대한 막연한 증오와, 내 마음의 여전한 집념에 대한 상심에 가득 차서 이틀 후 퐁괴즈마르를 떠났다. 이 마지막 재회에서, 그리고 내 사랑의 과장으로 인하여, 나는 나의 모든 열정을 다 고갈시켜 버린 듯이 생각되었다. 처음에는 내가 저항해 보았던 알리사의 말 한 마디 한 마디가, 나의 항변이 침묵을 지키게 된 이후로는 생생하고 의기양양한 모습으로 나에게 머물러 있었다. 그렇다! 어쩌면 그녀의 생각이 옳았다! 나는 하나의 환영에 불과한 것을 극진히 사랑하고 있었다. 내가 사랑했던, 내가 아직도 사랑하는 알리사는 더 이상 존재하지 않는 것이다……. 그렇다! 우리는 어쩌면 늙었는지도 모른다! 그 앞에서 나의 온 가슴이 얼어붙었던 그 끔찍스런 시취(詩趣)의 상실도 결국은 자연스런 상태로의 복귀 이외에 아무것도 아닌 것이다. 내가 서서히 그녀를 추켜올리고, 내가 반한 모든 것으로 그녀를 장식하여 그녀를 하나의 우상으로 빚어냈다 한들 나의 노고에서 피로 이외에 그 무엇이 남아 있는가?…… 그녀 혼자 있게 되자마자, 알리사는 자신의 수준, 나 자신도 거기로 끌려 내려와 있으나 거기서는 내가 더 이상 그녀를 원하지 않는, 그 평범하고 속된 수준으로 되돌아왔던 것이다. 아아! 오직 나의 노력만이 그녀를 올려놓

왔던 그 높은 곳에서 그녀와 합류하기 위한 미덕에 대한 그 벅찬 노력도 얼마나 어처구니없고 공상적인 것으로 보이는가. 약간만 긍지가 적었던들, 우리의 사랑은 수월했을 것이다……. 그러나 이제부터 대상 없는 사랑에의 집착은 무엇을 의미하는가? 그것은 고집을 부리는 것이며, 더 이상 충실한 것도 되지 못한다. 무엇에의 충실?…… 과오에의 충실인 것이다. 가장 현명한 길은, 내가 잘못 생각했었다는 것을 인정하는 것이 아닐까?……

그러던 중 아테네의 학교에 추천을 받고서, 야망도 없고 흥미도 없었으나, 탈출이나 하는 것처럼 떠난다는 생각이 마음에 들어, 나는 당장 거기에 들어가기로 승낙했다.

8장

그렇지만 나는 알리사를 다시 만났다……. 3년 후 여름이 끝나갈 무렵이었다. 그 열 달 전에 나는, 외삼촌이 돌아가신 것을 그녀의 편지로 알고 있었다. 나는 그때 여행하고 있던 팔레스타인으로부터 그녀에게 곧 상당히 긴 편지를 써 보냈으나, 종내 답장은 없었다…….

무슨 구실로였는지는 이제 잊어 버렸지만, 르아브르에 있게 된 나는 자연스런 발길로 퐁괴즈마르에까지 갔다. 나는 거기에서 알리사를 만나리라는 것을 알고 있었지만, 그녀가 혼자 있지 않을지도 모른다는 점이 걱정되었다. 나는 내가 간다는 것을 미리 알려 두지 않았다. 일상적인 방문처럼 찾아간다는 생각이 싫어서, 나는 불확실한 기분으로 걸어 나갔다. 들어갈 것인가? 아니면 차라리 그녀를 만나지 말고, 또는 그녀를 만나려고 하지도 말고 그대로 돌아설 것인가?……그래, 그러기로 하자. 가로수 길을 산책이나 하고, 어쩌면 아직도 그녀가 와 앉을지도 모르는 벤치에 앉아 보기나 하자……. 그러고서 나는 내가 떠난 다음, 내가 다녀간 것을 그녀에게 알려 줄 어떤 흔적을 뒤에 남길 것인가 하고 벌써 궁리하기 시작했다……. 이렇게 생각하며, 나는 천천히 걸어갔다. 그녀를 만나지 않기로 마음을 정하고 나자, 내 가슴을 죄어 오던 씁쓸한 슬픔이 거의 달콤한 우수로 바뀌었다. 나는 벌써 가로수길에 이르러 있었다. 눈에 띄지 않을까 걱정되어, 나는 농가의 마당을 경계 짓는 비탈을 따라 길 가장자리로 걸어갔다. 정원을 굽어볼 수 있는 비탈의 한 지점을 나는 알고 있었다. 나는 그리로 올라갔다. 낯선 정원지기가 오솔길을 다듬고 있더니 곧 시야에서 사라졌다. 새로 만든 살 울타리가 마당을 둘러싸고 있었다. 내가 지나가는 소리를 듣고 개가 짖어 댔다. 가로수 길이 끝나는 좀 더 먼 곳까지 나아가, 정원의 담을 마주치자 나는 오른편으로 꺾어 돌았다. 방금 빠져 나온 가로수 길과 평행되는 너도밤나무 숲 쪽으로 걸어가다가, 채소밭의 작은 문 앞을 지나는 순간, 그리로 해서 정원 안으로 들어가 볼까 하는 갑작스런 생각이 나를 사로잡았다.

문은 잠겨 있었다. 그러나 안쪽의 빗장은 별로 튼튼하지 못해서, 어깨로 한 번 밀면 부러질 것 같았다……. 그 순간 나는 발자국 소리를 들었다. 나는 담의 움푹 들어간 곳에 몸을 숨겼다.

정원에서 나오는 것이 누구인지 볼 수 없었다. 그러나 나는 발자국소리를 듣고, 그것이 알리사임을 느꼈다. 그녀는 서너 걸음 앞으로 나서더니, 힘없이 불렀다.

"너니, 제롬?……"

세차게 두근거리던 내 심장의 고동이 멈추고, 목이 꽉 메어 한 마디 말도 나오지 않았다. 그녀가 좀 더 높은 목소리로 불렀다.

"제롬! 너지?"

그녀가 이렇게 나를 부르는 소리를 듣자, 내 몸을 죄어 오는 감동이 너무도 생생하여 나는 무릎을 꿇고 쓰러지듯 주저앉았다. 내가 여전히 대답을 못하고 있자, 알리사는 몇 걸음 앞으로 나서서 담을 돌았다. 그러고는 당장 그녀를 보기가 두려운 듯 팔로 얼굴을 감싸고 있는 내 몸에 그녀가 와닿는 것이 갑자기 느껴졌다. 그녀가 잠시 동안 나를 향해 몸을 숙이고 서 있는 동안, 나는 그녀의 연약한 손을 키스로 뒤덮었다.

"왜 몸을 숨기고 있었니?" 그녀는 3년간의 이별이 마치 며칠에 지나지 않았었다는 듯이 간단하게 말했다.

"어떻게 나라는 것을 알았어?"

"너를 기다리고 있었다."

"나를 기다리고 있었다고?" 너무도 놀라서 나는 그녀의 말을 되받아 묻는 도리밖에 없었다……. 내가 여전히 무릎을 꿇고 있자, 그녀가 말을 이었다.

"벤치로 가자. 그래, 다시 한 번 너를 보게 되리라는 것을 나는 알고 있었어. 사흘 전부터, 나는 매일 저녁 이곳에 와서, 오늘 저녁에 그랬듯이 너를 불렀었지……. 왜 대답을 하지 않았니?

"네가 갑자기 나타나지 않았더라면, 나는 너를 만나지 않고 떠나 버렸을 거야." 처음에는 나를 기절시킬 것만 같던 감동을 가까스로 억제하며 나는 말했다. "단지 르아브르를 지나는 길에, 가로수 길을 걸어 보고, 정원 둘레를 빙 돌아보고, 네가 아직도 와 앉아 있을 것으로 생각되는 이회암갱(泥灰岩坑)의 벤치에서 잠시 동안 쉬어 보려 했던 것뿐이야. 그러고는……."

"사흘 전 저녁부터 내가 여기 와서 무엇을 읽었는지 봐." 그녀는 내 말을 막고서는, 한 묶음의 편지를 나에게 내밀었다. 이탈리아에서 내가 그녀에게 써보냈던 편지들임을 나는 알아보았다. 그 순간 나는 그녀를 향해 눈길을 들었다. 그녀는 믿을 수 없을 만큼 변해 있었다. 여위고 창백한 그녀의 모습이 내 가슴을 아프게 죄었다. 내 팔에 기대어 매달려 있는 그녀는 겁이 나거나 춥기라도 한 듯이 나에게 바싹 몸을 붙였다. 그녀는 아직 정식 상복을 입고 있었는데, 기진해 쓰러질 것처럼 보였다. 나는 그녀가 지금 퐁괴즈마르에 혼자 있는지 염려가 되었다. 아니었다. 로베르가 그녀와 함께 지내고 있었다. 쥘리에트와 에두아르와 그들의 세 자녀도 8월을 거기서 지내고 갔다고 했다……. 우리는 벤치에 이르렀다. 우리는 자리에 앉았다. 얼마 동안 대화는 평범한 소식을 주고받는 것으로 이끌려 갔다. 그녀는 내 공부에 대해 물었다. 나는 마지못해 대답했다. 나는 공부가 더 이상 내 흥미를 끌지 못한다는 것을 그녀가 느껴 주었으면 하고 바랐다. 그녀가 전에 나에게 환멸을 주었듯이, 나도 그녀에게 환멸을 안겨 주고 싶기도 했다. 내가 그렇게 할 수 있었는지 어떤지 모르겠지만, 그녀는 전혀 내색을 하지 않았다. 나로서는 사랑과 동시에 원망하는 마음으로 가득 차서 되도록 냉정하게 얘기하려고 애썼으며, 때때로 내 목소리를 떨리게 하는 감동이 원망스러웠다.

조금 전부터 구름에 가려 있던 석양이 우리들의 거의 정면에서 지평선에 닿을 듯 말 듯 나타나, 텅 빈 들판을 살랑이는 낙조로 메우고, 우리의 발아래 펼쳐진 좁은 협곡을 갑작스레 풍요한 빛으로 채우더니 다시 사라졌다. 나는 매혹되어 말없이 앉아 있었다. 황금빛의 도취된 듯한 마음이 다시 내 몸을 감싸고 온몸에 스며드는 것을 느끼자 원망감이 증발해 버리고 사랑의 속삭임밖에는 들리지 않았다. 몸을 숙여 나에게 기대어 있던 알리사가 몸을 일으켰다. 그녀는 얇은 종이에 싸인 작은 꾸러미를 웃옷에서 꺼내 나에게 내밀려는 기색을 짓더니, 마음이 내키지 않는 듯 그만두어 버렸다. 내가 놀라서 그녀를 쳐다보자,

"저, 제롬, 이건 내 자수정 십자가야. 오래 전부터 이걸 너에게 주고 싶었기 때문에, 사흘 전부터 이걸 가지고 왔었어."

"그 자수정 십자가를 나더러 어떻게 하라는 거야?" 나는 상당히 퉁명스럽게 말했다.

"너의 딸을 위해, 내 기념으로 네가 간직해 주었으면 해."

"무슨 딸?" 그녀의 말뜻을 이해하지 못한 나는 알리사를 쳐다보며 이렇게 외쳤다.

"조용히 내 말을 들어 줘, 부탁이야. 아니, 그렇게 나를 쳐다보지 마. 나를 쳐다보지 마. 벌써부터 얘기하기가 아주 힘들어. 그렇지만 이 얘기는 너에게 꼭 해두고 싶어. 들어 봐, 제롬, 언젠가는, 결혼하겠지?…… 아니, 대답하지 마. 제발, 내 말을 중단시키지 마. 단지 나는 내가 너를 몹시 사랑했다는 것을 기억해 주었으면 하고 바라는 거야……. 벌써 오래 전부터……, 3년 전부터……, 네가 좋아하던 이 작은 십자가를 너의 딸이 언젠가는 내 기념으로

걸어 주었으면 하고 나는 생각했어. 오오! 누구 것인지는 모르고 말이야…… 어쩌면 그 아이에게……, 내 이름을 붙여 줄 수도 있겠지…….

그녀는 목이 메어 말을 중단했다. 나는 거의 적대적으로 외쳤다.

"왜 너 자신이 그 애에게 그걸 주지 못하는 거지?"

그녀는 더 말하려고 애썼다. 그녀의 입술이 흐느끼는 어린애의 입술처럼 떨고 있었다. 하지만 그녀는 울지는 않았다. 그녀의 눈길의 놀라운 광채가 초인간적이며 천사와도 같은 아름다움으로 그녀의 얼굴을 젖어 들게 했다.

"알리사! 도대체 내가 누구와 결혼하겠니? 나는 너밖에는 사랑할 수 없다는 것을 알고 있잖아……" 그러고는 갑자기 정신없이, 거의 난폭할 정도로 팔에 그녀를 끌어안고서, 나는 그녀의 입술에 키스를 퍼부었다. 몸을 내맡긴 듯, 나에게 기대어 반쯤 몸을 눕히고 있는 그녀를 나는 한동안 끌어안고 있었다. 그녀의 눈길이 흐려지는 것을 보았다. 그러고 나서 그녀의 눈꺼풀이 닫히더니, 그 어느 것과도 비견될 수 없을 만한 올바르고 선율적인 목소리로,

"우리를 가엾이 여겨 줘, 제롬! 아아! 우리의 사랑을 상처 입히지 말아 줘."

어쩌면 그녀가 더 말했는지도 모른다. "비열하게 행동하지 마!" 하고. 또는 내 자신이 스스로에게 그렇게 말했는지도 모른다. 그것은 이제 잘 알 수 없지만, 아무튼 나는 갑자기 그녀 앞에 몸을 던져 무릎을 꿇고서 경건하게 그녀를 껴안으며 말했다.

"그처럼 나를 사랑했다면, 왜 항상 나를 밀어낸 거야? 생각해 봐!

처음에 나는 쥘리에트의 결혼을 기다렸어. 나는 네가 그녀의 행복을 또 기다리고 있다고 이해했어. 쥘리에트는 행복해. 나에게 그 얘기를 한 것은 너 자신이야. 나는 네가 아버지 곁에서 계속해 살기를 원한다고 오랫동안 믿어 왔어. 그러나 이제는 우리 둘뿐이야."

"오오! 과거를 애석해하지 말자." 그녀가 중얼거렸다. "이젠 나는 페이지를 다 넘겨 버렸어."

"아직 늦지 않았어, 알리사."

"아냐, 제롬. 이제는 늦었어. 사랑을 통해, 우리가 사랑보다 더 훌륭한 것을 서로 간에 엿보게 된 그날부터 늦어 버린 거야. 제롬, 네 덕택에 나의 꿈은 너무나도 높이 올라가서, 일체의 인간적인 만족은 그 꿈을 추락시켜 버렸을 거야. 함께 지내는 우리의 생활이 어떤 것일까 하고 나는 종종 깊이 생각해 보았다. 우리의 사랑이 더 이상 완벽할 수 없게 된다면, 나는 더 이상 견뎌 낼 수가 없을 거야……. 우리의 사랑을."

"서로를 잃어버린 우리의 삶이 어떤 것일까 하고 깊이 생각해 본 적이 있니?"

"아니! 전혀."

"이제, 너도 알 것 아냐! 네가 없는 3년 전부터 나는 고통스럽게 방황하고 있었어……."

저녁 해가 지고 밤이 왔다.

"춥다." 일어서면서 내가 그녀의 팔을 잡을 수 없도록 숄을 아주 바짝 두르며 그녀가 말했다. "우리를 불안하게 했으며, 잘 이해하지 못할까 봐 두려워했던 성서의 그 구절을 너는 기억하고 있겠지. '그들은 그들에게 약속되었던 것을 얻지 못하였느니라. 주님께서 가장 좋은 것을 위하여 우리를 간직하여 두셨기에…….'"

"너는 여전히 그 말을 믿고 있니?"

"믿어야만 해."

우리는 더 이상 아무 말 없이 한 동안 나란히 걸었다. 잠시 후 그녀가 말을 이었다.

"상상할 수 있니, 제롬. 그 가장 좋은 것을!" 그러자 갑작스레 그녀의 눈에서 눈물이 솟구쳤다. 그래도 그녀는 "그 가장 좋은 것을!" 하고 또다시 되풀이했다.

조금 전에 그녀가 나오는 것을 보았던 채소밭의 작은 문 앞에 우리는 다시 도달해 있었다. 그녀는 나를 향해 고개를 돌리고 말했다.

"잘 가! 아니, 더 이상 오지 마. 잘 가, 사랑하는 사람. 이제 시작될 거야……. 그 가장 좋은 것이."

팔을 뻗쳐 양손을 내 어깨에 얹고서는, 형언 못할 사랑이 담뿍 담긴 눈으로 그녀는 나를 붙드는 듯 한편으로는 또 멀리하는 듯, 한동안 나를 바라보았다…….

문이 닫히고, 그녀가 뒤에서 빗장을 내리는 소리가 들리자, 나는 극도의 절망에 사로잡혀 그 문에 기대 쓰러져서, 오랫동안 어둠 속에서 울고 흐느꼈다.

그러나 그녀를 붙들었다면, 문을 밀고 들어갔다면, 어떻게 해서든 집 안으로 — 하긴 나에게 그 집이 닫혀 있지는 않았을 것이지만 — 어떻게든 들어갔더라면, 아니다, 그 모든 과거를 되살리기 위해 내가 뒤로 되돌아가고 있는 오늘에 있어서조차, 아니다, 그건 나에게는 가능한 일이 아니었다. 지금 나를 이해할 수 없는 사람은 그때의 내 마음도 전혀 이해하지 못할 것이다.

견딜 수 없는 불안감이 나로 하여금 며칠 후 쥘리에트에게 편지를 쓰게 했다. 나는 그녀에게 퐁괴즈마르에 갔던 것을 얘기하고, 알리사의 창백하고 야윈 모습이 얼마나 나를 불안하게 하는지를 말했다. 나는, 알리사의 그런 모습에 주의해 줄 것과, 이제는 알리사 자신에게서는 기대할 수 없는 소식을 나에게 전해 줄 것을 쥘리에트에게 간청했다.

그로부터 한 달이 채 안 되어, 나는 다음과 같은 편지를 받았다.

친애하는 제롬,

몹시 슬픈 소식을 오빠에게 전하려 합니다. 우리의 가련한 알리사는 이제 없습니다……. 아아 슬프게도! 오빠의 편지에 씌어 있던 두려움은 너무도 당연한 것이었어요. 몇 달 전부터, 꼭 어디가 아픈 것도 아니면서 언니는 쇠약해져 갔어요. 하지만 나의 간청에 못 이겨 언니는 르아브르의 A 박사에게 진찰을 받기로 동의했었는데, 그분은 언니에게 심각한 증상은 전혀 없다고 나에게 편지를 보냈어요. 그러나 오빠가 찾아갔던 사흘 후에, 언니는 갑자기 퐁괴즈마르를 떠났던 거예요. 로베르의 편지로 나는 언니가 떠난 것을 알았어요. 언니가 내게 편지하는 것은 매우 드문 일이어서, 로베르가 아니었다면, 언니가 집을 나간 것도 전혀 모르고 있었을 거예요. 언니에게서 소식이 없다고 당장에 걱정하지는 않았을 테니까요. 나는 언니를 그처럼 떠나게 내버려둔 것과, 파리로 언니를 따라가지 않은 것에 대해 로베르를 단단히 나무랐습니다. 그 후로 우리는 언니의 주소조차 모르고 있었으니, 그게 어디 생각이나 할 수 있는 일이에요. 언니를 만날 수도 없고 언니에게 편지조차 할 수 없었으니, 얼마나 애가 탔는지 짐작할 수 있겠죠. 며칠 후 로베르가 파리에 올라갔으나, 아무것도 찾아낼 수가 없었습니다. 그 애는 너무도 무심해서 우리는 그 애의 열성을 의심하기도 했어요. 경찰에 알려야만 했어요. 우리는 그 무서운 불안 속에 그대로 머물러 있을 수가 없었던 겁니다. 에두아르가 어떻게 해서 마침내 알리사가 은신해 있던 작은 요양원을 찾아냈답니다. 아아! 그러나 너무 늦었어요. 나는 언니의 사망을 알리는 원장의 편지와 언니의 임종을 볼 수조차 없었던 에두아르의 전보를 동시에 받았던 것입니다. 마지막 날 언니는 우리에게 기별이 되도록 한 장의 봉투에 우리의 주소를 써놓았고, 다른 한 장의 봉투에는, 유언을 담아 르아브르의 우리 공증인에게 보냈던 편지의 사본을 넣어 두었다고 합니다. 그 편지의 한 구절은 오빠에게 관계되는 것이라고 생각됩니다. 근간에 오빠에게 그것을 알려드리겠어요. 그저께 있었던 장례식에 에두아르와 로베르가 참석할 수 있었습니다. 관을 따라간 것은 그들만이 아니었습니다. 요양원에 있는 몇몇 환자가 장례식에 참석하고 묘지까지 시신을 따라가겠다고 고집했답니다. 임신 중인 다섯 번째 아이의 출산을 오늘 내일 하고 기다리고 있는 나로서는 불행히도 자리를 뜰 수가 없었어요.

그리운 제롬, 나는 이 사별이 오빠에게 일으킬 깊은 슬픔을 잘 알아요. 나도 비통한 마음으로 이 편지를 쓰고 있어요. 나는 이틀 전부터 자리에 누워 있어야만 해서 편지 쓰기가 힘들지만, 어쩌면 우리 둘만이 이해할 수 있었던 사람의 얘기를 다른 어떤 사람이 — 에두아르나 로베르조차 — 오빠에게 하도록 놔두고 싶지 않았어요. 나도 이제 거의 나이 먹은 가정주부가 되었고, 많은 잿더미가 불타오르던 과거를 뒤덮어 버린 지금은 오빠를 만나기를 바랄 수 있겠지요. 언제라도, 볼 일이 있거나, 아니며 유람 삼아 님 근처에 오게 되면, 에그비브까지 와줘요. 에두아르도 오빠를 만나면 기뻐할 테고, 우리 둘이서 알리사 얘기를 할 수도 있겠지요. 잘 있어요, 그리운 제롬. 몹시 슬픈 마음으로 키스를 보냅니다.

며칠 후 나는, 알리사가 퐁괴즈마르는 남동생에게 남겨 주었으나, 자기 방의 모든 물건과 그녀가 지시한 몇 점의 가구는 쥘리에트에게 보내 주도록 부탁했다는 것을 알았다. 그녀가 내 앞으로 봉인하여 둔 서류는 근간에 받기로 되어 있었다. 나는 또 내가 마지막으로 방문했을 때 받기를 거절했던 작은 자수정 십자가를 알리사가 자기 목에 달아 주도록 부탁했었다는 것을 알았으며, 그 부탁했던 것이 그대로 이행되었음을 에두아르를 통해 알았다.

공증인이 나에게 보내 준 봉인된 봉투에는 알리사의 일기가 들어 있었다. 나는 여기에 그 일기의 많은 페이지를 옮겨 적기로 한다. 나는 아무 주석 없이 그것을 옮겨 적는다. 그 일기를 읽으면서 내 마음에 떠오른 갖가지 생각이며 도저히 제대로 설명할 수가 없을 내 마음의 동요에 대해서는 여러분이 충분히 상상할 수 있을 것이다.

알리사의 일기

그저께 르아브르 출발. 어제 님 도착. 나의 첫 번째 여행이다! 살림이
나 부엌일에 대한 아무런 걱정도 없이, 따라서 가벼운 무위(無爲)의 기분
으로, 나의 스물다섯 살 되는 생일인 188□년 5월 24일, 나는 일기를 쓰
기 시작한다 — 별다른 재미는 없지만, 그저 동무 삼아 보려는 생각으로.
왜냐하면 아마도 난생 처음으로, 나는 홀로임을 느끼기 때문이다 — 아
직 내가 접촉해 보지 않은, 거의 낯설다 할 만큼 상이한 땅에서. 이 땅이
나에게 말해 줄 것은 노르망디가 나에게 얘기해 주던 것, 그리고 퐁괴즈
마르에서 내가 끊임없이 듣던 것과 아마도 비슷할 것이다 — 왜냐하면
하나님은 어느 곳에 계시든 다르지 않으니까 — 그러나 이 땅, 이 남불
(南佛)의 땅은 내가 아직 배운 적이 없는 언어로 말을 해 놀라움을 가지
고 듣게 된다.

5월 24일

쥘리에트가 내 곁의 긴 의자 위에서 졸고 있다 — 이탈리아식인 이 집
의 매력을 이루는 활짝 트인 회랑(廻廊) 안이다. 여기서 정원에 잇대어

있는 모래 깔린 안마당과 그대로 통한다……. 얼룩덜룩한 오리 떼가 파
닥거리고 두 마리의 백조가 헤엄치고 있는 연못에 이르기까지 잔디밭이
구불구불 펼쳐져 있는 것을 쥘리에트는 긴 의자를 떠나지 않고서도 볼
수 있다. 어느 여름에도 마르는 적이 없다는 개울이 연못에 물을 대주고
는, 멀리 갈수록 점점 더 야생의 숲으로 변해 가는 정원을 가로질러 흘러
가다가, 메마른 벌판과 포도밭 사이에서 점차로 좁혀져서, 이윽고 완전
히 자취를 감추게 된다.

……어제 내가 쥘리에트 곁에 머물러 있는 동안, 에두아르 테시에르
는 정원, 농장, 포도주 저장실, 포도밭 등을 아버지께 구경시켜 드렸다
— 그래서 나는 오늘 아침, 아주 이른 시간부터, 큰 정원 안을 이것저것
살펴보며 처음으로 혼자서 산책을 할 수 있었다. 이름을 알고 싶은 많은
초목들. 점심때 그것들의 이름을 물어보려고 잔가지 하나하나를 꺾었다.
보르게제 별장이나 도리아 팜필리에서 제롬이 찬상(讚賞)했던 초록색
떡갈나무가 그중에 있음을 나는 알게 되었다……. 우리 북불(北佛)의 나
무들과는 너무도 먼 친척 간이어서, 모양이 무척 달랐다. 그 떡갈나무들
은 정원이 거의 끝나는 곳에서, 좁다랗고 신비스런 빈터를 둘러싸고 요
정들의 합창을 유도하는 듯, 밟기에 부드러운 감촉의 잔디밭 위로 늘어
져 있었다. 퐁괴즈마르에서는 그처럼 깊이 기독교적이던 자연에 대한 나
의 감정이 이곳에 와서는 나도 모르게 약간 신화적으로 변하는 것이 놀
랍기도 하고 약간 두렵기도 할 정도이다. 그렇지만 점점 더 나를 억눌러
오던 그 두려움 비슷한 감정도 역시 종교적인 것이었다. 나는 'hic
nemus (여기 있는 것은 성스러운 숲이니)' 하고 중얼거렸다. 대기는 수
정처럼 투명했고, 이상한 고요가 깃들고 있었다. 나는 오르페우스*를 꿈
꾸고 있는데, 갑자기 새소리, 단 한 마디의 새소리가 들렸다. 그 새소리
는 내 곁에서 너무도 가까이 들렸고, 너무도 감동적이고 너무도 순수해
서, 나에게는 문득 자연 전체가 그것을 기다리고 있었던 것처럼 보였다.
내 가슴이 세차게 고동쳤다. 나는 잠시 나무에 기대어 서 있다가, 아직

아무도 일어나기 전에 집으로 돌아왔다.

5월 26일

여전히 제롬에게서 소식이 없다. 르아브르로 나에게 편지를 보냈다면, 그의 편지가 전송되어 왔을 텐데……. 나는 불안한 마음을 이 노트에 털어놓을 수밖에 없다. 어제 보(Baux)에 소풍을 나갔던 것도, 기도도 보람이 없어 사흘 전부터는 잠시도 불안에서 헤어날 수가 없었다. 오늘은 다른 아무것도 쓸 수가 없다. 에그비브에 도착한 이래로 나를 괴롭히는 야릇한 우울감은 아마 별다른 이유가 없는 것인지도 모른다. 하지만 나는 그것을 내 마음 속 아주 깊은 곳에서 느끼기 때문에, 이제 그것은 오래 전부터 거기에 깃들어 있었던 것처럼 보이며, 내가 자랑스러워하던 기쁨도 그 우울감을 감싸고 있던 데 불과했던 것처럼 보인다.

5월 27일

왜 내가 자신에게 거짓말을 할 것인가? 내가 쥘리에트의 행복을 기뻐하는 것은 추론(推論)에 의해서이다. 나의 행복을 희생해서 바치려고 할 정도로 내가 그토록 열렬히 바랐던 그 행복, 그 행복이 그녀와 내가 상상해 왔던 것과는 다르며, 어려움 없이 얻어진 것을 보고 나는 괴로워하는 것이다. 이 얼마나 복잡다단한 것인가! 그렇다……. 쥘리에트가 나의 희생과는 다른 곳에서 행복을 발견했다는 것, 행복해지기 위해 그 애는 나의 희생을 필요로 하지 않았다는 것에 대해 내 마음에 되돌아온 무서운 이기심이 기분 상해하고 있음을 나는 잘 간파할 수 있다.

그리고 제롬의 침묵이 나에게 얼마나 불안을 야기하는가를 느끼고 있는 지금, 나는 내 마음 속에서 그 희생이 정말로 이루어졌는가를 자문(自問)하게 된다. 하나님께서 더 이상 나에게 희생을 요구하지 않는 것을 나는 마치 부끄럽게 여기고 있는 셈이다. 도대체 나에게는 그런 희생이 전혀 불가능했던 것일까?

나의 슬픔에 대한 이러한 분석은 얼마나 위험한 것인가! 벌써부터 나는 이 노트에 집착하고 있는 것이다. 이제 극복되었다고 믿었던 간사함이 여기서 또다시 제 권리를 회복한 것일까? 아니다, 이 일기는 내 영혼이 그 앞에서 단장을 하는 자기만족의 거울이 되어서는 안 된다! 내가 일기를 쓰는 것은 처음에 생각했던 것처럼 무위(無爲) 때문이 아니라, 슬픔 때문인 것이다. 슬픔이란 내가 알지 못했던, 내가 증오하는, 그리고 거기서부터 내 영혼을 '순화' 시키고 싶은 '죄의 상태' 이다. 이 노트는 내 안에서 행복이 되찾아지도록 나를 도와야만 한다.

슬픔이란 하나의 복잡한 얽힘이다. 나는 나의 행복을 분석해 보려고 애썼던 적은 결코 없었다.

퐁괴즈마르에서도 나는 역시 고독했었다. 지금보다도 더 고독했었다……. 그렇지만 나는 왜 그것을 느낄 수 없었던가? 제롬이 이탈리아에서 나에게 편지를 보내고 있었을 때는, 그가 나 없이도 세상을 보고 나 없이도 살아가리라는 것을 나는 인정하고 있었다. 나는 마음속으로 그를 뒤따르고, 그의 기쁨을 나의 기쁨으로 삼고 있었다. 이제 나는 나도 모르게 그를 부른다. 그가 없으니 눈에 띄는 새로운 모든 것들이 나를 괴롭힌다…….

6월 10일

시작하자마자 이 일기는 오래 중단되었었다. 어린 리즈의 출생. 쥘리에트 곁에서의 오랜 밤샘. 제롬에게 써보낼 수 있는 이 모든 것을 여기에 쓰자니 아무런 즐거움이 없다. 나는 많은 여자들에게 공통된 '너무 많이 쓴다' 는 참을 수 없는 결함을 피하고 싶다. 이 노트를 자기완성의 한 도구로 생각할 것.

뒤이은 몇 페이지는 독서 중에 적어 놓은 메모와 책에서 베낀 구절 등으로 되어 있었다. 그러고는 다시 퐁괴즈마르에서 적은 날짜였다.

7월 16일

쥘리에트는 행복하다. 그 애가 그렇게 말하고 있을 뿐만 아니라 또 그렇게 보인다. 나는 그걸 의심할 권리도 없고 이유도 없다…… . 그런데 지금 그 애 곁에서 느끼는 그 불만족과 거북스러운 감정은 어디서 오는 것일까? 아마도 그 행복이 너무도 실제적이고, 너무도 수월하게 얻어진 것이고, 너무도 완전하게 '안성맞춤'이어서 영혼을 죄고 질식시키는 것 같이 느껴지기 때문이리라…… .

그리하여 지금 나는 내가 바라는 것은 바로 행복 그것인지, 아니면 오히려 행복을 향한 여정(旅程)인지를 자문(自問)하게 된다. 오 주여! 너무나 빨리 다다를 수 있는 행복으로부터 저를 지켜 주소서! 저의 행복을 당신에게까지 미루고 후퇴시킬 수 있도록 가르쳐 주소서.

이 뒤로 많은 페이지들이 뜯겨 있었다. 아마 그 페이지들은 르아브르에서의 우리의 마음 아픈 재회를 적은 부분인 것 같았다. 일기는 그다음 해에야 다시 시작되어 있었다. 몇 장은 날짜가 적혀 있지 않았지만, 분명히 내가 퐁괴즈마르에 머물렀을 때 쓰인 것이었다.

때때로, 그의 이야기에 귀를 기울이고 있노라면 생각하는 자신의 모습을 바라보고 있는 것 같다. 그는 나 자신에게 나를 설명해 주고 나를 드러내 보여준다. 그가 없이 내가 존재할 수 있을까? 나는 그와 더불어서만 존재한다…… .

때때로, 그에게서 내가 느끼는 것이 사람들이 사랑이라고 부르는 바로 그것인가 하고 망설여진다. 사람들이 보통 사랑에 대해서 그려 내는 것이 내가 사랑에 대해 그려 낼 수 있는 것과는 그토록 다른 것이다. 사랑에 대해서는 전혀 말이 없이, 그리고 내가 그를 사랑한다는 것조차 모르면서 나는 그를 사랑하고 싶다. 무엇보다도 나는 그가 그 사실을 모르게 그를 사랑하고 싶다.

그가 없이 살아가야 할 모든 것들 가운데 나에게 기쁨을 줄 수 있는 것은 아무것도 없다. 나의 모든 덕성도 오직 그의 마음에 들기 위해서이지만, 그러나 그의 곁에서는 나의 덕성이 쇠약해짐을 느낀다.

매일 조금씩 나아지는 것처럼 보였기 때문에 나는 피아노 연습을 좋아했다. 내가 외국어로 된 책을 읽을 때 느끼는 즐거움의 비밀도 아마 그와 마찬가지일 것이다. 내가 우리말보다 다른 어떤 언어를 더 좋아했다거나, 내가 찬미하는 우리나라 작가들이 외국 작가들에 비해 어떤 면으로라도 손색이 있어 보였기 때문은 분명히 아니었다. 그러나 의미와 감정을 추적해 나가는 데 있어서의 약간의 곤란함, 그리고 그 곤란함을 극복해 낼뿐더러 항상 조금씩 낫게 극복해 내는 데서 느끼는 무의식적인 자부심은 정신의 기쁨에 어떤 영혼의 만족을 덧붙여 주는 것이다. 나는 그 영혼의 만족이 없이는 지낼 수 없을 것 같다.

아무리 행복하다 할지라도, 나는 진보 없는 상태는 바랄 수가 없다. 무상의 기쁨이란 하나님 안에서의 융합이 아니라, 하나님을 향한 무한하고도 계속적인 접근이라고 나는 상상한다……. 말장난을 주저하지 않는다면, 진보적이 아닌 기쁨은 코웃음 쳐 버리겠노라고 말하고 싶다.

오늘 아침 우리 둘은 가로수 길의 벤치에 함께 앉아 있었다. 우리는 아무 말도 하지 않았고, 무슨 말을 할 필요도 느끼지 않았……. 내세(來世)를 믿느냐고 그가 불쑥 나에게 물었다.

"그럼, 제롬." 내가 즉시 외쳤다. "나에게는 그것이 희망 이상이야. 하나의 확신인걸……."

그러자 갑자기 나의 모든 신앙심이 그 외침 속에 부어진 것처럼 보였다. "나는 알고 싶은 거야!" 그가 덧붙여 말했다…… 그는 잠시 말을 멈추더니 이어서 말했다. "신앙심이 없다면, 네가 달리 행동할까?"

"내가 어떻게 그걸 알 수 있어." 나는 대답했다. 그리고 나는 덧붙여 말했다. "그러나 제롬, 너 자신도, 원하든 않든 간에 더없이 열렬한 신앙심에 고무된 지금에 와서는 달리 행동할 수 없을 거야. 달라진다면, 내가 사랑하지 않을걸."

아냐, 제롬, 아냐, 우리의 덕성은 미래의 보상을 향해 노력하는 것이 아냐. 우리의 사랑이 추구하는 것은 보상이 아냐. 자신의 수고에 대한 보수라는 생각은 훌륭하게 태어난 영혼에게는 모욕적인 것이야. 덕성도 역시 그러한 영혼에게는 하나의 장식이 되는 건 아냐. 아냐, 덕성은 영혼의 미(美)의 형식인 것이야.

아버지의 건강이 다시 좀 안 좋아지신다. 심하시지 않기를 바라지만, 사흘 전부터는 도로 우유만 드시게 되었다.

어제 저녁 제롬이 막 자기 방으로 올라간 뒤, 주무시지 않고 나와 함께 계시던 아버지가 잠시 동안 나를 혼자 남겨 두고 나가셨다. 나는 긴 의자에 앉아 있다기보다는 오히려 — 나에게는 거의 없는 일이지만 — 누워 있는 자세로 있었는데, 왜 그랬는지 모르겠다. 등갓이 내 눈과 몸의 상체 부분을 불빛으로부터 가려 주고 있었다. 나는 드레스 밖으로 비죽 나와 램프의 반사광에 드러나 있는 나의 두 발끝을 기계적으로 바라보고 있었다. 아버지가 들어오시더니, 잠시 동안 문 앞에 머물러 계시면서, 미소를 지으시는 것 같기도 하고 슬픈 것 같기도 한 이상한 태도로 내 얼굴을 훑어보셨다. 나는 막연히 당혹감을 느끼면서 자리에서 일어섰다. 그러자 아버지가 내게 손짓을 하셨다.

"이리 와서 내 곁에 앉아라" 하고 말씀하시더니, 벌써 밤이 늦었는데도 불구하고 어머니에 관한 얘기를 시작하셨다. 두 분이 헤어지신 이후로는 한 번도 꺼내지 않으시던 얘기였다. 당신이 어떻게 어머니와 결혼하셨는지, 얼마나 어머니를 사랑하셨는지, 그리고 처음에는 어머니가 당신께 어떤 의미를 지녔었는지를 아버지는 얘기하셨다.

"아버지," 마침내 내가 말을 꺼냈다. "왜 오늘 저녁에 저한테 그 얘기를 해주시는지, 무엇이 바로 오늘 저녁에 아버지께 그 얘기를 하시게 했는지 말씀해 주세요……."

"조금 전에 응접실에 들어섰을 때, 긴 의자에 누워 있는 네 모습을 보니, 잠시 네 어머니를 다시 보는가 싶었기 때문이었다."

내가 이처럼 애써 이 일을 얘기하는 것은, 바로 그날 저녁……, 제롬이 내 안락의자에 몸을 기대고 서서, 내 어깨 너머로 몸을 굽히고 함께 책을 읽었던 일이 있었기 때문이다. 나는 그의 모습을 볼 수는 없었으나, 그의 숨결과 그리고 그의 몸의 체온과 떨림 같은 것을 느낄 수 있었다. 나는 계속해서 책을 읽는 척했으나, 읽는 내용을 더 이상 이해할 수가 없었다. 행간을 구분할 수조차 없게 되었다. 너무도 야릇한 동요가 나를 사로잡아서 나는 아직 그럴 힘이 있는 동안에 서둘러 의자에서 일어나야만 했다. 다행히도 제롬이 아무것도 눈치 챌 수 없도록 나는 잠시 동안 방을 떠날 수 있었다……. 그러나 얼마 후, 응접실에 혼자 남아, 어머니와 내가 닮았음을 아버지가 발견하셨던 그 긴 의자에 누워 있었을 때, 나는 바로 어머니를 생각하고 있었다.

마음속에 하나의 회한처럼 떠오르는 과거의 기억에 사로잡혀 불안하고, 가슴이 답답하고 비참해진 나는 그날 밤 잠을 잘 이루지 못했다. 주여, 악(惡)의 모습을 띤 모든 것을 혐오하도록 저에게 가르쳐 주옵소서.

가엾은 제롬! 때로는 그가 하나의 동작만 하는 것으로 충분하리라는 것을, 그리고 때때로 내가 그 동작을 기대한다는 것을 그가 안다면…….

내가 어렸을 때부터 아름다워지기를 바랐던 것은 제롬 때문이었다. 지금 나는 오직 제롬만을 위해 '완성을 지향'하고 있는 것으로 보인다. 그런데 그 완성은 그가 없이만 달성될 수 있다는 것, 오 주님이시여! 그것이 당신의 가르치심 가운데 저의 영혼을 가장 당혹케 하는 것입니다.

덕성과 사랑이 하나로 합류될 수 있는 영혼은 얼마나 행복할 것인가! 때때로 나는 사랑하고, 최대한으로 사랑하고, 항상 더욱더 사랑하는 것 이외의 다른 덕성이 있을까 하고 의심해 본다……. 그러나 어떤 날에는, 아아! 덕성이란 사랑에 대한 저항 이외에 다른 것이 아닌 것처럼 보인다! 아니, 이럴 수가! 내 마음의 가장 자연스런 경향을 감히 내가 덕성이라고 부르는가! 오, 매력적인 궤변이여! 허울 좋은 권유여! 행복의 교활한 신기루여!

오늘 아침 나는 라 브뤼예르*의 저서에서 다음과 같은 것을 읽었다.
'이따금 인생의 행로에는, 금지되어 있기는 하지만 허용되었으면 하고 바라는 것이 당연한, 너무도 즐거운 쾌락과 너무도 다정스런 이끌림이 있는 법이다. 그처럼 크나큰 매력들은 덕성에 의해 그것을 포기할 줄 아는 매력에 의해서밖에는 극복될 수 없다.'
도대체 왜 나는 여기서 변명을 찾아냈던 것인가? 사랑의 매력보다 더욱더 강력하고 더 그윽한 어떤 매력이 은밀히 나를 끌고 있기 때문인 것인가? 오오! 사랑의 힘으로, 우리 두 사람의 영혼을 동시에 사랑의 저 너머로 이끌어 갈 수 있다면!……

아아! 이제 나는 너무도 잘 이해할 수 있다. 하나님과 제롬 사이에는 나 자신 이외의 다른 장애가 없다는 것을. 그가 얘기하는 바처럼, 나에 대한 그의 사랑이 처음에는 그를 하나님께로 기울게 했다 할지라도, 지금은 그 사랑이 그것을 막고 있다. 그는 나 때문에 머뭇거리고, 나를 더 좋아해서, 나는 그로 하여금 덕성을 더 멀리 밀고 나가지 못하게 저해하는 우상이 되었다. 우리 둘 중 하나라도 덕성에 도달할 수 있어야만 한다. 저의 비겁한 마음 속에서는 사랑을 뛰어넘는 것을 절망하고 있사오니, 주여, 더 이상 저를 사랑하지 않도록 그에게 가르칠 힘을 저에게 허락해 주옵소서. 저의 가치에 비해, 무한히 더 바람직한 그의 가치를 주님께 바칠 수 있도록……. 오늘 저의 영혼이 그를 잃게 됨을 흐느껴 운다 할지라도, 그것은 훗날 당신의 품 안에서 그를 되찾기 위함이 아니옵니까…….

오, 주여! 말씀하옵소서, 어떤 영혼이 그의 영혼 이상으로 당신께 합당한 적이 있었나이까? 그는 저를 사랑하는 것보다 더 훌륭한 일을 위해 태어나지 않았나이까? 그가 저에게 발걸음을 멈춘다면, 그로 인해 제가 그를 더 사랑하겠나이까? 영웅적일 수 있는 모든 것이 행복 속에서 얼마나 위축되어 버리는 것이온지요!……

일요일

'주님께서는 우리를 더 좋은 것을 위해 간직해 두셨기에.'

5월 3일 월요일

행복이 여기, 바로 옆에 놓여 있으니……. 손만 뻗치면 그것을 잡을 수 있을 텐데…….

오늘 아침 그와 얘기하면서, 나는 희생을 다 바친 셈이었다.

월요일 저녁

그는 내일 떠난다…….

정다운 제롬, 나는 항상 무한한 애정으로 너를 사랑한다. 그러나 이제부터는 너에게 결코 그런 말을 할 수 없을 것이다. 내가 자신의 눈과 입술과 마음에 부과하는 구속은 너무나 힘겨운 것이어서, 너와 헤어지는 것이 나에게는 해방이요, 씁쓸한 만족이기도 하다.

나는 이성을 가지고 행동하려고 애쓰지만, 행동의 순간에는 나를 움직이게 하던 이성이 빠져 달아나거나, 또는 어리석게 보인다. 나는 더 이상 이성을 믿지 않게 되는 것이다……

내가 그를 피하는 이유? 이제 그런 이유가 있을 수 없다……. 그러면서도 슬퍼하면서, 그리고 왜 그를 피하는지 깨닫지도 못한 채 나는 그를 피한다.

주여, 제롬과 저, 저희 둘이 함께 서로에게 인도되어 당신께 나아가도록 하여 주옵소서. '형제여, 피곤하거든 내게 기대라' 하고 때때로 한 사람이 말하면, '내 곁에 네가 있음을 느끼는 것으로 충분해……' 하고 상대방이 대답하는 두 명의 순례자처럼 내내 인생의 길을 걸어가도록 해주옵소서. 아니옵니다! 주여, 당신께서 저희에게 가르치신 길은 좁은 길 ― 둘이서 나란히 걸을 수 없는 좁은 길이옵니다.

7월 4일

내가 이 노트를 펼치지 않은 지 여섯 주일 이상이나 되었다. 지난 달, 이 일기의 몇 페이지를 다시 읽어 보다가, 나는 잘 쓰려고 하는 터무니없고도 죄스러운 마음 씀씀이를 갑자기 발견했다……. '그'에게서 연유된 것이다…….

그가 없이 살아가는 데 도움이 되도록 시작했던 이 노트에서도, 나는 마치 계속해서 '그'에게 편지를 쓰고 있었던 셈이다.

나는 '잘 썼다'고 생각되는 모든 페이지를 찢어 버렸다. (나는 그 페이지들이 뜻하는 바를 알고 있다.) 그가 문제되는 모든 페이지들을 찢어 버렸어야만 했을 것이다. 모두 다 찢어 버렸어야만 했을 것이다……. 그러나 나는 그렇게 할 수가 없었다.

그 몇 페이지를 뜯어 낸 것에 벌써 나는 약간의 자부심을 느꼈다……. 내 마음이 이처럼 병들지 않았다면, 웃어 넘겼을 자부심을.

정말로 내가 훌륭한 일을 해낸 것 같았고, 내가 무슨 대단한 것을 없애 버린 것 같았다!

7월 6일

책장으로부터 책을 추방해야만 했다…….

책에서마다 나는 그를 피하건만 그를 다시 만나게 된다. 그가 없이 펴 보는 페이지에서조차, 나는 그것을 나에게 읽어 주는 그의 음성을 듣는 다. 나는 그가 흥미 있어 하는 것에만 취미를 느끼며, 나의 사고는 그의 사고와 똑같은 형태를 취했기 때문에, 우리 두 사람의 사고를 혼동하는 것이 즐거울 수 있었던 시절과 마찬가지로, 나는 우리 둘의 사고를 구별 할 수 없을 정도이다.

그의 문장의 리듬에서 벗어나기 위해 때때로 나는 형편없는 글을 쓰려 고 노력해 본다. 그러나 그에 저항해 싸운다는 것은 아직 그에게 관심을 기울인다는 것이다. 얼마 동안 나는 성서(성서와 아울러 어쩌면 『그리스 도의 모방』)밖에는 읽지 않고, 이 노트에는 매일 나의 독서에서 눈에 띄 는 구절 외에는 적지 않기로 결심한다.

이 뒤에는 일종의 '나날의 양식'이란 말이 쓰여 있었는데, 7월 1일부터는 매일 성서에서 인용된 한 구절씩이 적혀 있었다. 여기 에는 어떤 주석이 덧붙여 있는 것들만을 옮겨 적기로 한다.

7월 20일

'네 있는 것을 다 팔아 가난한 자들에게 주라.'〔마가 10:21〕 오직 제롬 을 위해서만 쓰고 있는 이 마음을 가난한 사람들에게 주어야 할 것임을 나는 깨닫는다. 그리고 동시에 이것은 그에게도 마찬가지로 행하도록 가 르쳐 주는 것이 아닐까?…… 주여, 저에게 그러한 용기를 주옵소서.

나는 『내면의 위안』을 읽는 것을 중단했다. 그 옛 언어는 무척 재미있었지만, 나의 정신을 산란케 했으며, 거기에서 맛보게 되는 거의 이교도적인 기쁨은 내가 거기서 찾아보기로 마음먹은 감화와는 아무런 상관이 없다.

『그리스도의 모방』을 다시 읽기 시작했다. 내가 도저히 이해하기 힘든 라틴어 텍스트로 읽는 것이 아니다. 내가 읽는 번역본에 역자의 서명이 없는 것이 마음에 든다. 신교파의 번역임에 틀림없으나, 표제에 '모든 기독교 단체에 적합함' 이라고 씌어 있다.

'오! 네가 덕성을 쌓아 나감으로써 어떤 평화를 얻을 것이며, 또 어떤 기쁨을 타인들에게 줄 것인가를 안다면, 너는 더욱 정성을 기울여 노력할 것을 나는 믿느니라.'

주여, 제가 당신을 향하여 어린애 같은 신앙심의 충동과 천사들의 초인적인 음성을 가지고 외칠 때…….

이 모든 것이 제롬에게서가 아니라 당신에게서 오는 것임을 아나이다.

그러나 어찌하여, 당신과 저 사이에, 어디에서나 그의 모습을 놓으시나이까?

이 일을 완성하기 위해서는 두 달 남짓……. 오, 주여 저를 도와주소서!

나는 잘 느낄 수 있다. '나의 슬픔' 으로 느낄 수 있다. 내 마음 속에서 희생이 이루어지지 않았음을. 주여, 그만이 저에게 알게 해주었던 그 기쁨을 오직 당신에게서만 얻게 해주소서.

8월 28일

그 무슨 보잘것없고 한심한 덕성에 나는 이르렀는가! 내가 자신에게 지나치게 요구하고 있단 말인가? — 더 이상 그것을 용인할 수 없다. 그 무슨 비겁함으로 항상 주의 힘을 애원하는가! 이제 나의 모든 기도는 애소(哀訴)에 불과하다.

8월 29일

'들의 백합화가 어떻게 자라는가 생각하여 보라…….' 〔마태 6:28〕

이토록 단순한 이 말씀이 오늘 아침 아무리 해도 헤어날 수 없는 슬픔 속에 나를 빠져 들게 했다. 나는 들판으로 나섰는데, 나도 모르게 끊임없이 되뇐 이 말씀이 내 마음과 두 눈을 눈물로 가득 차게 했다. 쟁기 위에 몸을 굽힌 농부가 애써 일하는 텅 비고 광활한 벌판을 나는 바라보았다…….'들의 백합화…….' 그러나, 주여, 백합은 어디에 있나이까?……

9월 16일, 밤 10시

나는 그를 다시 만났다. 그는 여기, 이 지붕 밑에 있는 것이다. 나는 잔디밭 위에서 그의 창문에서 새어 나와 잔디를 비추고 있는 불빛을 본다. 내가 이 몇 줄을 적고 있는 동안, 그는 깨어 있는 것이다. 어쩌면 그는 나를 생각하고 있는지도 모른다. 그는 변하지 않았다. 그도 그렇게 말하고 있으며 나도 그것을 느낀다. 그의 사랑이 나를 저버리도록 하기 위해, 내가 그렇게 되기로 결심한 나의 모습을 그에게 보여줄 수 있을까?……

9월 24일

오오! 속에선 마음이 까무러쳐 쓰러지는데도, 무관심과 냉담함을 가장할 수 있었던 잔인한 대화……. 지금까지는 그를 피하는 것으로 나는 만족했었다. 오늘 아침에는 하나님이 나에게 이겨 낼 힘을 주셨으며, 끊임없이 싸움에서 몸을 피한다는 것은 비겁함이 없이는 안 된다는 것을 나는 믿을 수 있었다. 내가 승리한 것인가? 제롬은 나를 전보다 덜 사랑하는가?…… 아아! 그것은 내가 바라는 것이면서 동시에 두려워하는 것이다……. 내가 그를 지금보다 더 사랑한 적은 일찍이 없었다.

그러나 주님, 저로부터 그를 구원하기 위해 제가 없어져야 한다면, 그렇게 하옵소서!……

'저의 마음과 저의 영혼 속에 들어오셔서 저의 고통을 짊어지시고, 당신의 수난에서 남아 있는, 겪어야 할 고통을 제 안에서 계속 감내하소서.'

우리는 파스칼에 관해 얘기를 나누었다……. 내가 그에게 무슨 얘기를 할 수 있었던가? 얼마나 부끄럽고 터무니없는 말이었던지! 그 얘기를 하면서도 괴로웠지만, 오늘 저녁에는 그 얘기가 하나님께 대한 불경처럼 뉘우쳐진다. 나는 묵직한 『팡세』를 다시 집어 들었다. 저절로 펴진 곳이 드 로아네 양에게 보내는 서한 중의 다음 구절이다.

'이끄는 이를 기꺼이 따를 때는 속박은 느껴지지 않습니다. 그러나 항거하기 시작하고 멀리 떨어져 걷기 시작하면 매우 괴로운 것입니다.'

이 말이 너무나도 직접적으로 내 가슴에 와 닿았기 때문에, 나는 계속해 읽어 나갈 기력이 없었다. 그러나 책의 다른 곳을 펼치다가, 내가 알지 못했던 찬탄할 만한 구절을 발견하고는 그것을 막 베껴 두었다.

이 일기의 첫째 권은 여기에서 끝나 있었다. 아마 뒤이은 또 한권은 찢어 버린 모양이었다. 왜냐하면 알리사가 남긴 서류 속에서는, 그로부터 3년 후, 다시 퐁괴즈마르에서 — 9월에 — 즉 우리가 마지막으로 만나기 조금 전에서야 일기가 다시 시작되어 있었기 때문이다.

다음과 같은 구절로 이 마지막 권의 일기는 시작된다.

9월 17일

　주여, 당신을 사랑하기 위해 제가 그를 필요로 함을 당신께서는 잘 아
시옵니다.

9월 20일

　주여, 당신께 저의 마음을 바치기 위해, 저에게 그를 돌려주옵소서.

　주여, 단지 그를 만나게만 하여 주옵소서.

　주여, 당신께 저의 마음을 바치기로 약속드리옵니다. 저의 사랑이 당
신께 청하는 것을 허락하여 주옵소서. 저의 생(生)에 남아 있는 것은 당
신께만 바치겠나이다…….

　주여, 이 비열한 기도를 용서하여 주옵소서. 그러나 저는 그의 이름을
저의 입술에서 떼놓을 수가 없으며, 저의 마음의 고통을 잊을 수도 없습
니다.

　주여, 저는 당신께 외치옵니다. 비탄 속에 저를 그냥 내버려두지 마시
옵소서.

'너희가 나의 이름으로 내 아버지께 구하는 것은 무엇이든지…….'

주여! 당신의 이름으로는 제가 감히 못하나이다…….

그러나 제가 저의 기도를 입 밖에 내지 못한다 할지라도, 그 때문에 제 마음의 열광적인 소원을 당신께서 모르시지 않으시겠지요?

오늘 아침부터 내내 마음이 평안하다. 묵상과 기도로 간밤을 거의 지새웠다. 어린 시절 성령에 대해 해보던 상상과 흡사한 찬란한 빛의 평화 같은 것이 갑자기 나를 둘러싸고 나에게 강림하는 것처럼 보였다. 나의 기쁨이 신경의 흥분에 불과한 것이 아닐까 두려워서, 나는 곧 잠자리에 들었다. 나는 그 무상의 기쁨이 사라지기 전에 아주 빨리 잠들었다. 그 기쁨은 오늘 아침에도 온전히 남아 있다. 이제는 그가 올 것이라는 확신이 선다.

제롬! 내 벗, 내가 아직도 동생이라고 부르지만, 동생보다 무한히 더 사랑하는 너……. 너도밤나무 숲속에서 나는 몇 번이나 네 이름을 소리쳐 불렀던가!…… 매일 저녁 해질 무렵이면, 채소밭의 작은 문을 통해 나는 이미 어두워진 가로수 길을 내려간다……. 네가 갑자기 대답한다 해도, 네가 거기, 내 눈길이 서둘러 둘러보는 돌투성이 비탈 뒤에 모습을 드러낸다 해도, 또는 멀리 벤치 위에 앉아 나를 기다리는 네 모습이 보인다 해도, 내 가슴은 놀라서 뛰지 않을 것이다……. 반대로, 나는 네 모습이 보이지 않아 놀란다.

아직 아무 일이 없다. 비할 바 없이 맑은 하늘 속으로 태양이 저물었다. 나는 기다린다. 머지않아 바로 이 벤치 위에, 그와 함께 내가 앉아 있게 될 것임을 나는 안다……. 벌써 나는 그의 말소리를 듣는다. 나는 그가 내 이름을 부르는 소리를 듣는 것을 몹시 좋아한다……. 그가 여기 있게 될 것이다! 나는 그의 손에 내 손을 맡길 것이다. 나는 그의 어깨에 얼굴을 기대리라. 나는 그의 곁에서 숨을 쉬게 될 것이다. 벌써 어제도, 나는 다시 읽어 보려고 그의 편지 몇 장을 가지고 나왔었다. 그러나 그의 생각에 너무 골몰하여 나는 그것을 읽어 볼 수가 없었다. 지난 어느 여름, 그가 떠나지 않기를 바라는 동안 매일 저녁 내가 목에 걸고 다녔던, 그가 좋아하는 자수정 십자가도 가지고 나왔었다.

나는 이 십자가를 그에게 돌려주고 싶다. 벌써 오래 전부터 나는 이런 꿈을 그려 왔다. 그가 결혼하면, 나는 그의 첫 딸, 어린 알리사의 대모(代母)가 되어, 그 애에게 이 보석을 주리라……. 왜 나는 그에게 이 얘기를 한 번도 하지 못했던가?

10월 2일

오늘은 하늘에 둥지를 튼 새처럼 내 마음이 가볍고 즐겁다. 오늘은 그가 올 날이다. 나는 그런 느낌이 들며, 그것을 알고 있다. 모든 사람들에게 그것을 외치고 싶다. 나는 여기에라도 그것을 써둘 필요를 느낀다. 더이상 나의 기쁨을 숨기고 싶지 않다. 보통 때는 그토록 방심하며 나에게 그토록 무심하던 로베르마저도 나의 기쁨을 알아차렸다. 그가 물어보아 나는 당황했으며, 뭐라고 대답할 바를 몰랐다. 오늘 저녁까지 어떻게 기다릴 것인가?……

어떤 투명한 눈가리개 같은 것이 도처에서 그의 영상을 확대해 보여주며, 내 가슴의 불타는 한 초점에 사랑의 모든 빛을 집중시킨다.

오! 기다림은 얼마나 나를 지치게 하는가!……

주여! 행복의 넓은 문을 잠시나마 제 앞에 열어 주소서.

모든 것이 사라져 버렸다. 슬프도다! 그는 그림자처럼 내 품에서 빠져 나갔다. 그는 여기 있었다! 그는 여기 있었다! 나는 아직도 그를 느낀다. 나는 그를 부른다. 내 손, 내 입술은 어둠 속에서 그를 찾으나 허사……

나는 기도를 올릴 수도 없고, 잠을 이룰 수도 없다. 어두운 정원으로 다시 나가 보았다. 내 방 안에서도, 집 안 어디에서도 나는 무서웠다. 비탄이 문에까지, 그 뒤에 그를 남겨 두었던 문에까지 다시 나를 이끌어 갔다. 미친 듯한 희망을 가지고 나는 다시 그 문을 열었다. 그가 돌아와 있다면! 나는 불렀다. 나는 어둠 속을 더듬어 보았다. 나는 그에게 편지를 쓰려고 돌아왔다. 나는 나의 비탄을 받아들일 수가 없다.

도대체 무슨 일이 있었던 것인가? 그에게 무슨 말을 했던 것인가? 나는 무슨 짓을 한 것인가? 어떤 필요에 의해서 그의 앞에서 여전히 나의 덕성을 과장하는가? 내 마음 전체가 부인하는 덕성에 무슨 가치가 있을 수 있단 말인가? 하나님이 내 입술에 제시해 주신 말을 나는 은밀히 배반하고 있었다……. 내 마음을 부풀어 오르게 하던 모든 것 가운데 아무것도 입 밖에 나오지 못했다. 제롬! 제롬, 곁에 있으면 내 가슴이 찢어지는 것 같고, 멀리 떨어져 있으면 내 목숨이 죽어 가는 것 같은 나의 애달픈 벗이여, 조금 전에 네게 했던 모든 얘기 가운데서, 오직 나의 사랑이 너에게 얘기했던 것만을 들어 다오.

썼던 편지를 찢어 버렸다. 그러고는 다시 썼다……. 새벽이 되었다. 잿빛의, 눈물에 젖은, 나의 생각만큼이나 슬픈 새벽……. 농장의 첫 소리들이 들려오고, 잠들었던 모든 것이 다시 삶을 시작한다……. '이제는 일어나라. 시간이 되었도다……'
편지는 부치지 않을 것이다.

저에게서 그를 빼앗으신 질투심 많은 하나님, 이제 저의 마음도 독점하소서. 이제부터는 어떠한 열정도 저의 마음을 저버릴 것이며, 그 어떤 것도 저의 마음에는 흥미가 없을 것입니다. 그러하오니 저 자신의 이 슬픈 잔해를 이겨 내도록 저를 도와주소서. 이 집, 이 정원은 견딜 수 없이 제 사랑을 북돋우고 있습니다. 오직 당신밖에는 뵙지 못할 장소로 저는 달아나고 싶습니다.

제가 소유하고 있는 재산이랄 수 있는 것을 당신의 가난한 백성들을 위해 처분하도록 도와주소서. 제가 쉽사리 팔 수 없는 퐁괴즈마르는 로베르를 위해 남겨 주도록 해주시옵소서.

나는 유언장을 써두긴 했지만, 필요한 서식을 대부분 알지 못한다. 어제 공증인과 만나서도, 내가 취한 결심을 그가 알아채고 쥘리에트나 로베르에게 알릴까 두려워, 충분히 얘기를 나눌 수 없었다……. 나는 이 일을 파리에서 보완하겠다.

너무도 피곤한 상태로 이곳에 도착하여 처음 이틀은 자리에 누워 있어야만 했다. 내 뜻에 반해 불려 온 의사는 수술이 필요한 것으로 판단된다고 말한다. 항의해 본들 무슨 소용이 있겠는가? 그러나 나는 수술이 두렵다는 것과 '얼마간 기운을 회복하기'를 기다리는 편이 좋겠다는 것을 그에게 쉽사리 납득시켰다.

나는 이름과 주소를 숨길 수 있었다. 나를 받아들이고 또 주님께서 필요하다고 판단하시는 동안 나를 보살펴 주기에 아무 어려움이 없도록 충분한 돈을 나는 요양원의 사무실에 맡겼다.

이 방이 내 마음에 든다. 완전한 청결함만으로 벽의 장식은 충분하다. 즐겁게까지 느껴지는 것이 참으로 놀랍다. 그것은 내가 생(生)에서 더 이상 아무것도 바라지 않기 때문이다. 그것은 이제 내가 하나님께 만족하기 때문이며, 하나님의 사랑은 우리의 모든 자리를 다 차지할 때에만 그 정묘함을 보여 주기 때문이다……

나는 성서 이외에 다른 책은 가져오지 않았다. 그러나 오늘은 성서에서 읽는 말씀보다 파스칼의 이 열광적인 흐느낌이 나에게 더 크게 울린다.

'하나님이 아닌 모든 것은 나의 기대를 채워 줄 수 없다.'

오오, 무분별한 나의 마음이 기구하던 너무도 인간적인 기쁨이여……. 주여! 당신께서 저를 절망케 하신 것은 이 외침을 얻기 위한 것이옵니까?

10월 12일

당신의 왕국이 도래하기를! 저에게 당신의 왕국이 도래하기를! 그리하여 오직 당신만이 제 위에 군림하시기를. 저의 모든 것 위에 군림하시기를. 저는 저의 마음을 두고 더 이상 당신께 흥정하는 것을 원하지 않나이다.

몹시 늙은 것처럼 기진맥진하면서도, 나의 영혼은 이상한 동심(童心)을 간직하고 있다. 나는 아직도 방 안의 모든 것이 정돈되고, 벗어 놓은 옷을 침대 머리맡에 잘 개어 두지 않고서는 잠을 이룰 수 없었던 예전의 어린 소녀인 듯하다……

나는 이처럼 나의 죽음을 준비하고 싶다.

10월 13일

없애 버리기 전에 나의 일기를 다시 읽어 보았다. '자신이 느끼고 있는 혼란을 퍼뜨린다는 것은 훌륭한 마음을 지닌 사람들에게는 합당치 않은 것이다.' 이 아름다운 말은 클로틸드 드 보의 것이라고 생각된다.

이 일기를 불에 던지려 하는 순간, 일종의 경고 같은 것이 나를 붙들었다. 이 일기는 이미 나 자신에게 속한 것이 아니고, 나는 제롬에게서 이 것을 뺏을 권리가 없으며, 나는 오직 그를 위해서만 이것을 써왔던 것처 럼 보였다. 나의 불안, 나의 의혹은 오늘에 이르러서는 너무도 가소로운 것으로 보여서 나는 거기에 더 이상 중요성을 부여할 수 없으며, 제롬이 그로 인해 동요될 것이라고 생각할 수도 없다. 주여, 저 자신은 도달하는 데 절망했던 그 덕성의 정상에까지 그를 밀어 올리고자 미친 듯이 갈망 했던 영혼의 서툰 억양을 때때로 그가 여기서 발견할 수 있도록 하여 주 옵소서.

'주여, 제가 다다를 수 없는 그 반석 위로 저를 인도해 주소서.'

10월 15일

'기쁨, 기쁨, 기쁨, 기쁨의 눈물⋯⋯.'

인간적인 기쁨 너머 일체의 고뇌 저편에서, 그렇다, 나는 그 빛나는 기 쁨을 예감한다. 내가 도달할 수 없는 그 반석의 이름은 행복이라는 것을 나는 잘 알고 있다⋯⋯. 행복에 도달하기 위한 것이 아니라면 나의 생애 전부는 헛된 것임을 나는 깨닫는다⋯⋯. 아아! 주여, 그렇지만 당신께서 는 자신을 버리는 순결한 영혼에게 그 행복을 약속하셨습니다. '지금부 터 행복할지어다.' 당신의 거룩하신 말씀은 얘기하셨습니다. '지금부터 행복할지어다, 주 안에서 죽는 자들은.' 죽을 때까지 기다려야 하나이 까? 여기에서 저의 믿음은 흔들리는 것입니다. 주여! 저는 저의 모든 힘 을 다해 당신께 외치나이다. 저는 어둠 속에 있사옵니다. 저는 여명을 기 다리옵니다. 목숨이 다하도록 저는 당신께 외치나이다. 제 마음의 갈증 을 축여 주러 오시옵소서. 저는 당장 그 행복에 목말라 있습니다⋯⋯. 아니면 제가 그 행복을 가지고 있다고 생각해야 하나이까? 먼동이 트기 전부터 날이 밝음을 알린다기보다 그것을 부르는 듯 울부짖는 조급한 새 처럼, 저는 어둠이 가시기를 기다리지도 않고 노래를 불러야 하나이까?

제롬, 나는 너에게 완전한 기쁨을 가르쳐 주고 싶다.

오늘 아침 나는 구토증의 발작으로 기진맥진한 상태가 되었다. 발작 직후 나는 너무도 자신이 쇠약하게 느껴져 잠시 죽음을 바랄 수 있었다. 아니다, 처음에는 나의 전신에 더할 수 없는 평온이 깃들었다. 그러고 나서 격심한 고통이, 육체와 영혼의 전율이 나를 사로잡았다. 그것은 마치 나의 생명에 대한 갑작스럽고도 환상 없는 '계시'와 같았다. 내 방의 끔찍스럽게 헐벗은 벽이 처음으로 눈에 띄는 듯이 생각되었다. 나는 겁이 났다. 지금도 역시 나는 마음을 안정시키고 가라앉기 위해 이 글을 쓰고 있다. 오, 주여! 당신께 불경(不敬)을 저지름이 없이 끝까지 도달할 수 있도록 하여 주옵소서.

나는 다시 일어설 수 있었다. 나는 어린애처럼 무릎을 꿇었다······.

홀로 있다는 것을 또다시 깨닫기 전에, 나는 지금, 빨리 세상을 떠나고 싶다.

나는 지난 해 쥘리에트를 만났다. 나에게 알리사의 죽음을 알려 준 그녀의 마지막 편지를 받은 후 10년 이상이 흘러갔다. 프로방스 지방을 여행하게 된 것이 나에게 님에 들를 기회를 준 것이다. 테시에르가(家)는 소란한 시내 중심지의 퓌셰르 가(街)에 있는 상당히 아름다운 집에서 살고 있었다. 찾아가겠다는 것을 미리 편지로 알려 두었음에도 불구하고, 문간을 넘어서면서 나는 꽤 마음이 설렘을 느꼈다.

　하녀의 안내로 응접실에 올라가 있자, 잠시 후 쥘리에트가 들어왔다. 나는 플랑티에 이모님을 보는 듯싶었다. 똑같은 거동, 똑같은 체격, 똑같이 숨 가쁜 친절이었다. 그녀는 대답도 기다리지 않은 채, 나의 이력이며, 파리에서의 거처며, 나의 직업이며, 교우 관계 등에 대해 곧장 질문을 퍼부었다. 남불(南佛)에는 무슨 일로 왔는지? 나를 만나 보면 에두아르가 몹시 기뻐할 텐데 왜 에그비브까지 가보지 않으려 하는지?…… 등등. 그러고 나서 그녀는 모두의 소식을 들려주고, 자기 남편과 아이들과 동생 이야기, 지난 번 추수와 불경기 등에 관한 이야기를 했다……. 나는 로베르가 퐁괴즈마르를 팔고 에그비브에 와서 산다는 것, 그가 이제 에두아르의 동업자가 되어, 에두아르는 여행도 하고 사업의 거래 방면에 특히 전념할 수 있는 반면, 로베르는 밭에 남아 묘목을 개량하고 확장하는 일을 한다는 것을 알게 되었다.

그러는 동안 나는 과거를 회상시켜 줄 수 있는 것을 불안스럽게 눈길로 찾아보았다. 나는 응접실의 새 가구들 가운데서 퐁괴즈마르의 몇 점의 가구를 잘 알아볼 수 있었다. 그러나 나에게서 떨고 있는 그 과거를, 쥘리에트는 이제 모르고 있거나 아니면 우리의 마음을 거기서 돌리려고 애쓰고 있는 것처럼 보였다.

열두 살짜리와 열세 살짜리 두 사내애가 층계에서 놀고 있었다. 쥘리에트는 그 애들을 불러 나에게 인사시켰다. 맏딸인 리즈는 제 아버지를 따라 에그비브에 갔다는 것이었다. 열 살 난 또 다른 사내애가 놀러 나갔다가 곧 돌아올 것이라고 했다. 알리사의 죽음을 알리면서 쥘리에트가 해산이 가깝다고 했던 아이가 바로 그 아이였다. 그때의 임신은 고통스럽게 끝나서, 쥘리에트는 그 때문에 오래도록 시련을 겪었다고 했다. 그러고는 지난 해, 그녀는 마음을 고쳐먹은 듯 딸아이를 또 하나 낳았는데, 그녀가 말하는 것을 듣건대, 그녀는 다른 자녀들보다 그 딸아이를 더 귀여워하는 것 같았다.

"그 애가 자고 있는 제 방이 바로 옆이에요. 와서 좀 보세요." 그녀가 말했다. 내가 따라가자, 그녀는 덧붙였다. "제롬, 편지로는 감히 쓰지 못했지만……, 그 아이의 대부(代父)가 되어 주겠어요?"

"그야 네가 좋다면 기꺼이 승낙하지." 약간 놀라서, 요람으로 몸을 기울이며 내가 말했다. "내 대녀(代女)의 이름은 무엇이지?"

"알리사……." 쥘리에트가 낮은 목소리로 대답했다. "알리사를 약간 닮았죠? 그렇지 않아요?"

나는 대답 없이 쥘리에트의 손을 꼭 잡았다. 제 어머니가 들어 올리자 어린 알리사는 눈을 떴다. 나는 그 아이를 내 팔에 안았다.

"오빠는 참 좋은 아버지가 될 텐데!" 쥘리에트는 웃으려고 애쓰면서 말했다. "결혼하기 위해 뭘 기다리는 거죠?"

"많은 일들을 잊어버리기를." 그러자 나는 그녀가 얼굴을 붉히는 것을 보았다.

"곧 잊어버리기를 바라세요?"

"결코 잊어버리고 싶지 않아."

"이리로 오세요." 벌써 어두워진 좀 더 작은 방으로 앞서 들어가면서 그녀가 불쑥 말했다. 그 방의 한쪽 문은 그녀의 침실로 나 있고, 다른 한쪽 문은 응접실로 나 있었다. "잠시 시간이 날 때면, 나는 이리로 피신해요. 여기가 집에서 제일 조용한 방이죠. 여기서는 거의 생활에서 도피해 있는 것처럼 느껴져요."

이 작은 응접실의 창문은 다른 방들의 창문처럼 도시의 소음 쪽으로 나 있지 않고, 나무들이 심어진 일종의 안뜰 쪽으로 나 있었다.

"앉으세요." 그녀는 안락의자에 주저앉으며 말했다. "내가 제대로 이해한 것이라면, 오빠는 알리사의 추억에 충실하게 남아 있겠다는 거겠죠."

나는 잠시 대답 없이 있었다.

"아마 그보다는 알리사가 나에 대해 갖고 있던 생각에 충실하자는 거겠지……. 아니, 그것을 나의 무슨 장점으로 여길 필요는 없어. 나는 달리 어쩔 수 없다고 생각해. 만약 내가 다른 여자와 결혼한다 할지라도, 나는 사랑하는 척할 수밖에는 없을 거야."

"아아!" 그녀는 무관심한 듯이 말하더니, 나에게서 얼굴을 돌려, 잃어버린 무엇을 찾기라도 하는 듯 바닥으로 고개를 숙였다. "그렇다면 희망 없는 사랑을 그토록 오랫동안 가슴 속에 간직할 수 있다고 생각하는군요?"

"그래, 쥘리에트."

"그리고 나날의 삶이 그 위로 불고 지나가도 사랑이 꺼지지 않을 수 있다고 생각하세요?……"

저녁의 어스름이 잿빛 조수처럼 밀려왔고, 어둠에 잠긴 각각의 물건들은 그 어둠 속에서 되살아나 제 과거를 나직한 목소리로 얘기하는 듯이 보였다. 쥘리에트가 알리사의 모든 가구를 거기에 모아 놓아, 알리사의 방을 다시 보는 듯싶었다. 이제 그녀가 나를 향해 얼굴을 돌렸으나, 나는 그녀의 얼굴 윤곽도 분별해 볼 수 없게 되어, 그녀의 두 눈이 감겨 있는지 어떤지 알 수 없었다. 그녀는 대단히 아름다워 보였다. 그리고 우리는 둘 다 이제 말없이 앉아 있었다.

"자! 잠에서 깨어야지요……." 마침내 그녀가 말했다.

나는 그녀가 일어서서 한 걸음 앞으로 내디디더니, 힘없이 옆

의자에 다시 쓰러지는 것을 보았다. 그녀는 두 손으로 자기 얼굴을 감쌌으며, 나에게는 그녀가 울고 있는 것처럼 보였다…….

하녀가 등불을 들고 들어왔다.

전원 교향곡

장 쉴룅베르제에게

첫째 노트

189□년 2월 10일

사흘 전부터 쉬지 않고 내린 눈에 길들이 막혔다. 나는 15년 전부터 한 달에 두 번씩 예배를 집전해 왔던 R 마을에 갈 수가 없었다. 오늘 아침에는 불과 30명의 신자들만 라 브레빈의 예배당에 모였다.

나는 이 강요된 유폐가 나에게 가져다준 한가함을 이용하여 과거로 되돌아가 어떻게 해서 내가 제르트뤼드를 돌보게 되었는지 이야기하고자 한다.

나는 그 경건한 영혼의 형성과 발전에 관련된 모든 것을 여기에 기록할 생각이다. 내가 그 영혼을 어둠으로부터 끌어낸 것은 오직 경배와 사랑을 위해서였던 것으로 생각된다. 그런 임무를 저에게 맡겨 주신 주님을 찬양하나이다.

2년 6개월 전, 쇼-드-퐁으로부터 돌아오는 길이었는데, 모르는 여자 아이 하나가 급히 나를 찾아 왔다. 거기에서 7킬로미터 떨어진 곳에서 죽어 가고 있는 가엾은 노파 곁으로 나를 데려가기 위해서였다. 말은 마차에 매여 있는 채였다. 밤이 되기 전에는 돌아올 수 없을 것으로 생각했기 때문에, 나는 등불을 준비한 후 그 아이를 마차에 태웠다.

나는 인근 마을 모두를 속속들이 안다고 믿고 있었다. 그러나라 소드레의 농가를 지나자, 그 아이는 그때까지 내가 발을 들여놓은 적이라고는 없는 길로 나를 접어들게 했다. 그렇지만 나는거기에서 왼편으로 2킬로미터쯤 떨어진 곳에서 젊은 시절에 때때로 스케이트를 타러 다녔던 신비스러운 작은 호수를 알아보았다. 어떤 사목의 임무도 나를 그쪽으로 부르는 일이 없기 때문에, 나는 15년 전부터 그 호수를 다시 본 적이 없었다. 그래서 그 호수가어디 있는지 나는 말할 수 없었을 것이며, 그 이후로 그 호수를 생각해 본 적이 전혀 없어서, 장밋빛과 황금빛의 황홀한 저녁노을속에서 갑자기 그것을 다시 보았을 때, 나는 처음에는 마치 꿈속에서 그것을 보고 있는 것 같았다.

길은 호수에서 흘러나와, 숲 가장자리를 가로지른 다음, 이탄광(泥炭鑛) 옆을 흐르는 개울을 따라가고 있었다. 내가 이곳에 와본적은 분명히 한 번도 없었다.

해가 지고 있어서, 마침내 나의 어린 안내자가 손가락으로 언덕비탈에 있는 한 초가집을 가리켰을 때, 우리는 한참 전부터 어둠속을 걷고 있었다. 어둠속에서 푸르스름한 빛을 띠다가 노을 진하늘에서 황금빛으로 변해 가는 한줄기 가는 연기가 새어 나오지않았더라면, 그 초가집은 사람이 사는 집이라고는 믿을 수 없었을 것이다. 나는 옆의 사과나무에 말을 매고, 노파가 임종한 컴컴한 방안으로 어린아이를 따라 들어갔다.

풍경의 장엄함, 시간의 고요와 엄숙함이 나를 전율하게 했다. 아직 젊어 보이는 한 부인이 침대 옆에 무릎을 꿇고 있었다. 고인의 손녀라고 생각했었으나 실은 그녀의 하녀에 지나지 않는 아이가 그을음 나는 촛불을 켜더니 침대 발치에 잠자코 서 있었다. 먼 길을 오는 동안 나는 그 아이와 얘기를 나누어 보려고 애썼지만, 겨우 서너 마디 말밖에는 끌어낼 수 없었다.

무릎을 꿇고 있던 부인이 일어섰다. 그녀는 처음에 내가 추측했던 것과는 달리 친척이 아니라 단지 이웃에 사는 친구로서, 주인이 죽어 가는 것을 보고 심부름하는 아이가 찾으러 가자 밤샘을 자청하여 왔던 것이다. 할머니는 고통 없이 숨을 거두셨다고 부인이 나에게 말했다. 우리는 매장과 장례식을 위해 취해야 할 조처들을 함께 의논했다. 이미 종종 그래 왔던 것처럼, 이 외진 고장에서는 내가 모든 것을 결정해야 했다. 겉모양이 아무리 빈한해 보인다 해도 이 집을 이웃 여자와 심부름꾼 아이에게만 맡겨 둔다는 것은 솔직히 말해서 좀 마음이 놓이지 않았다. 그렇다고 이 초라한 거처의 어느 구석에 무슨 보물이라도 숨겨져 있을 것 같지는 않았지만……. 내가 어떻게 할 수 있었겠는가? 여하튼 나는 할머니에게는 아무도 상속인이 없느냐고 물어보았다.

그러자 이웃 여자가 촛불을 들어 벽난로 구석으로 가져갔다. 나는 난로 입구에 웅크리고 있는 잠들어 있는 듯 보이는 어슴푸레한 사람의 모습을 알아볼 수 있었다. 무성한 머리털이 그 얼굴을 거의 가리고 있었다.

"눈이 먼 이 여자애는 조카딸이래요, 심부름하는 애 말로는 그래요. 가족이라고는 이 애뿐인 모양이에요. 고아원에라도 넣어야 할 거예요. 그렇지 않으면 어떻게 될지 모르겠어요."

나는 이런 갑작스런 말이 그 아이에게 어떤 슬픔을 야기할지 염려되었고, 본인 앞에서 이런 식으로 운명을 결정짓는 소리를 듣고는 마음이 언짢았다.

"깨우지 마세요." 나는 그 이웃 여자의 목소리만이라도 낮추게 하려고 조용히 말했다.

"아니! 자고 있지 않을 거예요. 한데 애는 천치예요. 말도 할 줄 모르고, 남들이 하는 말을 조금도 알아듣지 못해요. 내가 이 방에 온 아침부터 지금껏 별로 움직이지도 않았어요. 처음에는 귀머거리인 줄 알았는데, 심부름하는 애 말로는 그렇지는 않고, 할머니가 귀머거리였는데, 할머니는 그 애에게든 누구에게든 말을 걸어본 적이 없고, 오래 전부터 먹거나 마실 때 말고는 입을 열지 않았다고 해요."

"몇 살이나 됐나요?"

"열댓 살쯤일 거예요. 하긴 저도 잘 모르지만……."

이 버림받은 가엾은 아이를 나 자신이 돌보겠다는 생각이 즉시 떠오른 것은 아니었다. 그러나 기도를 올리고 난 후 — 아니 좀 더 정확히 말해 침대 머리맡에 무릎을 꿇고 있는 이웃 여자와 어린 하녀 사이에서 나도 무릎을 꿇고 기도를 올리는 동안—, 나에게는 갑자기 하나님께서 나의 가는 길에 일종의 의무를 놓아 주셨고,

얼마간 비겁하지 않고서는 그 의무에서 벗어날 수 없을 것처럼 여겨졌다. 내가 다시 일어섰을 때, 그 아이를 나중에 어떻게 할지, 또 누구에게 맡길지 분명히 생각해 보지 않았지만, 바로 그날 저녁에 아이를 데려가겠다는 결심이 섰다. 나는 잠시 더 노파의 잠든 얼굴을 쳐다보고 서 있었다. 주름지고 오므라든 그녀의 입은 마치 한 푼도 새어 나가지 못하도록 구두쇠의 지갑 끈으로 졸라맨 것처럼 보였다. 그러고 나서 나는 눈먼 아이 쪽으로 고개를 돌리며, 이웃 여자에게 내 의사를 밝혔다.

"내일 시신을 내갈 때는 그 애가 여기 없는 편이 낫겠지요." 그녀가 말했다. 그리고 그것이 전부였다.

사람들이 공연한 반대를 때때로 즐기지 않는다면, 많은 일이 훨씬 수월하게 이루어질 것이다. 어린 시절부터, 단지 우리가 주위에서 '그 애는 그것을 못할 거야……'라고 말하는 소리를 들었기 때문에, 우리가 하고 싶은 이런 저런 일을 하지 못했던 적이 얼마나 많았던가.

그 눈먼 아이는 의지라고는 없는 살덩어리처럼 끌려 나왔다. 그 아이의 얼굴 생김새는 반듯하고 꽤 아름다웠으나, 완전히 무표정했다. 다락방으로 통하는 내부 계단 아래의 방 한 구석에 놓여 있는, 그 애가 평소에 잠을 잤을 것으로 보이는 짚을 넣은 매트 위에서, 나는 담요 한 장을 집어 들었다.

이웃 여자가 친절을 보여 내가 그 아이를 조심스럽게 담요로 싸는 것을 도와주었다. 맑은 밤공기가 싸늘했던 것이다. 마차의 등에 불을 켠 후, 나는 나에게 기대어 웅크리고 있는, 영혼이 없는 것 같은 그 살덩어리를 데리고 출발했다. 오직 어렴풋한 온기가 전해지는 것으로만 그것이 살아 있음을 감지할 수 있었다. 돌아오는 동안 내내 나는 혼자 생각했다. '이 아이는 잠을 자는 것인가? 어떤 캄캄한 잠일까…… 그리고 이 경우에는 잠자는 것과 깨어 있는 것의 차이가 무엇일까?' 주님, 이 불투명한 육체의 주인인 유폐된 영혼은 마침내 주님의 은총의 빛이 내려와 스쳐 주기를 기다리고 있나이다! 어쩌면 저의 사랑이 그 영혼으로부터 끔찍스러운 어둠을 쫓아내도록 주님께서 허락해 주시겠나이까?……

나에게는 무엇보다 진실이 중요하기 때문에 집에 돌아왔을 때 내가 당해야 했던 유감스러운 응대에 대해 말하지 않고 넘어갈 수가 없다. 나의 아내는 덕성의 틀과도 같은 사람이다. 때때로 우리에게 닥쳤던 어려운 순간에조차 나는 잠시도 아내의 마음씨를 의심할 수 없었다. 그러나 그녀의 타고난 자비심은 갑작스런 일에 봉착하는 것을 좋아하지 않는다. 아내는 의무를 소홀히 하지 않는 것과 마찬가지로 의무 이상을 하려고도 하지 않는 질서 바른 사람이다. 마치 사랑이 고갈될 수 있는 보물이기라도 하듯 그녀의 자비심조차 절제가 있는 것이다. 그것이 단 한 가지 우리가 이견을 갖는 점이다…….

그날 저녁에 내가 계집아이를 데리고 오는 것을 보았을 때의 아내의 첫 생각은 다음과 같은 외침 속에 드러났다.

"당신은 또 무슨 일을 떠맡은 거예요?"

우리 부부 사이에 설명할 것이 있을 때면 언제나 그렇듯, 나는 의문과 놀라움으로 가득 차서 입을 벌리고 서 있는 아이들을 밖으로 내보내는 일부터 시작했다. 아! 이것은 내가 기대할 수 있었던 것과는 얼마나 동떨어진 대접이었던가. 다만 사랑스런 어린 샤를로트만이 무언가 새로운 어떤 것, 무언가 살아 있는 어떤 것이 마차에서 나오리라는 것을 알자 춤을 추고 손뼉을 치기 시작했다. 어머니에게 길든 다른 아이들이 재빨리 샤를로트를 다독거려 데리고 나갔다.

잠시 동안 큰 혼란이 일어났다. 그리고 아내도 아이들도 아직 그 아이가 장님이라는 것을 알지 못했기 때문에, 내가 그 아이를 이끄는 데 기울이는 극도의 조심성을 이해하지 못했다. 나 역시 길을 오는 동안 내내 잡고 있던 그 애의 손을 놓자마자, 그 가엾은 불구 아이가 내지르기 시작한 야릇한 신음 소리에 몹시 당황했다. 그 외침 소리는 전혀 사람의 소리 같질 않았다. 그것은 강아지의 구슬픈 낑낑거림과도 같은 것이었다. 그녀의 전(全) 우주를 형성하고 있던 습관적 감각의 협소한 테두리에서 처음으로 끌려 나와서인지, 그 애의 두 무릎이 휘청거렸다. 내가 그 애 앞으로 의자를 하나 끌어다 주자, 그 애는 마치 의자에 앉을 줄 모르는 사람처럼 바닥에 주저앉아 버렸다. 그래서 나는 벽난로 곁으로 그 애를 데려갔다. 노파의 집 벽난로 곁에서 내가 처음에 보았던 위치대로 난로의 벽에 기대어 쭈그리고 앉을 수 있게 되자, 비로소 그 애는 좀 마음이 가라앉는 것 같았다. 마차를 타고 오는 동안에도 그 애는 의자 밑으로 미끄러져 내려가서 내내 내 발 아래 웅크리고 있었다. 아내는 어쨌든 나를 도와주었다. 그녀에게는 언제나 가장 자연스러운 움직임이 가장 훌륭한데, 끊임없이 이성이 들고 일어나서 종종 본마음을 눌러 버리는 것이다.

"이것을 대체 어쩔 작정이세요?" 계집아이가 자리를 잡자, 아내가 이렇게 말했다.

'이것'이란 단어가 사용되는 것을 듣자 내 마음이 부르르 떨렸고, 분노가 치미는 것을 참기 힘들었다. 하지만 아직도 평화로운 긴 명상 상태에 잠겨 있던 나는 감정을 억누르고, 다시 주위에 빙 둘러선 식구 모두를 향하여, 눈먼 아이의 이마에 손을 얹은 채 가능한 한 엄숙하게 말했다.

"나는 길 잃은 양을 데려왔다."

그러나 아멜리는 무엇이건 사리에 맞지 않거나 사리를 넘어서는 것이 복음서의 가르침 가운데 있을 수 있다고는 생각하지 않는다. 그녀가 항의하려는 것을 알고, 나는 우리의 사소한 부부간 다툼에 익숙할 뿐만 아니라, 천성적으로 호기심이 많지 않은 (내 생각으로는 대체로 호기심이 부족한) 자크와 사라에게 두 어린 동생을 데리고 나가도록 눈짓을 했다. 그리고 나서 아내가 틈입자의 면전에서 아직 난처해하며 얼마간 화나 있는 것처럼 보여서 나는 이렇게 덧붙여 말했다.

"당신 이 애 앞에서 말해도 괜찮아요. 이 불쌍한 아이는 알아듣지 못하니까."

그러자 아멜리는 자기로서는 나에게 아무 할 말이 없다고 ―그것은 기나긴 설명의 습관적인 전주곡이다―, 그리고 자기로서는 언제나 그렇듯 내가 만들어 내는 비현실적이며, 관습과 양식에 터무니없이 어긋나는 일에도 그저 복종할 뿐이라고 항변하기 시작했다. 나는 이 아이를 장차 어떻게 할 것인지 전혀 결정한 바 없다는 사실을 앞서 기록한 적이 있다. 그 애를 우리 집에 머물게 할 가능성에 대해서는 아직 고려해 보지 않았거나, 아니면 아주 막연하게밖에는 생각해 보지 않았었다. 그래서 아멜리가 우리는 '이미 식구가 충분하다'고 생각하지 않느냐고 나에게 물었을 때, 그녀가 처음으로 그 가능성을 나에게 암시한 것이라고 말할 수 있을 정도다. 뒤이어 그녀는 뒤따르는 사람들의 반대는 조금도 염두에 두지 않고 내가 항상 앞서 나간다고, 자기로서는 다섯 아이로 충분하다고 생각한다고, 클로드가 태어난 이후로는 (바로 그 순간, 제 이름 소리를 듣기라도 한 것처럼, 클로드가 제 요람 속에서 울부짖기 시작했다) 몫이 꽉 차서 한계에 이르렀음을 느낀다고 선언하듯 말했다.

그녀의 푸념 소리 처음 몇 마디를 듣자, 예수님의 말씀이 마음 속으로부터 입술에까지 치밀어 올랐지만, 나는 꾹 눌러 참았다. 성서의 권위 뒤에 내 행위를 숨기는 것이 나에게는 언제나 적절치 않아 보였기 때문이다. 그러나 그녀가 자신의 피로를 내세우자마자 나는 어찌할 수 없었다. 내 열정의 무분별한 충동의 결과들을 내 아내에게 짐 지우게 한 것이 한두 번이 아니었음을 나는 인정하기 때문이다. 그렇지만 이런 비난이 나에게 나의 의무를 일깨워 주었다. 그래서 나는 만약 내 입장이었다면 그녀도 마찬가지로 처신하지 않았겠는지, 분명히 아무에게도 기댈 데가 없는 사람을 곤경 속에 방치하는 것이 가능했겠는지 잘 생각해 보라고 아멜리에게 아주 부드럽게 간청했다. 어려운 살림에 이 불구 아이를 돌보는 일이 또 얼마나 고달픔을 더할 것인지 내가 모르는 바 아니며, 좀 더 자주 그녀를 도와주지 못하는 것이 유감이라고도 나는 덧붙여 말했다. 요컨대 나는 아무 잘못도 없는 무고한 아이에게 원망이 전가되지 않도록 간청하면서, 나의 최선을 다해 아멜리를 진정시켰다. 뒤이어 나는 사라도 이제 어머니를 더 많이 도울 만한 나이가 되었고, 자크도 어머니의 보살핌 없이 지낼 수 있는 나이라는 점을 지적하였다. 요컨대, 만약 사건이 그녀에게 심사숙고할 시간을 충분히 주었더라면, 그리고 내가 그녀의 의지를 이처럼 기습적으로 처리하지 않았더라면, 그녀가 기꺼이 떠맡았을 것이 틀림없을 일을 아내가 받아들이도록 설득하는 데 필요한 말을 하나님께서 내 입에 놓아주셨던 셈이다.

나는 다툼에서 거의 승리를 거두었다고 생각했다. 나의 다정한 아멜리가 벌써 상냥하게 제르트뤼드에게 다가가고 있었던 것이다. 그러나 아이를 좀 살펴보려고 램프를 집어 들고 다가가서 이루 말할 수 없이 더러운 상태를 알아보자, 갑자기 그녀의 역정이 더 격렬하게 폭발했다. 그녀가 소리쳤다.

"아유, 이 지독한 냄새! 털어요, 빨리 털어! 아니, 여기서 말고, 밖에 나가 털란 말예요! 아이고, 난 몰라, 아이들한테 다 옮겠네! 난 세상에 이보다 더 무서운 것이 없는데."

정말로 그 불쌍한 아이에게는 이가 우글거리고 있었다. 그리고 마차 안에서 오랫동안 그 아이가 나에게 몸을 기대고 있었던 것을 생각하니 나 역시 기분이 언짢아지는 것을 어쩔 수 없었다.

잠시 후 되도록 깨끗이 몸을 턴 다음 돌아오자, 아내는 의자에 주저앉아, 두 손으로 얼굴을 감싸고 흐느껴 울고 있었다.

나는 아내에게 다정하게 말했다. "나는 당신의 참을성을 이러한 시험에 빠지게 할 생각은 아니었소. 어쨌든 오늘 저녁은 늦었고, 잘 보이지도 않는구려. 나는 이 어린애가 자는 곁에서 불을 지키며 밤을 새우겠소. 내일 우리가 이 애 머리를 잘라 주고, 몸도 제대로 씻겨 줍시다. 쳐다보아도 불쾌감이 들지 않게 될 때부터 당신이 이 애를 돌보기 시작하시오." 그리고 나는 아이들한테는 이런 말을 하지 말도록 아내에게 부탁하였다.

저녁 식사 시간이었다. 우리에게 식사를 차려 주며 로잘리 할멈이 나의 피보호자에게 잔뜩 적대적인 시선을 던졌는데, 그 애는 내가 수프 접시를 내밀자 게걸스럽게 먹어 치웠다. 식사 동안 아무도 말이 없었다. 나는 아이들에게 말을 걸어 내가 겪은 일을 얘기하고, 그처럼 철저한 결핍의 기이함을 그들에게 이해시키고 느끼게 함으로써 그 애들을 감동시키고, 그리하여 하나님께서 우리에게 거두도록 하신 아이에 대한 그들의 동정심과 호의를 불러일으키게 하고 싶었다. 그러나 나는 아멜리의 역정을 북돋우게 될까 봐 두려웠다. 우리들 중 누구도 다른 어떤 것도 생각할 수 없음이 분명했음에도 불구하고, 마치 그 사건을 무시하고 잊으라는 명령이 내려진 것처럼 보였다.

모두들 잠자리에 들고 아멜리도 나를 방안에 혼자 놔두고 떠난 지 한 시간쯤 지난 후, 어린 샤를로트가 방문을 살며시 열더니, 속옷 차림에 맨발로 살금살금 다가와서는 내 목에 달려들어 꼭 껴안으면서, "저 아빠에게 밤 인사를 잘 못했어요"라고 속삭였을 때 나는 몹시 감동하였다.

그러더니 잠자러 가기 전에 다시 보고 싶은 호기심을 느꼈었던, 지금 무심히 잠들어 있는 소경 아이를 작은 집게손가락 끝으로 가리키며 샤를로트는 나지막이 말하였다.

"내가 왜 저 애한테 입 맞추지 않았지?"

"내일 하려무나. 지금은 그냥 내버려두자. 자고 있어." 나는 이렇게 말하며 샤를로트를 문에까지 바래다주었다.

그리고 나서 나는 돌아와서 자리에 앉아 책도 읽고 다음번 설교 준비도 하면서 다음날 아침까지 일을 하였다.

분명히 샤를로트가 오늘 제 오빠 언니들보다 훨씬 더 정감 있게 보인다고 나는 생각했다 (지금도 그 생각의 기억이 난다). 그러나 그 애들 역시, 처음 그 나이 때에는, 나를 속이지 않았던 것이 아닌가, 지금은 그처럼 냉담하고, 조심성스러운 큰 아이 자크마저도……. 그 애들 마음이 다정하다고 믿고 있는데, 실상 그들은 아양 떨고 어리광부리고 있는 것이다.

2월 27일

간밤에도 눈이 많이 내렸다. 곧 창문을 통해서 밖에 나가게 될 거라고 말하면서 아이들은 좋아한다. 오늘 아침에는 출입문이 막혀서 세탁장을 통해서 나갈 수밖에 없는 것이 사실이다. 어제 나는 마을에 식량이 충분하다는 것을 확인해 두었다. 왜냐하면 우리는 아마도 얼마 동안 다른 사람들로부터 고립되어 살게 될 것이기 때문이다. 우리가 눈에 막힌 것이 이번 겨울이 처음은 아니지만, 이렇게 두텁게 가로막힌 것을 보았던 기억은 없다. 나는 어제 시작한 이야기를 계속하기 위해 이 기회를 이용하고자 한다.

내가 이 불구 아이를 데려왔을 때, 나는 그 아이가 집에서 어떤 자리를 차지할 수 있을지 별로 생각해 보지 않았다고 말한 바 있다. 나는 아내의 저항이 약간 있을 것은 알고 있었다. 또한 우리가 사용할 수 있는 자리와 아주 제한된 우리의 재원도 알고 있었다. 나는 나의 충동이 초래할 비용은 전혀 따져 볼 생각을 않고(나에게 그런 것은 언제나 복음서의 정신에 반하는 것으로 보였다), 항상 그러듯이, 원칙만큼이나 타고난 성향에 따라 행동했다. 그러나 하나님에게 의지하는 것과 남에게 짐을 떠넘기는 것은 별개의 문제이다. 내가 아멜리의 팔에 무거운 짐을 안겨 주었다는 생각이 머지않아 들었다. 그것이 너무나 무거운 짐이어서 나는 우선 당황하지 않을 수 없었다.

나는 최선을 다하여 어린애의 머리를 자르는 아내를 도왔는데, 그녀가 벌써 그 일을 마지못해 하고 있다는 것을 알 수 있었다. 그러나 그 애를 씻기고 닦고 할 때는 나는 아내 혼자 하도록 내버려 두어야만 했다. 그래서 나는 가장 힘들고 가장 불쾌한 시중은 나에게서 벗어난다는 사실을 깨달았다.

결국 아멜리는 더 이상 조그만 항변도 하지 않았다. 그녀는 밤새 깊이 생각해 보고 그 새로운 책무에 대해 결심을 한 것처럼 보였다. 그녀는 그 일에서 어떤 즐거움을 느끼는 듯, 제르트뤼드의 몸치장을 마쳐 주고 나서는 미소를 지어 보이기까지 했다. 내가 포마드를 발라 준 짧게 깎은 머리에는 하얀 보네 모자가 씌워졌다. 사라의 헌 옷 몇 가지와 깨끗한 속옷으로 갈아입히고 더러운 누더기는 아멜리가 불에 던져 버렸다. 제르트뤼드라는 이름은 샤를로트가 고른 것인데, 우리 모두가 즉시 받아들였다. 진짜 이름은 고아 자신이 모를뿐더러, 나 역시 어디 가서 찾아야 할지 알 수 없었다. 사라가 1년 전부터 입지 못하게 된 옷이 그녀에게 맞는 것을 보면, 그 애는 사라보다 좀 어릴 것이다.

나는 처음 얼마 동안 빠져들었던 깊은 실망을 여기서 고백해야만 하겠다. 나는 분명히 제르트뤼드의 교육에 대해서 소설적 환상을 품었는데, 현실은 그런 환상을 깨도록 강요하는 것이었다. 그 애 얼굴의 무관심하고 둔한 표정, 아니 그보다도 절대적인 무표정이 나의 선의를 그 근원까지 얼어붙게 만들었다. 그 애는 하루 종일 불 곁에 방어적인 자세로 머물러 있었고, 우리의 발자국 소리를 듣자마자, 특히 누군가가 제게 가까이 다가가자마자, 얼굴이 굳어지는 것처럼 보였다. 그 얼굴은 적의(敵意)를 나타내기 위해서만 무표정을 벗어났다. 누군가 조금이라도 그 애의 주의를 끌려고 하면, 그 애는 짐승처럼 낑낑거리며 신음 소리를 지르기 시작했다. 그런 뿌루퉁함은 식사 때가 다가와야만 풀어졌다. 식사는 나 자신이 가져다주었는데, 그 애는 보기에도 민망할 정도의 야수적인 탐욕성으로 먹는 것에 달려들었다. 그래서 사랑은 사랑에 답하는 것과 마찬가지로, 나는 이 영혼의 고집스런 거부 앞에서, 혐오의 감정이 나에게 스며드는 것을 느꼈다. 그렇다, 진정으로 고백하거니와, 처음 열흘 동안은 절망에 빠져서, 나의 첫 충동을 후회하고, 그 애를 데려오지 않았어야 했다고 생각할 정도로 그 애에게 무관심하기까지 하였다. 그러자 이런 묘한 일이 일어났다. 내가 아내에게 잘 숨길 수 없었던 그런 감정을 알아차리고 약간 의기양양해진 아멜리가, 제르트뤼드가 나에게 짐이 되고, 우리 사이에 그 애가 있는 것이 나를 괴롭힌다는 것을 느끼게 된 이후부터, 더욱 더 성심성의껏 그 애를 보살피는 듯 보였다는 것이다.

나의 친구인 발트라베르의 의사 마르탱이 환자들을 순회 왕진하는 동안 나를 방문했을 때, 나는 그런 상황에 처해 있었다. 그는 내가 제르트뤼드의 상태에 대해 얘기하자 대단히 흥미로워했고, 눈이 멀었을 뿐인데 그 정도로 정신 발달이 지체되어 있는 것에 대해 처음에는 몹시 놀랐다. 그러나 그 애가 소경인 데다가, 그때까지 혼자서 그 애를 돌봐 준 할머니마저 귀머거리여서 그 애에게 말을 걸어 준 적이 없으므로, 그 불쌍한 아이는 완전히 버림받은 상태에 머물러 있었다고 내가 그에게 설명했다. 그런 경우라면, 내가 실망하는 것이 잘못이며, 나의 처신이 옳지 않다고 친구가 나를 설득했다.

그는 내게 이렇게 말했다. "자네는 터가 단단한지 확인도 해보기 전에, 집부터 짓고 싶어하는 거네. 그 마음속에서는 모든 것이 카오스 상태이고, 아직 초기의 윤곽조차 잡히지 않았다는 것을 생각해 보게. 우선 몇 가지 촉각과 미각을 한 묶음으로 묶어서 거기에 꼬리표식으로 하나의 음성, 하나의 단어를 연결시키고, 자네가 지겹도록 되풀이 그 애에게 말해 준 다음, 그 애가 그 말을 따라 하도록 애써 보게. 특히 진도가 너무 빨리 나가지 않도록 하게. 규칙적으로 그 애를 돌봐 주되, 너무 오랜 시간 계속해서는 안 되네⋯⋯."

그는 나에게 방법을 상세하게 설명한 다음 덧붙여 말했다. "그런데다가 그 방법은 전혀 어려운 것이 아닐세. 내가 그것을 고안한 것이 아니라, 다른 사람들이 이미 적용했던 거야. 자네 기억나지 않나? 우리가 함께 철학 공부를 할 때, 교수들이 콩디야크*와 그의 살아 있는 조각(彫刻)에 관해서 벌써 이와 유사한 경우를 얘기했던 적이 있었지⋯⋯."

"하긴 나중에 내가 그 얘기를 어느 심리학 잡지에서 읽었는지도 모르겠네⋯⋯" 하고 그는 고쳐 말했다. "하지만 그건 중요하지 않아. 나는 그 얘기에 충격을 받아서, 제르트뤼드보다 더 불우했던 그 가엾은 아이의 이름까지 기억하고 있다네. 왜냐하면 그 애는 장님에다가 귀머거리에 벙어리였기 때문이야. 영국의 어느 백작령에 살던 한 의사가 지난 세기 중엽에 그 아이를 거두었네. 그애 이름이 로라 브리지먼이었어. 그 의사는, 자네도 앞으로 그렇게 해야겠지만, 그 아이의 진보를, 아니 적어도 처음에는, 그 아이를 가르치기 위한 자신의 노력을 일기로 적었어. 여러 날, 여러 주일 동안 그는 두 개의 작은 물체인 핀과 펜을 교대로 그 아이에게 끈질기게 만지고 더듬게 한 다음, 맹인용 점자책에서 **핀**과 **펜**이라는 두 영어 단어의 요철을 만져 보게 했네. 한데 여러 주일 동안 그는 어떤 결과도 얻지 못했어. 그 육체에는 영혼이 깃들어 있지 않은 것 같았네. 하지만 그는 믿음을 잃지 않았네. '나는 깊고 컴컴한 우물의 가장자리에 몸을 굽히고서, 결국 누군가의 손이 그것을 잡으리라는 희망 속에서, 끈 하나를 절망적으로 흔드는 사람과 같은 짓을 하고 있었다' 라고 그 의사는 얘기했네. 왜냐하면 그는 그 깊은 구렁의 바닥에 누군가가 있어서, 마침내 끈을 잡으리라는 것을 한 순간도 의심하지 않았기 때문이지. 그런데 어느 날, 마침내, 그는 로라의 무감각한 얼굴이 일종의 미소로 밝혀지는 것을 보았네. 그 순간에는 감사와 사랑의 눈물이 그의 눈에서 용솟음쳤고, 그가 주님께 감사드리기 위해 무릎을 꿇었으리라고 나는 믿어 의심치 않네. 로라는 갑자기 의사가 자기에게 무엇을 원하는지 이해하게 된 것일세, 구원을 받은 거지! 그날부터 그녀는 주의를 집중했어. 그녀의 발달은 빨랐네. 그녀는 곧 스스로 공부하게 되어서, 나중에는 어느 맹아학교의 교장이 됐다네 — 교장이 된 것은 다른 사람일지도 모르겠네……. 왜냐하면 다른 유사한 경우들이 근래 많이 나왔으니까. 신문 잡지들이 내 생각으로는 좀 어리석을 정도로 앞 다투어 놀라움을 표시하면서, 그런 불구자들도 행복해질 수 있다는 것을 장황하게 떠들었지. 그 불구의 존재들 각각이 행복해졌다는 것은 사실이니까 말일세. 그들이 의사 표시를 할 수 있게 되자마자, 그들은 자신의 **행복**을 애기했지. 자연히 신문기자들은 경탄해서, 멀쩡히 오관을 '향유' 하면서도 불평하는 낯빛을 짓는 사람들을 위한 교훈을 거기에서 끌어냈네……."

이 지점에서 마르탱과 나 사이에 토론이 시작되었다. 나는 그의 비관론을 반박하고, 그가 받아들이는 듯 보이는, 감각은 결국 우리를 괴롭히는 데 소용될 뿐이라는 생각을 인정하지 않았다.

그는 다음과 같이 항변하였다.

"내가 말하고자 하는 것은 전혀 그런 뜻이 아닐세. 단지 인간의 영혼은 도처에서 이 세상을 더럽히고, 타락시키고, 흐리고, 찢어 놓는 무질서와 죄악보다는 아름다움과 편안함과 조화를 더 쉽고 더 기꺼이 상상한다는 사실을 말하고자 할 뿐이네. 한데 우리의 오관은 그런 무질서와 죄악에 대해 알려 주는 동시에 우리로 하여금 그런 악에 동참하도록 돕는다는 말일세. 따라서 나는 베르길리우스의 *Fortunatos nimium* (얼마나 행복하랴)이라는 말을 사람들이 우리에게 가르쳐주는 *si sua bona norint* (만약 저희들이 선을 안다면)보다, *si sua mala nescient* (만약 저희들이 악을 모른다면) 다음에 더 기꺼이 뒤따라오도록 하겠네. 다시 말해 악을 모를 수 있다면, 사람들이 얼마나 행복할 것인가!"

그러고 나서 그는 자기가 보기에 로라 브리지먼의 예에서 직접 영감을 얻은 것으로 생각된다는 디킨스의 콩트 얘기를 들려주고, 그것을 곧 나에게 보내 주겠다고 약속했다. 실제로 나는 나흘 후에 『난롯가의 귀뚜라미』를 받아서 대단히 재미있게 읽었다. 그것은 좀 길지만, 군데군데 감동적인 데가 있는 어린 소경의 이야기였는데, 장난감을 만드는 가난한 아버지가 안락과 부유와 행복의 환상 속에서 그 아이를 키우고 있었다. 디킨스의 예술은 거짓말을 경건하게 보이게 만들려고 진력하지만, 다행히도 나는 제르트뤼드와의 관계에서 거짓말을 사용할 필요는 없을 것이다.

마르탱이 나를 찾아왔던 바로 다음날부터 나는 그의 방법을 실행하기 시작했고, 최선을 다해 거기에 정진했다. 지금 와서 나는,

친구가 충고했던 대로 그 어슴푸레한 길 위에서의 제르트뤼드의 첫걸음을 기록해 두지 않은 것을 후회한다. 나 자신도 처음에는 그 길에서 더듬거리며 그녀를 인도할 수밖에 없었다. 처음 몇 주 동안은 생각할 수 있는 것 이상의 인내심이 필요했는데, 그것은 그 첫 교육이 요구하는 시간 때문만이 아니라, 그것으로 인해 내가 겪었던 비난 때문이기도 했다. 그런 비난이 아멜리로부터 왔다는 사실을 말해야 하는 것은 괴로운 일이다. 그런데 내가 여기서 그 얘기를 하는 것은 내가 그것에 대해 어떤 원한이나 악감도 간직하고 있지 않기 때문이다 ― 훗날 그녀가 이 글을 읽을 경우를 생각해서 나는 이것을 엄숙히 단언하는 바이다. (길 잃은 양의 비유에 뒤이어 그리스도께서 곧바로 가르쳐 주신 것은 죄과의 용서가 아니었던가?) 나는 그 이상의 것을 말해야겠다. 내가 그녀의 비난으로 가장 괴로워했던 순간에조차, 제르트뤼드에게 바치는 나의 많은 시간을 그녀가 못마땅해했다는 점에 대해서는 나는 그녀를 원망할 수 없었다. 오히려 내가 그녀를 비난했던 점은 나의 정성이 어떤 성공을 거둘 수 있으리라고 믿지 않았다는 것이다. 그렇다, 나를 고통스럽게 했던 것은 믿음의 결여다. 그렇지만 낙담한 것은 아니었다. 얼마나 자주 그녀가 "당신이 혹시 무슨 결과라도 얻는다면 모르지만……" 하고 되풀이 말하는 것을 내가 들어야 했던가. 그녀는 나의 수고가 헛되다고 고집스럽게 확신하고 있었다. 그래서 달리 더 유용하게 쓸 수 있다고 항상 그녀가 주장하는 시간을 내가 그 일에 바치는 것이 당연히 그녀에게는 적절치 않아 보였던 것이다. 그리고 내가 제르트뤼드를 보살필 때마다,

그녀는 어떤 사람 또는 어떤 일이 나를 간절히 기다리고 있는데, 나는 다른 사람들에게 할애해야 했을 시간을 그 애를 위해 낭비한다고 상기시키려 들었다. 결국 나는 일종의 모성의 질투심이 그녀를 부추겼다고 믿는다. 왜냐하면 나는 그녀가 여러 차례 내게 이렇게 말하는 소리를 들었기 때문이다. "당신은 당신 친자식 누구도 그만큼 돌봐 준 적이 없죠." 그것은 사실이었다. 나는 내 자식들을 대단히 사랑하지만, 그들을 많이 보살펴 주어야 한다고 생각한 적은 없었던 것이다.

나는 길 잃은 양의 비유가 어떤 사람들에게는 비록 기독교 정신에 깊이 젖어 있다 할지라도 납득하기 대단히 어려운 비유 중의 하나라는 것을 자주 느꼈다. 양 떼 가운데 한 마리 한 마리를 따로 떼어놓으면, 나머지 양 떼 무리 전체보다 목자의 눈에 그 한 마리가 더 소중해 보일 수 있다는 사실, 그들은 그것을 이해하는 데 이를 수 없는 것이다. 그리고 이 말씀, '만일 어떤 사람이 양 1백 마리가 있는데 그중의 하나가 길을 잃었으면 그 아흔아홉 마리를 산에 두고 가서 길 잃은 양을 찾지 않겠느냐?' (마태 18:12)라는 자비심으로 빛나는 그 말씀을 두고 터놓고 솔직히 말하라고 한다면, 그것이 더할 나위 없는 불의라고 그들은 선언할 것이다.

제르트뤼드의 첫 미소는 모든 것으로부터 나를 위로해 주었고 나의 수고를 백배로 보상해 주었다. 왜냐하면 그것은 '진실로 너희에게 이르노니 만일 찾으면 길을 잃지 아니한 아흔아홉 마리보다 이것을 더 기뻐하리라' (마태 18:13)는 말씀을 뜻했기 때문이다. 그렇다, 내가 진실로 말하거니와, 내 어떤 자식의 미소도, 그렇게 여러 날 전부터 그녀에게 가르쳐 주려고 내가 애썼던 것을 그녀가 갑자기 이해하고 거기에 관심을 갖기 시작하는 것으로 보였던 어느 날 아침, 그 석상 같은 얼굴에 어렴풋이 떠올랐던 미소만큼 그렇게 순결한 기쁨으로 내 가슴을 적신 적은 일찍이 없었다.

3월 5일. 나는 그날을 마치 출생의 날처럼 기록했다. 그것은 미소라기보다 하나의 변모였다. 갑자기 그녀의 얼굴 표정에 **생기**가 돌았다. 그것은 마치 먼동이 트기에 앞서 눈 덮인 산정을 어둠으로부터 끌어내어 보여주며 진동시키는 고지 알프스의 자줏빛 광선처럼 급작스런 번득임이었다. 그것은 신비스러운 채색과도 같은 것이었다. 나는 또 천사가 내려와 잠자는 물결을 깨워 놓는 순간의 베데스다의 연못을 생각하였다. 제르트뤼드가 갑자기 취할 수 있었던 천사 같은 표정을 대하며 나는 일종의 황홀감을 느꼈다. 왜냐하면 그 순간 그녀에게 나타난 것은 지성이라기보다 사랑처럼 보였기 때문이다. 그래서 감사의 격정에 사로잡힌 나머지 그녀의 아름다운 이마에 한 키스가 마치 나에게는 하나님께 바치는 키스처럼 보였다.

그런 첫 결과가 얻어내기 힘들었던 것만큼이나, 바로 다음의 진보는 빨랐다. 나는 지금 우리가 어떤 길을 밟아 왔던지 기억하려고 애쓰고 있다. 때로는 제르트뤼드가 나의 방법을 비웃듯이 비약적으로 앞서가는 것처럼 보였다. 나는 처음에 사물의 다양성보다 오히려 사물의 성질에 더 중점을 두었던 것으로 기억한다. 즉 더운 것, 찬 것, 미지근한 것, 달콤한 것, 쓴 것, 거친 것, 부드러운 것,

가벼운 것 등등. 다음에는 움직임, 즉 떼어놓다, 근접시키다, 올리다, 교차시키다, 눕히다, 묶다, 흩다, 모으다 등등. 그리고 머지않아 나는 일체의 방법을 포기하고, 그녀의 정신이 항상 나를 따라올 수 있을지 별로 개의치 않고서 그녀와 얘기를 나누기에 이르렀다. 그렇지만 그녀가 여유 있게 질문하도록 유도하고 자극하면서 나는 천천히 진행하였다. 그녀를 혼자 놓아두는 시간 동안에도 분명히 그녀의 정신 속에서 작용이 이루어지고 있었다. 왜냐하면 그녀를 다시 볼 때마다 새로운 놀라움을 발견하고, 그녀와 나를 분리하는 어둠의 두께가 점점 얇아짐을 느낄 수 있었기 때문이다. 이것은 대기의 따사로움과 봄의 끈기가 조금씩 조금씩 겨울을 이기는 것과 같다고 나는 생각하였다. 나는 눈이 녹는 방식에 얼마나 여러 번 감탄을 느꼈던가. 그것은 외투의 안자락은 닳아 가는데 겉모양은 그대로인 것과도 같은 것이다. 아멜리는 겨울마다 거기에 속아서, "눈은 항상 변화가 없군요" 하고 나에게 말하는 것이었다. 한데 아직도 눈이 두껍게 쌓여 있다고 생각하는 사이에, 어느새 눈이 사라지고, 군데군데 새 생명이 싹을 틔우는 것이다.

제르트뤼드가 노파처럼 끊임없이 불가에 머물러서 쇠약해질까 염려한 나머지, 나는 그녀를 외출시키기 시작했다. 그러나 그녀는 내 팔을 잡고서만 산책하는 데 동의했다. 처음에 집을 벗어나자마자 그녀가 보인 놀람과 두려움은 그녀가 아직 밖으로 나가 본 적이 없었다는 것을, 그녀 자신이 나에게 그 얘기를 하기 전부터, 나에게 이해할 수 있게 해주었다. 내가 그녀를 발견했던 오두막에서는, 먹을 것을 주어 죽지 않도록 도와주는 것 이외에 아무도 그녀를 돌봐 주지 않았다. 그것은 살도록 도와주었다고는 말할 수 없는 것이다. 그녀의 어두운 세계는 결코 떠나 본 적이 없던 그 유일한 방의 사방 벽으로 한정되어 있었다. 빛나는 넓은 세계로 문이 열려 있던 여름날, 겨우 문지방 근처에 다가가 보았던 것이 전부였다. 나중에 그녀가 나에게 얘기한 바에 의하면, 그때 그녀는 새들의 지저귐을 들으면서, 자신의 뺨과 손을 어루만지는 것처럼 느꼈던 더위와 마찬가지로, 그것이 순전한 빛의 효과라고 상상했다는 것이다. 또 분명하게 깊이 생각해 보지 않은 채로, 물이 불가에서 끓기 시작하는 것과 마찬가지로, 더운 공기가 노래하기 시작하는 것이 자기에게는 아주 자연스러워 보였다고 했다. 그녀는 그런 것에 전혀 신경 쓰지 않고, 어떤 것에도 주의를 기울이지 않은 채, 내가 그녀를 돌보기 시작한 날까지는 깊은 마비 상태 속에서 살아온 것이 사실이었다. 그 예쁜 소리들이 살아 있는 생명체들로부터 나오며, 그 생명체들의 유일한 기능은 자연에 퍼져 있는 기쁨을 느끼고 표현하는 것처럼 보인다고 그녀에게 가르쳐주었을 때의 그녀의 한없는 황홀감을 나는 지금도 기억한다. ('나는 새처럼 즐거워요'라고 말하는 버릇이 그녀에게 생긴 것은 그날부터이다.) 그렇지만 그 노래들이 자신은 볼 수 없는 광경의 찬란함을 이야기한다는 생각이 그녀를 우울하게 만들기 시작했다.

"정말로 새들이 얘기해 주는 것만큼 땅이 아름다워요?" 하고 그녀가 말했다. "왜 사람들은 그것을 더 많이 얘기하지 않죠? 왜 목사님은 저에게 그 얘기를 하지 않으시죠? 제가 그걸 볼 수 없다고 생각해서 제가 괴로워할까 봐 염려하시는 건가요? 목사님은 잘못하시는 거예요. 저는 새들의 소리를 아주 잘 들어요. 저는 새들이 말하는 것을 모두 이해한다고 믿어요."

"볼 수 있는 사람들은 너만큼 새 소리를 잘 듣지 못한다, 제르트뤼드야." 나는 그 애에게 위로가 되기를 바라며 말했다.

"왜 다른 동물들은 노래하지 않나요?" 그녀가 말을 이었다. 때때로 그녀의 질문에 놀라서 나는 잠시 난감해졌다. 왜냐하면 그녀는 지금껏 내가 의심 없이 받아들였던 것에 대해 깊이 생각해 보지 않을 수 없게 만들었기 때문이다. 그리하여 동물이 땅에 더 가까이 밀착되어 있고 더 무거울수록 더 음울하다는 사실을 나는 처음으로 고찰하게 되었다. 나는 그 사실을 그녀에게 이해시키려고 애썼다. 그리고 나는 다람쥐와 다람쥐의 장난에 대해 얘기해 주었다.

그러자 새들이 날 수 있는 유일한 동물이냐고 그녀가 나에게 물었다.

"나비들도 있지." 내가 그녀에게 대답했다.

"그것들도 노래하나요?"

"그것들은 기쁨을 얘기하는 다른 방식을 갖고 있단다. 나비들의 기쁨은 제 날개 위에 색깔로 씌어 있어……." 내가 대답했다. 그리고 나는 나비들의 알록달록한 색깔을 그녀에게 묘사해 주었다.

2월 28일

나는 뒤로 되돌아간다. 왜냐하면 어제는 생각나는 대로 이끌려서 썼기 때문이다.

제르트뤼드에게 가르치기 위해 나 자신이 맹인용 알파벳을 배워야만 했었다. 그러나 얼마 안 되어 그녀가 나보다 훨씬 더 능숙하게 점자를 읽게 되었다. 나는 거기에 익숙해지는 데 상당한 어려움을 겪었을 뿐 아니라, 손으로보다 눈으로 그것을 따라가는 편이었던 것이다. 그런데 그녀를 가르치는 것은 나 혼자만이 아니었다. 처음에 나는 그 보살핌에 조력을 받을 수 있는 것을 다행스러워했다. 나는 교구에 할 일이 많았고, 교구의 집들이 극히 산만하게 흩어져 있어서 가난한 사람들과 병자들을 찾아보는 일이 때로는 아주 먼 길을 가지 않을 수 없게 만들었기 때문이었다. 자크는 우리 곁에 와서 지내던 크리스마스 방학 동안 — 방학 전에는 그는 거기에서 이미 기초 교육을 마치고, 입학한 신학대학이 있는 로잔으로 돌아가 있었다 — 스케이트를 타다가 팔이 부러졌다. 골절은 심한 것이 아니어서, 내가 곧 불러온 마르탱이 외과 의사의 도움 없이도 쉽게 접골할 수 있었다. 그러나 조심해야 했으므로 자크는 얼마 동안 집에 머물러 있어야 했다. 그는 그때까지는 거들떠보지도 않던 제르트뤼드에게 갑자기 관심을 갖기 시작하여, 나를 도와 그녀에게 읽는 법을 가르치는 데 열심이었다. 그의 협력은 그의 회복 기간 동안 3주일 정도밖에 지속되지 않았지만, 그 기간 동안에 제르트뤼드는 현저한 발전을 이루었다. 이제 비상한 열성이 그녀를 자극했다. 어제까지는 마비되어 있던 그 지능이 첫걸음을 떼자마자, 걷는 법을 배우기도 전에, 달음질치기 시작하는 것처럼 보였다. 나는 그녀가 별로 힘들이지 않고 자신의 생각을 표현하는 데 감탄했으며, 전혀 유치하지 않고 이미 정확한 방식으로, 대단히 신속하게 자기표현에 도달하는 데 감탄했다. 그녀는 개념을 영상화하기 위하여, 그녀가 인식하도록 우리가 방금 가르쳐준 대상들이나, 혹은 우리가 그녀에게 직접 제공해 줄 수 없을 경우에는 그녀에게 얘기해 주고 묘사해 준 대상을, 우리로서는 전혀 예상하지 못한 더없이 재미있는 방식으로 이용하였다. 우리는 거리 측량 기사의 방법을 써서, 그녀의 인식 범위에 미치지 않는 것을 설명하기 위해서, 항상 그녀가 만질 수 있거나 느낄 수 있는 것을 이용하였다.

그러나 나는 그 교육의 모든 초보 단계를 여기에 기록하는 것은 쓸데없는 짓이라고 생각한다. 그것은 아마도 모든 맹인들의 교육 과정에서 찾아볼 수 있을 것이다. 내 생각으로는, 예컨대 맹인들 각각의 경우에, 색깔의 문제가 교사 각자를 똑같은 곤경에 빠트렸을 것이다. (그리고 이 문제에 관하여 나는 복음서에는 색깔에 대한 언급이 아무 데도 없다는 것을 주목하게 되었다.) 다른 사람들은 이 문제에 어떻게 대처했는지 모르겠다. 나로서는 무지개가 우리에게 보여주는 순서대로 프리즘의 색깔들 이름을 그녀에게 가르쳐 주는 것으로 시작하였다. 그러나 곧 그녀의 정신 속에 색깔과 밝음 사이에 혼동이 일어났다. 그리고 농담(濃淡)의 성질과 화가들이 '색가(色價)'라고 명명하는 것 사이에서 그녀의 상상력이 어떤 구분을 할 단계에 이르지 못했음을 나는 깨달았다. 그녀는 각각의 색깔이 저마다 짙은 정도가 다를 수 있다는 것과 색깔들이 서로 무한정 섞일 수 있다는 것을 가장 이해하기 힘들어 했다. 이보다 그녀를 더 곤혹스럽게 만드는 것이 없었지만, 그녀는 끊임없이 그 문제로 되돌아왔다.

그런데 그녀를 뇌샤텔에 데리고 가서 연주회를 들려줄 수 있는 기회가 찾아왔다. 각각의 악기가 교향악에서 하는 역할이 나에게 그 색깔의 문제로 되돌아갈 수 있게 해주었다. 나는 금관 악기, 현 악기, 목관 악기가 저마다 음색이 다르다는 것, 그리고 그 악기들 각각이 가장 낮은 음부터 가장 높은 음까지의 모든 음계를 제가끔의 방식으로 강도가 다르게 나타낼 수 있다는 것을 제르트뤼드에게 지적해 주었다. 나는 또 자연 속에서, 붉은빛과 오렌짓빛 색조는 호른과 트롬본의 음색과 유사하게, 노랑과 초록은 바이올린과 첼로와 베이스의 음색과 유사하게 상상해 보도록 그녀를 유도하였다. 보라색과 푸른색은 플루트, 클라리넷, 오보에에 의해 연상토록 하였다. 그때부터 일종의 내적 황홀감이 그녀의 의혹을 대치하게 되었다.

"그것은 얼마나 아름다울까!" 그녀는 되풀이 말했다.

그러더니 갑자기 묻는 것이었다.

"그런데 흰색은요? 저는 흰색이 무엇과 닮았는지 모르겠어요……"

그러자 나의 비유가 얼마나 허술했던지 금방 드러나 보였다.

"흰색은 말이다, 검은색이 모든 음의 둔중한 끝인 것처럼, 모든 음이 혼합되는 높은 음의 끝이야." 나는 어쨌든 그녀에게 설명하려고 애썼다. 그러나 이 설명은 그녀와 마찬가지로 나도 만족시키지 못했다. 그녀는 목관 악기, 금관 악기, 바이올린 소리가 최고음에서나 최저음에서나 서로 명백히 구분된다는 사실을 나에게 곧 깨닫게 하였던 것이다. 그때처럼, 처음에는 입을 다물고 있다가,

어떤 비유에 의존할 수 있을까 고심하며 당황한 적이 얼마나 많았던가.

"그렇다면, 흰색은 전적으로 순수한 어떤 것, 아무런 색깔도 없고, 단지 빛만 있는 어떤 것으로 상상해 보렴. 검은색은, 반대로, 아주 어두워질 정도로 색깔이 넘쳐 나는 것으로 상상하고……"
이윽고 나는 그녀에게 이렇게 말해 보았다.

내가 여기서 상기하는 이 단편적인 대화는 내가 너무나 자주 봉착했던 난관의 한 예에 불과할 뿐이다. 흔히 많은 사람들이 부정확하거나 그릇된 자료로 자신들의 정신을 채우고, 그로 인해 뒤이어 자기들의 모든 판단에서 오류를 범하는 것과 달리, 제르트뤼드는 결코 알지 못하면서 이해하는 척하지 않는 장점을 지니고 있었다. 각각의 개념이 분명하게 떠오르지 않는 한, 그녀에게는 그것이 불안과 답답함의 원인으로 남는 것이었다.

내가 앞서 얘기한 것에 관해서는, 그녀의 정신 속에, 빛의 개념과 열의 개념이 시초에 밀접하게 연결되어 있었다는 것 때문에, 난점이 증가되었다. 그래서 나는 후에 그 두 개념을 분리시키는 데 대단히 애를 먹었다.

이처럼 나는 그녀를 통해서 시각의 세계와 소리의 세계가 얼마나 다른지, 그리고 그 양자 사이에서 이끌어 내려고 하는 일체의 비유가 어느 정도로 불완전한지 끊임없이 경험하게 되었다.

29일

나의 비유에 정신이 팔려 있던 나머지, 나는 제르트뤼드가 뇌샤텔의 연주회에서 느꼈던 그 엄청난 즐거움을 아직 얘기하지 못했다. 거기에서는 바로 「전원 교향곡」이 연주되었다. 내가 '바로'라고 말하는 것은, 누구나 쉽게 이해할 만한 사실이지만, 내가 그녀에게 들게 해주고 싶은 작품으로 그 이상의 것이 있을 수 없기 때문이다. 우리가 연주회장을 떠난 다음에도 오랫동안 제르트뤼드는 황홀경에 빠진 듯 말이 없었다.

"목사님이 보시는 것이 정말로 그것만큼 아름다워요?" 마침내 그녀가 말했다.

"무엇만큼 아름답다는 거냐, 얘야?"

"그 「시냇가의 경치」만큼요."

나는 즉시 대답하지 않았다. 왜냐하면 그 이루 말할 수 없는 하모니는 있는 그대로의 세계가 아니라, 악과 죄가 없다면 존재할 수 있었을, 또는 존재할 수 있을 그런 세계를 그리고 있다고 생각했기 때문이다. 그런데 나는 아직 악과 죄와 죽음에 관해서는 제르트뤼드에게 얘기하지 못하고 있었다.

"눈을 가진 사람들은 자기들의 행복을 알지 못한다." 이윽고 나는 말하였다.

"그렇지만 눈이 없는 저는 듣는 행복을 알아요." 그녀가 곧 외쳤다.

그녀는 걸으면서 내게로 바짝 다가서더니 어린애들처럼 내 팔에 매달리며 말했다.

"목사님, 제가 얼마나 행복한지 느끼실 수 있어요? 아니, 아니, 저는 목사님을 기쁘게 해드리려고 이런 말을 하는 게 아녜요. 저를 쳐다보세요. 진실이 아닌 말을 할 때는, 그것이 얼굴에 나타나지 않나요? 저는 목소리로 그것을 잘 알아볼 수 있어요. 아주머니(그녀는 내 아내를 그렇게 불렀다)가 자기를 위해서는 아무 것도 할 줄 모른다고 목사님을 비난하신 후에, 목사님이 울고 있는 것이 아니라고 저에게 대답하셨던 그날을 목사님은 기억하시죠? '목사님은 거짓말을 하세요!' 하고 제가 외쳤지요. 오! 저는 목사님이 진실을 말씀하시지 않는다는 것을 목사님 목소리에서 즉시 느꼈어요. 목사님이 우셨다는 것을 알기 위해서 제가 목사님 볼을 만져 볼 필요는 없었어요." 그리고 그녀는 아주 큰 소리로 "아니, 저는 목사님 볼을 만져 볼 필요는 없었어요" 하고 되풀이 말했다. 그 말에 내 얼굴이 붉어졌다. 왜냐하면 우리는 아직 시가지에 있었고, 행인들이 뒤돌아보았기 때문이다. 그렇지만 그녀가 계속해서 말했다.

"저를 속이려고 하셔서는 안 돼요, 아시겠죠. 우선 눈먼 여자 아이를 속이려고 하는 것은 아주 비겁하기 때문이고요……. 그리고 다음으로는 제가 속아 넘어가지 않기 때문이죠." 그녀는 웃으며 덧붙여 말했다. "말씀해 주세요, 목사님, 목사님은 불행하지 않죠, 그렇죠?" 나는 내 행복의 일부가 그녀로부터 기인하는 것임을 그녀에게 고백하지 않은 채 그녀에게 그것을 느끼도록 하기 위해서인 듯, 그녀의 손을 내 입술에 갖다 대며 대답했다.

"아니, 제르트뤼드, 아니, 나는 불행하지 않아. 어떻게 내가 불행할 수 있겠니?"

"그렇지만, 목사님은 가끔 우시잖아요?"

"가끔 운 적이 있지."

"제가 얘기했던 그때 이후론 안 우셨죠?"

"그래, 그 후로는 다시 안 울었어."

"그리고 더 이상 울고 싶지 않으셨죠?"

"그래, 제르트뤼드."

"그리고 말씀해 보세요……. 그 후로 거짓말하고 싶은 생각이 든 적이 있으셨나요?"

"아니다, 애야."

"저를 속이려 하지 않겠다고 약속하실 수 있어요?"

"약속하마."

"그러면 바로 말씀해 주세요. 제가 예쁜가요?"

나는 그날까지 제르트뤼드의 부인할 수 없는 아름다움에는 주의를 기울이려고 하지 않았었기 때문에, 그 갑작스러운 질문은 나를 당황하게 만들었다. 그런데다가 그녀 자신이 그 사실을 아는 것이 완전히 쓸데없는 일이라고 나는 여겨 왔던 것이다.

"그것을 아는 것이 너한테 뭐 중요하겠니?" 내가 곧 그녀에게 말했다.

"실은, 그것이 제 걱정거리예요." 그녀가 말을 이었다. "저는 알고 싶어요……. 그걸 어떻게 말해야 할지?…… 제가 교향곡에서 지나치게 부조화를 이루지나 않는지 말예요. 목사님, 제가 다른 누구에게 그걸 물어볼 수 있겠어요?"

"목사는 용모에는 관심을 두지 않는단다." 나는 가능한 한 자신을 방어하며 말했다.

"왜 그렇죠?"

"영혼의 아름다움으로 충분하니까."

"목사님은 제가 못생겼다고 믿게 내버려두고 싶으신 거죠." 그녀는 매력 있게 뾰로통한 표정을 지으며 말했다. 그래서 나는 더 이상 견디지 못하고 소리쳤다.

"제르트뤼드, 너는 네가 예쁘다는 것을 잘 알지 않니."

그녀는 입을 다물었고, 그녀의 얼굴에 매우 심각한 표정이 떠오르더니 집에 돌아갈 때까지 그 표정이 가시지 않았다.

우리가 돌아오자마자, 아멜리는 내가 그날 하루를 보낸 것에 못마땅하다는 눈치를 보였다. 그녀는 사전에 내게 그 얘기를 할 수도 있었으리라. 그러나 방임해 두었다가 나중에 비난의 권리를 행사하는 자신의 버릇대로, 그날도 한 마디도 하지 않고, 제르트뤼드와 내가 떠나게 내버려두었던 것이다. 게다가 그녀가 나에게 딱히 비난의 말을 한 것도 아니었다. 하지만 그녀의 침묵 자체가 비난의 표시였다. 왜냐하면 내가 제르트뤼드를 연주회에 데리고 간 것을 그녀가 알고 있었으므로, 우리가 거기서 무엇을 들었는지쯤은 물어보는 것이 자연스럽지 않았겠는가? 그 아이의 기쁨은 누군가 조그만 관심만 기울여 준다고 느껴도 훨씬 더 커지는 것이 아니었던가? 아멜리는 침묵을 지키는 것만이 아니라, 일부러 아무 관계도 없는 말들만 골라 하는 것처럼 보이기도 했다. 저녁에 아이들이 잠자러 간 다음에야, 나는 아내를 따로 불러 그녀에게 엄격하게 물었다.

"당신은 내가 제르트뤼드를 연주회에 데리고 간 것에 화가 났소?" 나는 이 물음에 대해 다음과 같은 답을 들었다.

"당신은 친자식 누구한테도 해주지 않았을 일을 그 애를 위해서는 하는군요."

그러니까 늘 똑같은 불평이었고, 집에 머물러 있던 아이들이 아니라 돌아온 탕아를 환대한다는 잠언의 뜻에 대한 한결같은 이해의 거부였다. 또한 이런 것 이외의 다른 환대를 기대할 수 없는 제르트뤼드의 불구를 전혀 고려하지 않는 아내의 모습을 보는 것이 나에게는 괴로웠다. 평소에는 대단히 분주했던 내가 그날은 하느님의 뜻으로 모처럼 한가했던 것인데, 내 아이들은 각자 공부나 다른 일로 집을 떠날 수 없다는 것을 그녀는 잘 알고 있었고, 아멜리는 음악에 전혀 취미가 없어서, 비록 자기 시간이 자유롭고, 연주회가 바로 집 앞에서 열린다 해도, 그녀에게는 거기 갈 생각이라고는 떠오르지 않았을 것이므로, 아멜리의 비난은 더더욱 부당한 것이었다.

나를 더욱 더 슬프게 한 것은, 아멜리가 제르트뤼드 앞이라도 그 말을 감행했을 것이라는 점이었다. 왜냐하면 내가 아내를 따로 불러냈음에도 불구하고, 그녀는 제르트뤼드가 들을 수 있을 만큼 목소리를 높였기 때문이다. 나는 슬프다기보다 오히려 분노를 느꼈다. 잠시 후 아멜리가 우리를 남겨 두고 떠나자, 나는 제르트뤼드에게 다가가, 그녀의 연약한 작은 손을 잡아 내 얼굴에 갖다 대고 말했다.

"자 봐라! 이번에는 내가 울지 않았지."

"안 우셨네요. 한데 이번에는, 제 차례예요." 나에게 미소를 지어 보이려고 애쓰며 그녀가 말했다. 그리고 나를 향해 쳐든 그녀의 아름다운 얼굴에서, 나는 갑자기 눈물이 흘러넘치는 것을 보았다.

3월 8일

내가 아멜리에게 해줄 수 있는 유일한 즐거움은 그녀의 마음에 들지 않는 일을 하지 않는 것이다. 전적으로 소극적인 이런 사랑의 표시가 그녀가 나에게 허용하는 유일한 것이다. 그녀는 자신이 어느 정도로 내 삶을 위축시켜 왔는지 이해하지 못하고 있다. 아! 그녀가 나에게 어떤 힘든 행동을 요구하기라도 했으면 좋으련만! 나는 그녀를 위해 무모한 일이나 위험한 일이라도 기꺼이 수행하련만! 그러나 그녀는 습관적이 아닌 일체의 것을 혐오하는 것처럼 보였다. 그리하여 인생사에서의 진보가 그녀에게는 비슷비슷한 나날을 과거에다가 덧붙이는 것일 뿐이었다. 그녀는 나에게서 새로운 덕성도, 심지어 기존의 덕성의 증가도 바라지 않았으며, 그런 것을 받아들이지도 않았다. 본능을 길들이는 것 이외의 다른 것을 기독교에서 찾고자 하는 영혼의 일체의 노력을 그녀는 비난의 눈길로 바라보거나, 아니면 불안하게 생각하는 것이었다.

나는 뇌샤텔에 가자, 아멜리가 부탁했던 대로, 우리 단골 방물가게에 가서 계산을 청산하고, 실 한 상자를 그녀에게 사다 주는 것을 깜빡 잊었다는 사실을 고백해야만 하겠다. 그러나 그 때문에 나는 나중에 아멜리가 화낼 수 있는 것 이상으로 훨씬 더 나 자신에 대해서 화가 났다. '작은 일에 충실한 사람이 큰 일에도 충실할 것이다' 라는 사실을 잘 알고 있었고, 내가 잊으면 그녀가 어떻게 반응할지 염려되어, 결코 잊지 않겠다고 작정했던 터라 더욱더 화가 났던 것이다. 그 점에 있어서는 분명히 질책을 들어 마땅했으므로, 나는 그녀가 그 문제에 대해 나를 얼마간 질책하기를 바라기까지 했다. 그러나 흔히 그렇듯이, 상상 속의 불평이 명백한 비난보다 더 혹심한 것이다. 아! 우리가 우리 정신의 유령과 괴물에 귀 기울이지 않고 현실의 악에 만족한다면, 인생은 얼마나 아름답고 우리의 비참은 얼마나 견딜 만할 것인가……. 하지만 나는 마음이 이끌리는 대로 여기에 설교의 주제가 될 만한 것을 적고 있다. (마태 12:29. '근심하지 말라.')* 내가 여기에 기록하려고 시도한 것은 제르트뤼드의 지적(知的) 정신적 발달의 내력이다. 나는 그리로 되돌아간다.

나는 여기에서 그 발달 과정을 한 걸음 한 걸음 뒤따라갈 수 있기를 바랐고, 그래서 그것의 세부적 이야기로부터 기록을 시작하였다. 그러나 그 과정의 모든 국면을 상세하게 기술할 시간이 부족한 것 이외에도, 그 과정의 정확한 연계를 되찾는 것 역시 지금 나에게는 극히 어려운 일이다. 나의 이야기가 이끄는 대로, 나는 우선 훨씬 최근의 제르트뤼드의 깊은 생각과 그녀와의 대화를 이야기하였다. 그래서 우연히 이 글을 읽게 될 사람은 그녀가 곧 그처럼 정확하게 자기 생각을 표현하고, 그처럼 분별 있게 추론하는 것을 듣고는 아마 놀랄 것이다. 그것은 그녀의 진보가 현기증 날 만큼 빨랐기 때문이기도 하다. 내가 그녀에게 가져다주는 지적 자양과 자신의 정신이 그러잡을 수 있는 모든 것을 그녀의 정신이 얼마나 신속하게 포착하여, 동화의 작업과 계속적인 숙성을 통하여 자기 것으로 만드는지, 나는 빈번히 감탄하지 않을 수 없었다. 그녀는 끊임없이 내 생각을 앞서고 뛰어넘으면서 나를 놀라게 했고, 나는 한 대화에서 다른 대화로 넘어가면서 내 제자의 모습을 더 이상 알아볼 수 없게 되는 일이 종종 있었다.

몇 달 안 지나서, 그녀의 지성은 그처럼 오랫동안 잠들어 있었던 것처럼 보이지 않았다. 나아가 그녀는 바깥세상 때문에 산만해지고, 쓸데없는 수많은 관심사로 인해 주의력을 빼앗기는 대부분의 여자 아이들보다 벌써부터 더 많은 지혜를 보여주기까지 했다. 그런데다가 그녀는 처음에 우리가 생각했던 것보다는 한결 더 나이가 든 것 같았다. 그녀는 자신의 실명을 유익하게 이용하려는 것처럼 보였다. 그리하여 나는 그녀의 장애가 많은 점에서 그녀에게 유리함이 되지 않을까 하는 생각을 하기에 이르렀다. 나는 본의 아니게 그녀를 샤를로트와 비교해 보는 때가 있었다. 어쩌다 샤를로트에게 학과를 복습시키다가, 파리만 날아가도 정신이 산만해지는 것을 보고 나에게 이런 생각이 드는 것이었다. '어쨌든, 그 애가 보지를 못한다면, 내 얘기에 더 잘 귀 기울일 텐데!'

제르트뤼드가 독서에 대단히 탐닉했음은 말할 필요가 없다. 그러나 가능한 한 그녀와 생각을 함께하고자 하는 염려에서, 나는 그녀가 많이 읽지 않기를 — 적어도 나 없이는 많이 읽지 않기를 — 바랐다. 프로테스탄트에게는 아주 이상해 보일지 모르지만, 특히 성서에 관해서는 그러했다. 그 점은 나중에 설명하겠다. 그러나 그처럼 중요한 문제를 다루기 전에, 음악에 관계되는 작은 사건 하나를 이야기하고자 한다. 내가 기억하기로, 그것은 뇌샤텔의 연주회가 있었던 조금 후의 일이다.

그렇다, 그 연주회는 자크가 우리 곁으로 돌아온 여름 방학이 시작되기 3주일 전에 있었던 것으로 생각된다. 그동안 나는 평소에 드 라 M 양이 맡고 있는 우리 예배당의 작은 오르간 앞에 제르트뤼드를 몇 차례 앉힌 적이 있었다. 지금은 제르트뤼드가 드 라 M 양 집에 살고 있다. 루이즈 드 라 M은 그때까지 아직 제르트뤼드의 음악 교육을 시작하지 않고 있었다. 나는 음악을 좋아했지만, 음악에 대해 별로 아는 것이 없어서, 제르트뤼드와 함께 건반 앞에 앉아 있을 때에도 그녀에게 무언가 가르쳐줄 수 있을 것 같지 않았다.

"아녜요, 내버려 두세요. 저는 혼자 해보고 싶어요." 처음 건반을 더듬으면서부터 그녀는 그렇게 말했다.

그리고 교회는 성스러운 장소로 존중되어야 하고, 사람들의 험담도 염려되고 하여, 그녀와 단 둘이 들어앉아 있기에는 적절한 장소로 보이지 않았기 때문에 나는 선뜻 그녀 곁을 떠나곤 했다 — 평소에 나는 험담 같은 것은 전혀 신경 쓰지 않으려고 애쓰고 있었지만, 이 경우에는 나만이 아니라 그녀가 문제 되는 것이다. 그쪽으로 심방을 가게 될 때면, 나는 교회에까지 그녀를 데리고 가서 여러 시간 동안 그녀 혼자만 남겨 두었다가, 돌아오는 길에 가서 찾아오는 일이 종종 있었다. 그녀는 그런 식으로 끈기 있게 화음을 찾아내는 데 열심이어서, 나는 저녁 무렵에, 어떤 협화음에 귀를 기울이고 오래 황홀경에 빠져 있는 그녀의 모습을 발견하곤 했다.

그로부터 겨우 6개월쯤 지난 8월 초순 어느 날, 나는 위로차 찾아갔던 가엾은 과부가 집에 없어서, 혼자 남겨 두었던 제르트뤼드를 찾으러 교회로 되돌아왔다. 그녀는 내가 그렇게 일찍 돌아오리라고 전혀 예상치 못했을 것인데, 나는 그녀 곁에서 자크를 발견하고 몹시 놀랐다. 그들은 둘 다 내가 들어오는 소리를 듣지 못했다. 내가 낸 작은 소리는 풍금 소리에 가렸기 때문이다. 엿보는 것은 내 천성에 맞지 않지만, 제르트뤼드에 관한 것은 무엇이나 마음이 쓰였다. 그래서 나는 발소리를 죽여, 연단으로 통하는 층계의 몇 계단을 살금살금 걸어 올라갔다. 관찰하기에 아주 좋은 자리였다. 내가 거기 머물러 있던 동안 내내, 나는 그들이 내 앞에서라면 못했을 말은 한 마디도 하지 않았다는 것을 얘기해야만 하겠다. 그러나 자크가 그녀에게 몸을 기대고서, 그녀의 손을 잡아 몇 번이고 건반 위로 이끄는 것이 눈에 띄었다. 앞서 나에게는 필요없다고 말했던 충고와 지도를 그녀가 그에게는 받아들이는 것 자체가 벌써 이상한 일이 아니었던가? 나는 스스로 자인하고 싶었던 것 이상으로 놀랍기도 하고, 마음이 괴롭기도 했다. 그래서 내가 개입하려고 마음먹고 있는데, 갑자기 자크가 시계를 꺼내 보더니, 이렇게 말하는 소리가 들렸다.

　"이제 헤어질 시간이다. 아버지가 곧 돌아오실 거야."

　나는 제르트뤼드가 내맡긴 손을 그가 제 입술에 갖다 대는 것을 보았다. 그리고 그는 떠났다. 잠시 후, 나는 소리 없이 층계를 내려와서, 교회로 들어오면서 내는 소리처럼 들리도록 교회 문을 열었다.

"그래, 제르트뤼드야! 돌아갈 준비가 되었니? 풍금은 잘 쳐지고?"

"예, 아주 잘요. 오늘 저는 정말로 좀 발전했어요." 그녀는 더없이 천연스런 목소리로 이렇게 말했다.

내 가슴은 큰 슬픔으로 가득 찼다. 그러나 우리 중 누구도 내가 방금 얘기했던 일에 대해서는 아무 암시도 하지 않았다.

나는 빨리 자크와 둘이만 대면하고 싶었다. 아내와 제르트뤼드와 아이들은 밤늦게까지 남아 공부하는 우리 둘만 남겨 두고, 저녁 식사 후에 아주 일찍 물러가는 것이 보통이었다. 나는 그 순간을 기다렸다. 그러나 그에게 말하기 전에 가슴이 터질 것 같고 감정이 너무 벅차 올라, 나는 나를 괴롭히는 그 주제를 어떻게 꺼내야 할지 몰랐거나, 감히 꺼내지 못하고 있었다. 그런데 방학 기간 전부를 우리 곁에서 지내겠다는 자신의 결심을 나에게 알리면서 갑자기 침묵을 깬 것은 자크였다. 하지만 불과 며칠 전, 그는 고지 알프스 지방 여행 계획을 우리에게 알렸고, 아내와 나는 쾌히 찬성했던 것이다. 그가 길동무로 선택한 T란 친구가 그를 기다리고 있는 것도 나는 알고 있었다. 따라서 나에게는 그런 갑작스런 변경이 내가 목격했던 장면과 무관하지 않음이 확실해 보였다. 먼저 커다란 분노가 치밀어 올랐지만, 기분 내키는 대로 하다가는 아들이 나에게 결정적으로 마음을 닫아 버릴까 걱정되었고, 또 지나치게 심한 말을 했다가는 나중에 후회하게 될까 염려하여, 애써 자신을 억제하며 되도록 자연스러운 어조로 나는 그에게 이렇게 말했다.

"T 군이 네게 기대하고 있다고 생각하는데."

"아니, 뭐 꼭 기대하는 것도 아녜요. 그런데다가 저를 대신할 친구를 구하는 것도 어렵지 않을 거예요. 저는 오버란트에서와 마찬가지로 여기서도 잘 쉴 수 있고, 산을 돌아다니는 것보다 시간을 더 유용하게 쓸 수 있다고 정말로 믿어요." 그가 대답했다.

"마침내, 너는 여기서 뭔가 할 일을 찾은 모양이지?" 내가 말했다.

내 목소리에서 무언가 빈정거리는 어조를 눈치 채고, 그가 나를 쳐다보았다. 그러나 아직 그 원인을 알아차리지 못하였으므로, 거리낌 없는 태도로 대꾸했다.

"제가 언제나 등산 지팡이보다 책을 더 좋아한다는 것을 아시지 않아요."

"그렇구나, 얘야." 이번에는 내가 그를 뚫어지게 쳐다보며 말했다. "하지만 너는 풍금 반주를 가르쳐 주는 것이 독서보다 더 매력 있다고 생각하는 것은 아니냐?"

아마 그는 얼굴이 붉어짐을 느낀 모양이었다. 램프 불빛을 가리기라도 하려는 듯 그가 손을 이마 앞에 갖다 댔던 것이다. 그러나 그는 거의 즉시 마음을 가라앉히고, 차라리 좀 자신이 없었으면 바람직스러웠겠다 싶은 음성으로 말하였다.

"저를 너무 나무라지 마세요, 아버지. 아버지께 뭐든지 숨길 생각이 아니었어요. 제가 고백하려고 하던 것을 아버지께서 조금 먼저 말씀하셨을 뿐예요."

그는 마치 자기 자신의 문제가 아니기라도 하듯 침착하게 말끝을 맺으며, 책을 읽는 것처럼 또박또박 얘기했다. 그가 보여준 비상한 자제력이 나를 격분시키고 말았다. 내가 그의 말을 가로막으려 하는 것을 느끼자, 마치 '아버지는 나중에 말씀하시고, 먼저 제 말을 끝내게 해주세요' 라고 나에게 말하려는 듯 그가 손을 들어 올렸다. 그러나 나는 그의 팔을 잡아 흔들며 격렬하게 소리쳤다.

"네가 제르트뤼드의 순수한 영혼을 흔들어 놓는 것을 보느니, 아! 차라리 너를 다시는 안 보는 편이 낫겠다. 네 고백은 필요 없어! 불구와 순결과 순진함을 악용하는 것은 더할 나위 없이 비겁한 짓이야. 나는 네가 그런 짓을 하리라고는 결코 생각할 수 없다. 그런데 그처럼 밉살스럽게도 태연히 나한테 그런 얘기를 하다니!…… 내 말을 잘 들어라. 나는 제르트뤼드를 책임졌어. 이제부터 네가 그 애에게 말을 걸거나, 그 애를 만지거나, 그 애를 보는 것은 단 하루도 용납하지 않겠다."

"그렇지만, 아버지, 아버지께서 존중하시는 것만큼 저도 제르트뤼드를 존중한다는 것을 믿어 주세요." 그는 조금 전과 마찬가지로 나를 화나게 하는 태연한 어조로 대꾸했다. "제 행동뿐만 아니라, 제 의도와 제 마음속 비밀에서조차, 무언가 비난받을 만한 요소가 있다고 생각하신다면, 아버지가 크게 오해하시는 거예요. 저는 제르트뤼드를 사랑하고, 사랑하는 것만큼 존중한다고 말씀드리고 싶어요. 그 애의 마음을 흔들어 놓거나, 그 애의 순진성과 눈먼 것을 이용한다는 생각은 아버지께 그런 것과 마찬가지로 제게도 가증스러워 보입니다." 그러고 나서 자기는 그녀를 위해 후원자, 친구, 남편이 되고 싶다고, 그녀와 결혼할 결심이 서기 전에는 나에게 그 얘기를 해서는 안 된다고 생각했다고, 그 결심은 제르트뤼드 자신도 아직 모르고 있으며, 자기는 그것을 나에게 먼저 말하려 했다고 그는 항변하였다. "이것이 제가 아버지께 하려는 고백이에요. 다른 어떤 것도 고백 드릴 게 없어요, 믿어 주세요." 그가 덧붙여 말했다.

이 말을 듣자 나는 어안이 벙벙했다. 그 말을 듣는 동안 나에게는 관자놀이가 고동치는 소리가 들려왔다. 나는 질책의 말밖에 준비하지 않았는데, 그가 나에게서 화낼 이유를 모두 앗아 감에 따라, 나는 더욱 더 속수무책임을 느꼈고, 따라서 그의 얘기가 끝나자 나는 더 이상 아무 할 말도 찾지 못했다.

"자 이제 가서 자자." 상당히 오랜 침묵 끝에 이윽고 내가 말했다. 나는 일어서서 그의 어깨에 손을 얹었다. "이 모든 것에 대한 내 생각은 내일 너에게 말해 주겠다."

"적어도 이제 저한테 화나시지 않았다고는 말씀해 주세요."

"생각하기 위해서 밤이 필요하구나."

다음날 자크를 다시 만났을 때, 정말로 나는 그를 처음으로 쳐다보는 것 같았다. 갑자기 내 아들이 더 이상 어린애가 아니라 청년처럼 보였던 것이다. 내가 그를 어린애로 간주하는 한, 내가 불시에 목격했던 그 사랑의 장면이 나에게 기괴해 보일 수 있었다. 나는 그것이 반대로 아주 자연스럽고 정상적이라고 스스로 납득하는 데 밤을 보냈다. 그런데도 나의 불만이 더 생생해지는 것은 어찌 된 연유인가? 그것은 좀 더 후에 가서야 나에게 밝혀질 사안이었다. 그동안 나는 어쨌든 자크에게 얘기를 하고, 나의 결정을 그에게 알려야 했다. 한데 양심의 본능만큼이나 확실한 하나의 본능이 어떻게든 그 결혼을 막아야 한다고 나에게 예고해 주고 있었다.

나는 자크를 정원 구석으로 이끌고 갔다. 거기에서 나는 우선 그에게 물어보았다.

"너 제르트뤼드에게 네 마음을 고백했니?"

"아니에요. 어쩌면 그 애가 이미 제 사랑을 느끼고 있을지도 몰라요. 하지만 제가 그 애한테 고백한 적은 없어요." 그가 나에게 말했다.

"그렇다면, 아직 그 애에게 말하지 않겠다고 내게 약속해 줘야겠다."

"아버지, 저는 아버지께 순종하기로 작정했어요. 그렇지만 제가 이유를 알 수는 없을까요?"

나는 우선적으로 내 머리에 떠오른 이유가 가장 내세울 만한 이유가 될 수 있을지 자신이 없어서, 그에게 그 이유를 대는 것을 망설였다. 사실을 말하자면 이때 이성보다는 오히려 양심이 내 행동을 가르쳐 주었다.

"제르트뤼드는 너무 어리다." 마침내 내가 말을 꺼냈다. "생각해 보아라, 그 애는 아직 세례도 받지 않았어. 슬프지만, 너도 알다시피 그 애는 다른 애들과 똑같은 애가 아니며, 그 애의 발육도 많이 뒤져 있다. 그 애는 순진하기 때문에, 사랑의 말을 몇 마디만 들어도, 심한 충격을 받을지도 모른다. 바로 그렇기 때문에 그 애에게 그런 말을 하지 않는 게 중요해. 자기 방어가 불가능한 것을 차지하는 것은 비겁한 행위야. 나는 네가 비겁한 사람이 아니라는 것을 안다. 네 감정에 조금도 비난받을 점은 없다고 너는 말하겠지. 나는 그것이 시기상조이기 때문에 죄가 된다고 말하겠다. 제르트뤼드가 아직 갖추지 못한 조심성을 그 애를 위해서 우리가 가져야만 한다. 그것은 양심의 문제야."

자크는 훌륭한 성품을 갖고 있어서, 그를 만류하기 위해서는, '네 양심에 맡기겠다'라는 단순한 말로 충분하였다. 나는 그가 어렸을 때 그 말을 자주 사용하였다. 그렇지만 나는 그를 쳐다보면서 혼자 생각하였다. 만약 제르트뤼드가 볼 수만 있다면, 곧고도 유연한 이 날렵한 커다란 몸, 주름살 없는 이 아름다운 이마, 이 꾸밈없는 시선, 아직 앳되지만 돌연히 무게감이 깃들이는 듯 보이는 이 얼굴을 그녀는 감탄하지 않고는 못 배길 것이라고. 그는 모자를 쓰지 않고 있었고, 꽤 길게 기른 그의 잿빛 머리칼이 관자놀이에서 가볍게 곱슬거리며 귀를 반쯤 가리고 있었다.

"너에게 부탁하고 싶은 게 또 있다." 나는 우리가 앉아 있던 벤치에서 일어서며 말을 이었다. "너는 모레 떠날 작정이라고 말했었지. 그 출발을 연기하지 않기 바란다. 너는 한 달 동안 집을 떠나 있을 예정이었어. 네가 그 여행을 단 하루도 단축하지 않기 바란다. 알아듣겠니?"

"좋습니다, 아버지, 아버지 뜻에 따르겠어요."

입술조차 색깔이 없어질 정도로 그의 얼굴이 극도로 창백해진 것처럼 보였다. 그러나 그렇게 빨리 복종하는 것으로 보아, 그의 사랑이 그렇게 굳은 것은 아닐지도 모른다고 나는 생각하였다. 그 때문에 나는 말할 수 없는 안도감을 느꼈다. 게다가 나는 그의 순종에 감동했다.

"나는 사랑하는 아들을 되찾았구나." 나는 다정하게 말하며, 내게로 그를 끌어당겨, 그의 이마에 입을 맞추었다. 그가 약간 뒤로 물러섰다. 그러나 나는 그것에 대해 별로 개의치 않고 싶었다.

3월 10일

우리 집은 너무 작아서 우리는 서로 겹쳐서 지내는 식으로 살아가야만 했다. 비록 물러가 쉴 수도 있고 방문객을 맞을 수도 있는 작은 나의 방이 2층에 있기는 했지만, 나는 때때로 내 일에 상당히 지장을 느꼈다. 특히 공식적 면담의 성격을 띠지 않게 하면서 내 가족 중 한 사람과 개별적으로 얘기하고자 할 때가 거북스러웠다. 아이들의 출입이 금지되어 있는 일종의 응접실 같은 내 방을 아이들은 농담 삼아 거룩한 곳이라고 불렀는데, 그곳에서의 면담은 공식적인 것이 되기 십상인 것이다. 그러나 바로 그날 아침 자크는 여행용 구두를 사러 뇌샤텔로 떠났고, 날씨가 아주 좋았으므로, 다른 아이들은 아침 식사 후에 제르트뤼드와 함께 밖으로 나갔다. 그 애들이 제르트뤼드를 인도하는 동시에, 제르트뤼드가 그 애들을 인도하기도 하는 것이다. (샤를로트가 특히 그녀에게 친절하다는 것을 나는 여기에 즐거운 마음으로 지적해 둔다.) 그리하여 우리가 늘 거실에서 갖던 차 시간에, 나는 자연스럽게 아멜리와 단 둘이만 있게 되었다. 나는 되도록 빨리 아멜리에게 얘기하고 싶었던 터라, 그것은 내가 바라던 상황이었다. 아내와 단둘이 마주 앉는 것이 아주 드문 일이어서 나는 좀 소심해지는 느낌이었고, 그녀에게 말하려는 내용의 중요성 때문에, 마치 자크의 고백이 아니라 나 자신의 고백이기라도 하듯이 나는 마음이 흔들렸다. 나는 얘기를 꺼내기 전에, 두 사람이 말하자면 동일한 생활을 하고 서로 사랑하면서도, 어느 정도로 서로 이해하지 못하고 격리되어 지낼 수 있는지 (또는 그렇게 되는지) 절실히 느꼈다. 이런 경우에는, 우리가 상대방에 건네는 말이건, 또는 상대방이 우리에게 건네는 말이건 간에, 서로 분리시키고, 주의하지 않으면 점점 더 두터워질 위험이 있는 칸막이 장벽의 저항을 우리에게 경고하기라도 하듯, 굴착기 두드려 박는 소리처럼 말이 둔탁하게 울리는 것이다……

"자크가 어제 저녁과 오늘 아침에 나한테 말합디다." 그녀가 차를 따르는 동안 내가 이렇게 말을 꺼냈다. 나의 목소리는 어제 자크의 목소리가 태연했던 것만큼이나 떨렸다. "그 아이는 제르트뤼드를 사랑한다고 얘기합디다."

"그 아이가 당신한테 얘기하기를 잘했지요." 마치 내가 아주 자연스러운 사실을 알리기라도 한 듯이, 아니 오히려 내가 아무 것도 알려준 것이 없는 것처럼, 그녀는 집안일을 계속하며 나를 쳐다보지도 않고 말했다.

"그는 제르트뤼드와 결혼하고 싶다고 말합디다. 그의 결심은……"

"그건 예상했어야죠." 그녀가 어깨를 조금 으쓱하며 중얼거렸다.

"그러면 당신은 그런 짐작을 했단 말이오?" 나는 약간 짜증을 내며 말했다.

"오래 전부터 그런 일이 일어날 것처럼 보였죠. 하지만 그것은 남자들이 알아차릴 줄 모르는 종류의 일이죠."

항의해 보았자 아무 소용이 없을 것 같고, 게다가 그녀의 대꾸에도 일말의 진실이 있을 것 같아서, 나는 단지 이렇게 항변했다.

"그렇다면, 나에게 알려줄 수도 있었을 텐데."

무슨 말을 숨길 때면 가끔 그런 미소를 지어 얼버무리듯이, 그녀는 입술 구석을 약간 찡그리는 식의 미소를 짓더니, 머리를 가로 흔들며 말했다.

"당신이 알아차리지 못하는 모든 것을 당신에게 알려 드려야 한대서야!"

이 암시는 무엇을 의미했던가? 그것은 내가 알지도 못하거니와, 알려고 애쓰고 싶지도 않아서, 그냥 묵과하고 다른 말로 넘어 갔다.

"요컨대, 나는 당신이 이 일에 대해 어떻게 생각하는지 듣고 싶소."

그녀는 한숨을 내쉬더니 이렇게 말하였다.

"여보, 당신도 알다시피, 우리들 사이에 그 아이가 있는 것을 나는 찬성한 적이 없어요."

그녀가 이처럼 과거로 되돌아가는 것을 보고 나는 화가 치미는 것을 참기 힘들었다.

"문제는 제르트뤼드가 있다는 것이 아니요." 나는 대꾸했다. 그러나 벌써 아멜리가 다음 말을 이었다.

"그 애가 있으면 난처한 일밖에 생길 수 없다고 나는 항상 생각했어요."

화해하고 싶은 강한 욕구 때문에 나는 냉큼 그 뒤를 받아서 말했다.

"그렇다면 당신은 그 결혼이 난처하다고 생각하는 거지. 그렇소! 그것이 바로 당신에게 듣고 싶었던 말이오. 우리 의견이 같으니 참 다행이오." 그리고 자크는 내가 설명한 이유에 순순히 승복하였으니 그녀는 더 이상 불안해할 필요가 없다는 것과, 그가 한 달 동안 계속될 여행을 내일 떠나기로 결정하였다는 것을 나는 덧붙여 말하였다.

"자크가 여행에서 돌아와 여기서 다시 제르트뤼드를 만나게 되는 것을 나도 당신과 마찬가지로 바라지 않기 때문에, 나는 그 애를 드 라 M 양에게 맡기는 것이 최선책이라고 생각했소. 그 집에서라면 나는 그 애를 계속해서 볼 수 있을 것이오. 그 애에 대해서는 정말로 책임감을 느끼지 않을 수 없기 때문이오. 나는 조금 전에 새 주인이 될 사람의 의향을 알아보러 갔었는데, 그녀는 우리에게 친절히 해줄 생각뿐이오. 그러면 당신은 귀찮은 존재로부터 벗어나게 될 것이오. 루이즈 드 라 M이 제르트뤼드를 보살피게 될 것이오. 그녀는 이 조처에 대환영이며, 벌써부터 제르트뤼드에게 풍금 교습을 해주겠다고 기뻐하고 있소." 나는 이윽고 이렇게 말했다.

아멜리는 침묵을 지키기로 작정한 것처럼 보여서, 내가 말을 계속하였다.

"자크가 우리 모르게 거기에 가서 제르트뤼드를 만나는 것을 막아야겠으니, 드 라 M 양에게 상황을 알려 놓는 게 좋을 것 같은데, 당신 생각은 어떻소?"

나는 이 질문으로 아멜리의 말 한 마디라도 끌어내려고 애썼다. 그러나 그녀는 아무 말 안 하기로 결심하기라도 한 듯, 입술을 꽉 다물고 있었다. 그래서 나는 무언가 덧붙일 말이 남아 있어서가 아니라, 그녀의 침묵이 견딜 수 없어서, 계속해서 말했다.

"그런데, 자크는 그 여행에서 제 사랑을 이미 치유하고 돌아올지도 모르지. 그 나이에, 제 욕망만을 알려고?"

"오! 더 나이를 먹어도 그런 욕망은 항상 아는 게 아녜요." 마침내 그녀가 야릇하게 말했다.

그녀의 수수께끼 같은 격언조의 어투에 나는 역정이 났다. 알쏭달쏭한 말을 쉽게 받아들이기에는 나는 너무 솔직한 천성을 타고난 것이다. 나는 그녀 쪽으로 고개를 돌리며, 그런 말로 암시한 내용이 무엇인지 설명해 주도록 부탁했다.

"아무 것도 아녜요, 여보. 때때로 당신은 당신이 알아차리지 못하는 것을 누군가 당신에게 알려 주기를 바란다고 생각했을 뿐예요." 그녀가 우울하게 대답했다.

"그렇다면?"

"그런데 알려 주는 것이 쉽지 않다는 생각이에요."

나는 알쏭달쏭한 말이 싫으며, 그리고 원칙적으로 암시적인 말은 거부한다고 말하였다.

"내가 당신을 이해하기를 바라거든, 좀 더 분명히 의사표시를 하도록 하오." 나는 좀 퉁명스러울지도 모를 태도로 대꾸하고는,

그것을 즉시 후회했다. 왜냐하면 그녀의 입술이 한 순간 떨리는 것을 보았기 때문이다. 그녀는 고개를 돌리더니, 일어서서, 쓰러질 듯이 주춤거리며 방 안을 몇 걸음 걸어갔다.

"그런데 아멜리, 모든 것이 해결된 이 마당에, 당신은 왜 계속 마음 아파하는 거요?" 나는 소리쳤다.

나의 시선이 그녀를 거북하게 하는 것처럼 느껴져서, 나는 등을 돌리고, 테이블에 팔꿈치를 괴고 손에 얼굴을 기대고 그녀에게 말하였다.

"조금 전엔 당신에게 거칠게 말해서 미안하오."

그러자 나는 그녀가 나에게 다가오는 소리를 들었고, 이어서 그녀의 손가락이 내 이마 위에 부드럽게 놓이는 감촉을 느꼈다. 그러면서 그녀는 다정하고 눈물 어린 목소리로 말하였다.

"가엾은 사람!"

그리고 그녀는 곧 방을 나갔다.

그 당시로서는 애매모호해 보였던 아멜리의 말들이 얼마 안 되어 나에게 분명하게 밝혀졌다. 나는 처음에 이해되었던 대로 그 말들을 기록하였다. 그래서 그날은 이제 제르트뤼드가 떠날 때가 되었다는 사실만 나는 깨달았던 것이다.

3월 12일

나는 매일 얼마간의 시간을 제르트뤼드에게 할애하는 것을 의무로 삼았다. 그것은 나날의 일과에 따라 몇 시간이 되기도 했고 또는 잠시 동안이 되기도 했다. 아멜리와 그런 대화를 나눴던 다음날, 나는 꽤 자유로웠고, 날씨도 좋고 해서, 제르트뤼드를 숲을 지나 쥐라 산맥의 골짜기까지 데리고 갔다. 거기서는 무성한 나뭇가지들을 통해 내려다보이는 드넓은 풍경 저 너머로, 날씨가 맑을 때면, 옅은 안개 위로, 하얀 알프스 산맥의 아름다운 경치가 눈에 들어온다. 우리가 늘 가서 앉곤 하던 장소에 도달했을 때는 해가 벌써 우리 왼편으로 기울고 있었다. 짧고 무성한 풀밭이 우리 발 아래 펼쳐져 있었다. 좀 더 멀리에는 몇 마리 소가 풀을 뜯고 있었다. 산 중의 그 가축 떼는 각각 목에 방울을 매달고 있다.

"소들이 풍경을 그리고 있군요." 소들의 방울 소리를 들으며 제르트뤼드가 말했다.

산책할 때마다 그러듯, 그녀는 우리가 머문 곳을 자기에게 묘사해 달라고 요청했다.

"하지만 너는 이미 알고 있지 않니. 알프스 산맥이 보이는 숲 기슭이야." 내가 그녀에게 말했다.

"오늘 산맥이 잘 보이나요?"

"그 장엄함이 환히 드러나 보인다."

"산맥이 매일 조금씩 다르다고 말씀하셨죠."

"오늘은 그것을 무엇에 비유할까? 여름 한낮의 목마름에 비유하지. 오늘 저녁이 되기 전에 그것은 대기 중에 용해되어 버리고 말 거야."

"우리 앞의 큰 풀밭에 백합꽃들이 있는지 말씀해 주시면 좋겠네요."

"없어, 제르트뤼드. 백합은 이런 고도에서는 자라지 않아. 단지 몇몇 희귀종 식물만 자라지."

"들의 백합이라고 불리는 것도 없나요?"

"들에는 백합이 없단다."

"뇌샤텔 부근의 들판에도 없나요?"

"들의 백합이라는 것은 없어."

"그러면 주님께서는 왜 '들에 핀 백합화를 보라'고 말씀하셨죠?"

"그런 말씀을 하신 걸 보면, 아마 그 시대에는 있었던 모양이지. 하지만 사람들이 재배해서 없어지게 됐을 거야."

"이 지상에서 가장 필요한 것은 믿음과 사랑이라고 목사님께서 저에게 자주 말씀하셨던 생각이 나요. 조금만 더 믿음을 가지면, 사람이 백합꽃을 다시 보기 시작하리라고 생각지 않으세요? 저는 그 말씀을 들을 때면, 확실히 백합꽃이 보여요. 제가 한번 그것을 묘사해 볼까요? ─ 마치 불꽃의 종(鍾)들, 사랑의 향기로 가득 찬 창공의 큰 종(鍾)들이 저녁 바람에 가볍게 흔들린다고나 할까요. 왜 목사님은 저기 우리 앞에, 그것이 없다고 말씀하세요? 저는 그 걸 느껴요! 저는 풀밭이 백합꽃들로 가득 차 있는 것이 보여요."

"그 꽃들은 너에게 보이는 것보다 더 아름답지는 않구나, 제르트뤼드야."

"그것들이 덜 아름답지 않다고 말씀하세요."

"그것들은 너에게 보이는 것만큼 아름답구나."

'그러나 내가 너희에게 말하노니 솔로몬의 모든 영광으로도 입은 것이 이 꽃 하나만큼 훌륭하지 못하였느니라' 〔누가 12:27〕 하고 그녀가 그리스도의 말씀을 인용하여 말하였다. 아름다운 선율의 그녀 목소리를 들으니, 나는 그 구절을 처음으로 듣는 것 같았다. '모든 영광으로도' 하고 그녀는 사색에 잠겨 되풀이하더니, 잠시 동안 침묵을 지켰다. 그래서 내가 말을 이었다.

"제르트뤼드, 내가 너에게 말했지. 눈을 가진 사람들은 볼 줄을 모른다고 말야." 그리고 나는 가슴 속 깊이에서 이런 기도 소리가 떠오르는 듯했다. '아버지여, 지혜롭고 슬기 있는 자들에게는 숨기시고 어린 아이들에게는 나타내심을 감사하나이다!' [누가 10:21]

"제가 얼마나 쉽게 이 모든 것을 상상하는지 목사님께서 아신다면, 아실 수 있다면 좋으련만." 그녀는 쾌활한 흥분 상태에서 소리쳤다. "자! 제가 경치를 묘사해 볼까요? 우리 뒤에도 위에도 둘레에도 커다란 전나무들이 있어요. 그것들은 송진 냄새가 나고, 줄기는 검붉은 색이고, 거무스름한 긴 가지들이 수평으로 달려 있어 바람이 불어와 휠 때면 구슬픈 소리를 내지요. 우리 발아래에는, 산을 책상 삼아 비스듬히 펼쳐 놓은 책처럼, 그늘진 곳은 푸르스름하고 햇빛 드는 곳은 황금빛으로 알록달록한 넓은 초록의 풀밭이 펼쳐 있어요. 거기에 분명히 새겨진 글자들은 꽃이지요 — 용담, 아네모네, 미나리아재비, 그리고 솔로몬의 아름다운 백합꽃들 — 소들이 와서 그들의 방울 소리로 그 글자들을 한 자 한 자 읽고, 천사들도 읽으러 와요. 사람들은 눈을 가지고도 못 본다고 목사님이 말씀하셨으니까요. 책 아래쪽에는, 안개 낀 몽롱한 젖빛의 큰 강이, 신비스러운 깊은 골짜기 전부를 감싸고 흘러가는 거대한 강이 보여요. 그 강은 저기, 우리 앞 아주 멀리에서, 눈부시게 빛나는 아름다운 알프스 산맥 말고는 다른 기슭이 없지요……. 자크가 가려는 곳이 거기지요. 그가 내일 떠나는 것이 정말인가요?"

"내일 떠날 거야. 그가 너에게 그렇게 말하던?"

"저에게 그런 말을 하진 않았어요. 하지만 저는 알아요. 그는 오래 떠나 있겠죠?"

"한 달…… 제르트뤼드야, 내가 너한테 물어보고 싶은 게 있는데…… 자크가 교회로 너를 만나러 온다는 얘기를 왜 나에게 하지 않았어?"

"그는 저를 만나러 두 번 교회에 왔어요. 저는 목사님께 아무것도 숨길 생각이 없어요. 하지만 목사님께서 걱정하시지 않을까 염려됐어요."

"말하지 않는 것이 걱정시키는 거야."

그녀의 손이 내 손을 찾았다.

"그는 떠나는 것을 슬퍼했어요."

"말해 보렴, 제르트뤼드야…… 그가 너를 사랑한다고 하더냐?"

"그는 그런 말을 하지 않았어요. 그러나 말하지 않아도 저는 그걸 잘 느낄 수 있어요. 그는 목사님만큼 저를 사랑하지는 않아요."

"그래, 제르트뤼드야, 너는 그가 떠나는 것이 괴로우냐?"

"저는 그가 떠나는 편이 낫다고 생각해요. 저는 그에게 뭐라고 대답할지 몰랐을 거예요."

"아니, 말해 보렴, 그가 떠나는 것이 괴로운지?"

"목사님, 제가 사랑하는 것은 목사님이라는 것을 잘 아시지 않아요……. 어머나! 왜 손을 빼세요? 목사님이 결혼하시지 않았더라면, 저는 이런 말을 하지 않을 거예요. 눈먼 여자와 결혼할 사람은 없지요. 그렇다면 왜 우리가 서로 사랑할 수 없겠어요? 말씀해 보세요, 목사님, 목사님은 이것이 나쁘다고 생각하세요?"

"사랑에는 결코 나쁜 것이 없단다."

"저는 제 마음속에서 착한 것만 느껴요. 저는 자크를 괴롭게 하고 싶지 않아요. 저는 아무도 괴롭게 하고 싶지 않아요……. 저는 행복만을 주고 싶어요."

"자크는 너에게 청혼할 생각이었어."

"그의 출발 전에 그와 얘기하도록 허락해 주시겠어요? 저는 그가 저를 사랑하는 것을 단념하도록 설득하고 싶어요. 목사님, 아시다시피, 저는 누구와도 결혼할 수 없지요? 그와 얘기하도록 허락해 주시겠죠?"

"오늘 저녁에라도 얘기해라."

"아니, 내일 하겠어요. 바로 그가 떠나는 순간에……."

해가 강렬한 빛을 발하며 기울어 가고 있었다. 대기는 포근했다. 우리는 자리에서 일어나 이야기를 나누며 어둑한 길을 따라 돌아왔다.

둘째 노트

나는 한동안 이 노트에 손을 대지 못했다.

눈이 녹아서, 길들이 다시 트이게 되자마자, 나는 우리 마을이 막혀 있던 오랜 시간 동안 미뤄 두어야 했던 많은 임무들을 이행해야 했던 것이다. 어제에서야 겨우 나는 약간의 한가한 틈을 되찾을 수 있었다.

여기에 기록한 모든 것을 간밤에 나는 다시 읽어 보았다……

그토록 오랫동안 깨닫지 못하고 지내 온 내 마음속의 감정을 감히 제 명칭대로 부르게 된 오늘에 이르러서도, 나는 어떻게 지금까지 그것을 모르고 지낼 수 있었는지, 내가 여기에 기록한 적도 있었던 아멜리의 어떤 말들이 어찌해서 나에게 애매해 보일 수 있었는지, 제르트뤼드의 순진한 고백이 있고 난 후에도, 내가 그녀를 사랑하는 것을 어떻게 아직도 의심할 수 있었는지 잘 납득이 되지 않는다. 그것은 내가 그때까지 결혼을 벗어나 사랑이 허용될 수 있다는 것을 전혀 인정하지 않았던 것과 아울러, 나를 제르트뤼드에게 열정적으로 기울게 했던 감정 속에서 무엇이건 금지된 요소를 인정하지 않았기 때문이다.

그녀의 고백의 순진함과, 또 그것의 솔직성 자체가 나를 안심시켜 주었다. 이 애는 어린애에 지나지 않는다고 나는 생각하고 있었다. 진짜 사랑이라면 당황하고, 얼굴이 붉어지지 않고는 못 배길 것이다. 그리고 내 편에서는 불구의 어린애를 사랑하듯이 내가 그 애를 사랑하는 것이라고 믿고자 했다. 나는 환자를 돌보듯 그 애를 돌보았고, 그리고 그 애를 인도하는 것을 하나의 도덕적 책무, 하나의 의무로 삼아 왔던 것이다. 그렇다, 정말이다, 앞서 내가 기록했던 말을 그녀에게서 들었던 바로 그날 저녁만 해도, 나는 마음이 너무나 가볍고 기쁘게 느껴져서, 나는 그 대화를 옮겨 쓰면서도 또다시 자신의 마음을 착각했던 것이다. 그리고 나는 사랑이란 비난받을 만한 것이라고 믿었기 때문에, 또한 비난받을 만한 것은 무엇이나 마음에 짐이 된다고 생각했기 때문에, 마음에 조금도 부담스러움을 느끼지 않았던 나는 그것이 사랑이라고는 생각지 않았던 것이다.

나는 그 대화를 있었던 그대로 얘기했을 뿐만 아니라, 그때와 똑같은 기분 상태에서 옮겨 썼다. 그래서 정말로 어젯밤 그것을 다시 읽으면서야 비로소 나는 그 뜻을 이해했던 것이다…….

자크가 떠난 직후부터, 우리의 삶은 아주 평온한 흐름을 되찾았다. 나는 제르트뤼드가 자크에게 출발 전에 얘기하도록 내버려두었었는데, 자크는 방학이 다 끝날 무렵에야 돌아왔고, 제르트뤼드를 피하거나 또는 피하는 척했으며, 내 앞에서밖에는 그녀와 말을 나누지 않았다. 제르트뤼드는 예정되어 있던 대로 루이즈 양 집에 거주하게 되어, 나는 매일 그 집으로 그녀를 만나러 갔다. 그러나 또 사랑의 얘기가 나올까 염려하여, 나는 우리의 마음을 동요시킬 수 있는 얘기는 일체 나누지 않으려 했다. 나는 목사로서만 그녀와 얘기했고, 그것도 대부분의 경우 루이즈 양이 있을 때, 특히 그녀의 종교 교육이나, 부활절에 그녀가 받게 된 성찬식 준비에 관한 얘기를 주로 했다.

부활절 날에는 나 역시 성찬을 받았다.

그로부터 보름이 지났다. 1주일 동안의 방학을 우리 곁에 와서 지내던 자크가 놀랍게도 성찬의 식탁에 나를 동반하지 않았다. 그리고 아멜리도 우리의 결혼 후 처음으로 그 자리에 불참했음을 말해야 하는 것이 나로서는 큰 유감이 아닐 수 없다. 마치 그들 둘이 서로 약속을 하고, 그 엄숙한 모임에 빠짐으로써, 나의 기쁨에 어두운 그림자를 던지기로 결심이라도 한 것처럼 보였다. 제르트뤼드가 앞을 볼 수 없어서, 이 어두운 그림자의 무게를 나 혼자 감당해야 하는 것을 나는 또다시 다행으로 여겼다. 나는 아멜리를 너무 잘 아는 까닭에 그녀의 행동 속에 담겨 있는 간접적 비난의 뜻을 모두 알아챌 수 있었다. 그녀는 결코 공공연히 나를 비난하지 않고, 일종의 고립적 행동으로 자신의 반감을 나에게 표시하려 드는 것이다.

그런 종류의 불평 — 다시 말해 내가 고려에 넣기조차 싫은 그런 불평 — 때문에, 우선적인 종교적 관심사마저 소홀히 할 정도로 아멜리의 심성이 영향을 받을 수 있다는 사실에 나는 몹시 마음이 아팠다. 그래서 집에 돌아와 나는 그녀를 위해서 성심성의를 다해 기도를 올렸다.

자크의 불참은 전혀 다른 동기에 기인한 것으로서, 그 후 얼마 안 되어 그와 나눈 대화로 이유가 밝혀졌다.

5월 3일

제르트뤼드의 종교 교육이 나에게 새로운 눈으로 복음서를 다시 읽게 만들었다. 날이 갈수록 나에게는 우리의 기독교 신앙을 구성하는 많은 수의 개념들이 그리스도의 말씀이 아니라 사도 바울의 주석에 의존하고 있는 것처럼 보인다.

그것이 바로 내가 자크와 나누었던 토론의 주제였다. 그는 좀 무뚝뚝한 기질을 갖고 있어서, 그의 심성이 그의 사고에 충분한 자양을 제공해 주지 못하는 것 같다. 그는 전통주의적이고 교조주의적으로 되어 간다. 기독교 교리에서 '내 마음에 드는 것'만을 선택한다고 그는 나를 비난한다. 그러나 나는 그리스도의 특정의 말씀을 선택하는 것이 아니다. 단지 그리스도와 사도 바울 가운데에서 그리스도를 선택하는 것이다. 그 두 분을 대조하기를 두려워하는 그는 두 분을 분리시키기를 거부하고, 두 분 사이에서 계시의 차이를 느끼기를 거부하며, 내가 그리스도에게서는 하나님의 말씀을 듣는 반면 사도 바울에게서는 인간의 말을 듣는다고 말하는 데 대해서 항변한다. 그가 반박하면 할수록, 자크는 그리스도의 작은 말씀 속에도 드러나는 그 신성한 어조를 전혀 느끼지 못한다고 나는 점점 더 믿게 된다.

나는 복음서에서 계율, 위협, 금지 같은 것을 찾아보려고 했지만, 헛수고였다. 그런 것은 모두 사도 바울에 속할 뿐이다. 그리고 그리스도의 말씀 가운데서는 그런 것을 전혀 찾을 수 없다는 바로 그 점이 자크를 난처하게 했다. 자크와 비슷한 영혼을 가진 사람들은 자신의 곁에서 후견인, 받침대, 보호막 같은 것을 느끼지 못하게 되자마자 자신이 파멸에 처했다고 생각한다. 나아가 그들은 자기들이 포기하는 자유를 타인에게 잘 용인하지 않으며, 사람들이 사랑에 의해서 기꺼이 그들에게 주고자 하는 모든 것을 강제로 획득하려고 한다.

"하지만 아버지, 저 역시 사람들의 행복을 원합니다." 그가 나에게 말했다.

"아니다, 애야, 너는 그들의 복종을 원하는 거야."

"복종 속에 행복이 존재합니다."

나는 번거로운 논쟁이 싫어서 그 마지막 말은 대꾸하지 않고 내버려두었다. 그러나 행복의 결과에 불과한 것 때문에 억지로 행복을 얻으려고 애쓰다가 사람들이 오히려 행복을 위태롭게 만든다는 것을 나는 잘 알고 있다. 그리고 사랑이 깊은 마음은 자발적인 복종을 즐거워한다고 생각하는 것이 맞는다 할지라도, 사랑 없는 복종보다 더 행복에서 멀어지게 하는 것은 아무 것도 없다는 것 또한 나는 잘 알고 있다.

어쨌든 자크는 이론을 따지는 데 능란하다. 그처럼 젊은 정신에서 벌써부터 그렇게 교리에 굳어진 모습을 보는 것이 괴롭지 않았다면, 나는 필경 그의 뛰어난 논법과 한결같은 논리에 감탄했을 것이다. 내가 그 애보다 더 젊은 것같이 여겨지는 때가 종종 있다. 어제의 나보다 오늘의 내가 더 젊은 것같이 생각되는 때도 있다. 그럴 때면 나는 이 말씀을 혼자 되풀이 말했다. '너희가 돌이켜 어린 아이들과 같이 되지 아니하면 결단코 천국에 들어가지 못하리라.'〔마태 18:3〕

복음서에서 특히 **지복(至福)의 삶에 이르는 방법**을 보려는 것이 그리스도를 배반하고, 복음서를 깎아내리고, 모독하는 일일까? 우리 마음속의 의혹과 냉혹함 때문에 방해를 받지만, 기쁨의 상태는, 기독교도에게는 의무적인 상태인 것이다. 각각의 인간 존재는 어느 정도 기쁨에 대한 능력을 지니고 있다. 각각의 인간 존재는 기쁨을 지향해야만 한다. 이 점에 있어서는 제르트뤼드의 단 한 번의 미소가 나의 교육이 그녀에게 가르쳐주는 것보다 더 많은 것을 나에게 가르쳐준다.

그리고 그리스도의 이 말씀이 분명하게 내 앞에 드러났다. '너희가 맹인이 되었더라면 죄가 없으려니와.'〔요한 9:41〕 죄, 그것은 영혼을 흐리게 하는 것이며, 영혼의 기쁨에 대립되는 것이다. 그녀의 전(全) 존재로부터 비쳐 나오는 제르트뤼드의 완전한 행복은 그녀가 죄를 전혀 모른다는 사실에 기인하는 것이다. 그녀에게는 광명과 사랑만 있을 뿐이다.

나는 그녀의 조심스러운 두 손에 네 복음서, 시편, 요한계시록, 그리고 요한의 세 서한을 놓아주었다. 그녀는 이미 복음서에서 '나는 세상의 빛이니 나를 따르는 자는 어둠에 다니지 아니하고'

[요한 8:12]라는 구세주의 말씀을 들을 수 있었던 것처럼, 요한의 서한에서도 '하나님은 빛이시라 그에게는 어둠이 조금도 없으시다는 것이니라'[요1 1:5]라는 구절을 읽을 수 있을 것이다. 나는 그녀에게 바울의 서한들은 주지 않기로 하였다. 왜냐하면 소경이기 때문에 그녀가 죄를 조금도 모른다면, '계명으로 말미암아 죄로 심히 죄 되게 하려 함이라'(로마 7:13)*라는 구절과, 그리고 아무리 훌륭한 것이기로서니, 뒤이어 나오는 논증 전체를 그녀에게 읽힘으로써, 그녀를 불안하게 할 필요가 어디 있겠는가?

5월 8일

의사 마르탱이 어제 쇼-드-퐁으로부터 왔다. 그는 제르트뤼드의 눈을 오랫동안 검안경으로 검사했다. 그는 로잔의 전문의인 의사 루와 제르트뤼드에 관한 얘기를 나누었으며, 자신의 검사 결과를 그 의사에게 알려 주어야 한다고 나에게 말했다. 제르트뤼드가 수술이 가능하다는 것이 그들 두 사람의 견해였다. 그러나 더 확실해지기 전까지는 제르트뤼드에게 아무 말도 하지 않기로 우리는 약속했다. 마르탱이 협의 결과를 나에게 알려 주러 올 것이다. 곧 사라질지도 모를 위험성이 있는 희망을 제르트뤼드에게 일깨워서 무슨 소용이 있겠는가? — 그런데다가 그녀는 현 상태로도 행복하지 않은가?……

5월 10일

부활절에 자크와 제르트뤼드는 내 면전에서 서로 다시 만났다

— 어쨌든 자크가 제르트뤼드를 맞아 얘기를 나눴는데, 얘기는 평범한 내용뿐이었다. 그는 내가 염려했던 것만큼 흥분한 상태로 보이지 않았다. 그래서 비록 작년에 그가 떠나기 전에, 제르트뤼드가 그에게 사랑에 희망을 품지 말도록 선언했다 할지라도, 그의 사랑이 정말로 열렬한 것이었다면, 그렇게 쉽게 식지는 않았을 거라고 나는 내심으로 또다시 확신을 갖기에 이르렀다. 나는 이제 그가 제르트뤼드에게 존댓말을 쓰는 것을 알게 되었는데, 그건 분명 바람직한 일이다. 내가 존댓말을 쓰도록 그에게 요구한 것도 아니니까, 그가 스스로 알아서 한 결과이니 참 다행스러운 일이다. 그에게도 좋은 점이 많이 있다는 것은 의심의 여지가 없는 사실이다.

그렇지만 나는 자크의 그러한 복종이 내면의 갈등과 싸움 없이 이루어지지는 않았을 것이라고 생각한다. 유감스러운 점은, 그가 자신의 마음에 부과했을 속박 자체가 지금 그에게는 좋은 것으로 보인다는 점이다. 그는 그런 속박을 모든 사람에게 부과하기를 바랄 것이다. 나는 앞서 기록한 바 있는 그와의 얼마 전 토론에서 그것을 느낄 수 있었다. 정신은 빈번히 감정에 속는다고 말한 사람은 라 로슈푸코*가 아니었던가? 나는 물론 그 점을 즉시 자크에게 지적해 주지는 못했다. 내가 그의 기질을 잘 알고 있었고, 또 그는 토론이 진행될수록 자기 고집이 강해지는 유형의 사람으로 여겨졌기 때문이다. 그러나 바로 그날 저녁에, 마침 사도 바울의 말씀 중에서(나는 그의 무기를 가지고서만 그를 이길 수 있었다), 그에게 답변할 말을 발견하고서, 그가 읽을 수 있도록 다음의 인용구를 쓴 쪽지를 그의 방에 두고 나왔다. '먹지 않는 자는 먹는 자를 비판하지 말라 이는 하나님이 그를 받으셨음이라.' (로마 14:3)

나는 또 뒤이어 나오는 다음 구절도 베껴 놓을 수 있었을 것이다. '내가 주 예수 안에서 알고 확신하노니 무엇이든지 스스로 속된 것이 없으되 다만 속되게 여기는 그 사람에게는 속되니라.' [로마 14:14] ― 그러나 나는 감히 그러지 못했는데, 그것은 자크가 내 마음에서 제르트뤼드에 관계되는 어떤 모욕적인 해석을 상정하게 될까 염려했기 때문이다. 그런 상상은 그의 머릿속을 스치고 지나가서도 안 되는 것이다. 분명히 여기서 문제되는 것은 음식에 관한 것이다. 그러나 성서의 얼마나 많은 다른 구절들이 이중 또는 삼중의 뜻으로 해석되기를 요구하는가? ('만일 그대의 눈이……' 라는 구절, 빵이 늘어난 이야기, 가나의 혼인 잔치의 기적 등등.) 여기서 문제되는 것은 궤변을 농하는 것이 아니다. 이 절의 의미는 넓고도 깊은 것이다. 제한은 법에 의해서가 아니라, 사랑에 의해서 규정되어야 한다고 말하고 난 뒤, 사도 바울은 곧 이어서 이렇게 외친다. '만일 음식으로 말미암아 네 형제가 근심하게 되면 이는 네가 사랑으로 행하지 아니함이라.' [로마 14:15] 악마가 우리를 공격하는 것은 사랑이 없기 때문이다. 주여! 제 마음으로부터 사랑이 아닌 모든 것을 제거해 주옵소서……. 내가 자크를 도발한 것이 잘못이었던 것이다. 다음날 나는 책상 위에서 내가 성서 구절을 베껴 썼던 바로 그 종이쪽지를 발견했다. 그 종잇장 뒷면에 자크는 단지 내가 인용했던 것과 같은 장(章)에서 다음의 다른 절을 옮겨 적어 놓고 있었다. '그리스도께서 대신하여 죽

으신 형제를 네 음식으로 망하게 하지 말라.' (로마 14:15)

나는 그 장(章) 전체를 다시 한 번 읽는다. 그것은 끝없는 논쟁의 출발점이다. 그런데 내가 제르트뤼드의 빛나는 하늘을 그 혼란함으로 뒤흔들고, 그 구름들로 어둡게 할 것인가? — 타인의 행복을 해치거나, 또는 우리 자신의 행복을 위태롭게 하는 것이 유일한 죄라고 내가 제르트뤼드에게 가르치고 또 그녀에게 그렇게 믿도록 할 때, 나는 그리스도에게 더 가까이 있고, 또 그녀 자신도 그리스도 가까이에 머물도록 하는 것이 아닐까?

슬프게도 어떤 사람들은 행복에 특히 반항적이다. 적응하지 못하고, 서툰 사람들이다……. 나는 지금 가엾은 나의 아멜리를 생각하고 있다. 나는 그녀를 끊임없이 행복으로 초대하고, 행복으로 밀고 가며, 가능하다면 그녀를 행복을 향해 강요라도 하고 싶다. 그렇다, 나는 누구든지 하나님에게까지 다가가게 하고 싶은 것이다. 그러나 그녀는 끊임없이 회피해서, 어떤 햇살 아래에서도 피어날 줄 모르는 꽃처럼 자기 자신 속으로 오므라드는 것이다. 그녀의 눈에 띄는 모든 것이 그녀를 불안하게 하고 그녀를 괴롭힌다.

"나보고 어쩌라고요, 나는 장님으로 태어나질 못했는걸요." 어느 날 그녀는 나에게 대꾸했다.

아아! 그녀의 빈정거림에 나는 얼마나 고통스러웠던가, 그런 것에도 동요되지 않으려면 나에게 얼마나 대단한 덕성이 필요한 것인가! 그렇지만 제르트뤼드의 불구에 대한 그런 암시가 나에게 특히 마음의 상처를 준다는 것을 그녀는 아마 이해한 것으로 보인다. 아멜리는 그런데다가 내가 제르트뤼드에게서 특히 감탄하는 점이 그녀의 무한한 너그러움이라는 것을 나에게 느끼게 한다. 나는 제르트뤼드가 타인에 대해 조그만 불평이라도 하는 것을 들어본 적이 없다. 내가 그녀의 마음을 상하게 할 만한 것은 아무 것도 알게 하지 않는 것도 사실이기는 하지만.

행복한 사람이 사방에 사랑을 발산함으로써 주위에 행복을 파급시키는 것과 마찬가지로, 아멜리의 주위에서는 모든 것이 어둡고 음울해진다. 아미엘* 같으면 그녀의 영혼은 검은 빛을 발한다고 말할지도 모른다. 가난한 사람들, 환자들, 고통받는 사람들을 심방하느라고 격무의 하루를 보내고, 때때로 기진맥진해서, 휴식과 애정과 따뜻함을 간절히 필요로 하는 마음으로 밤이 되어 집에 돌아올 때, 집에서 나를 맞는 것은 걱정거리, 불평, 성가심 같은 것이기 일쑤였다. 나는 그런 것들보다는 바깥의 추위와 비바람이 한결 나을 것 같았다. 나는 우리 집의 늙은 로잘리가 자기 멋대로만 하려고 든다는 것을 잘 알고 있다. 그러나 그녀가 늘 그른 것은 아니며, 특히 그녀를 굴복시키려 할 때의 아멜리가 항상 옳은 것도 아니다. 나는 샤를로트와 가스파르가 굉장히 소란스럽다는 것도 잘 알고 있다. 그러나 그 애들에게 좀 소리를 낮추어서, 그리고 좀 이따금씩 야단을 침으로써 아멜리는 더 많은 효과를 얻게 되는 것은 아닐까? 하고많은 충고와 훈계와 꾸지람은 바닷가의 조약돌들과 마찬가지로 날카로움을 잃게 마련이다. 아이들은 나보다도 훨씬 더 그런 꾸지람에 둔감한 것 같다. 나는 갓난쟁이 클로드가 이가 나는 중이라는 것도 잘 알고 있다(어쨌든 그 애가 울기 시작할 때마다 아이 엄마는 그렇게 주장하는 것이다). 그러나 울기만

하면 즉시 아멜리와 사라가 달려가서 부단히 달래려고 애쓰는 것이 오히려 더 울음을 재촉하는 것은 아닐까? 내가 자리에 없을 때 넉넉히 몇 번만 실컷 울게 내버려둔다면 어린애가 좀 덜 울게 될 거라고 나는 믿고 있다. 그러나 특히 내가 없을 때에 그녀들이 더 서둘러 아이에게 달려간다는 것도 나는 잘 알고 있다.

사라는 제 어머니를 닮았다. 그래서 나는 그 애를 기숙학교에 넣고 싶었다. 그런데 그 애가 닮은 것은 애석하게도 그 나이 때의 제 어머니, 즉 우리 약혼 시절의 아멜리가 전혀 아니고, 물질생활의 근심이 만들어 놓은 어머니의 모습인 것이다. 그것을 생활의 근심의 배양이라고 말해도 좋을 것 같다 (왜냐하면 분명히 아멜리는 근심을 배양하고 있기 때문이다). 그 옛날 내 마음의 고상한 충동을 접할 때마다 미소 짓던 그녀, 내가 나의 생에 오롯이 결합시키기를 꿈꾸었던 그녀, 나를 앞서 가며 빛을 향해 나를 이끄는 듯이 보였던 그녀, 그 천사 같은 그녀를 오늘에 와서 그녀의 모습에서 되찾기는 분명히 힘든 일이다 ― 아니면 그 시절에는 사랑이 내 눈을 멀게 했던가?…… 왜냐하면 사라에게서 나는 통속적인 관심사 이외의 다른 것을 발견할 수 없기 때문이다. 제 어머니를 본떠서 그 애는 오로지 보잘것없는 걱정거리에만 끌려 다닌다. 어떠한 내적 불길도 정신성을 부여해 주지 못하는 그녀의 얼굴 모습조차 침울하고 굳어 있을 뿐이다. 시(詩)나, 더 일반적으로 말해서 독서에 대한 취향이라고는 없다. 나는 그들 모녀의 대화에서 내가 끼어들고 싶은 화제를 발견한 적이라고는 없으며, 서재에 혼자 틀어박혀 있을 때보다도 그녀들 곁에서 고립감을 더 고통스럽게 느

끼게 된다. 그래서 나는 점점 더 자주 서재에서 혼자 지내는 습관
이 붙게 되었다.

가을 이후로는 해가 일찍 지는 덕분에, 나의 심방 일정이 허용
할 때마다, 다시 말해 일찍 귀가할 수 있을 때면, 나는 드 라 M 양
집에 들러 차를 마시는 습관을 갖게 되었다. 아직 얘기하지 못했
지만, 지난 11월부터, 루이즈 드 라 M은 마르탱이 맡아 주도록 부
탁한 세 명의 어린 장님 아이들을 제르트뤼드와 함께 그녀의 집에
데리고 있다. 이번에는 제르트뤼드가 그 계집애들에게 읽기와 자
질구레한 일들을 가르쳐서, 그 애들이 벌써 그런 일에 꽤 익숙해
져 있다.

곳간*의 따뜻한 분위기에 들어갈 때마다, 나는 얼마나 많은 휴
식과 위안을 느꼈으며, 그리고 때때로 2, 3일 동안 거기에 가지 못
하고 지내면 얼마나 심하게 허전함을 느꼈던가! 물론 드 라 M 양
은 돌보는 데 곤란하거나 괴로워하는 일 없이 제르트뤼드와 그 세
명의 어린 기숙생을 집에 데리고 있을 수 있었다. 세 명의 하녀가
대단히 헌신적으로 그녀를 도와서, 그녀는 피로를 덜 수 있었다.
한데 재산과 여가가 이보다 더 가치 있게 쓰인 적이 있다고 말할
수 있을 것인가? 언제나 루이즈 드 라 M은 가난한 사람들을 많이
돌봐 왔다. 그녀는 오직 이 지상에 몸을 바쳐 사랑하기 위해서만
살도록 태어난 것처럼 보이는 깊은 종교적인 영혼의 소유자이다.
레이스 장식 모자 밖으로 비친 머리칼이 이미 거의 백발이지만,
그녀의 미소보다 더 순진하고, 그녀의 몸짓보다 더 조화롭고, 그
녀의 목소리보다 더 음악적인 것은 아무 것도 없다. 제르트뤼드는

그녀의 태도, 그녀의 말하는 방식, 그리고 그녀의 목소리뿐만 아니라 사고(思考)와 인간 전체에서 배어 나오는 일종의 억양까지 다 제 것으로 만들었다. 나는 그들 둘이 서로 닮았다고 농담을 하지만, 둘 중 누구도 그것을 인정하지 않는다. 내가 그녀들 곁에 좀 늦게까지 머물 시간이 있을 때면, 제르트뤼드가 친구의 어깨에 이마를 기대거나, 또는 그녀의 양손에 자기 손 하나를 맡기고 두 사람이 나란히 앉아서, 내가 읽어 주는 라마르틴이나 위고의 시 몇 구절에 귀 기울이는 모습을 보는 것이 얼마나 즐거웠던가! 그 두 사람의 투명한 영혼에서 그 시의 반영을 보는 것 또한 얼마나 즐거웠던가! 어린 생도들조차 거기에 무감각하지 않았다. 평화와 사랑의 분위기에 둘러싸인 그 어린이들은 놀랍게 발전하여 주목할 만한 진보를 이룬다. 루이즈 양이 처음에 즐거움과 건강을 위해 그 애들에게 춤을 가르치겠다고 말했을 때, 나는 빙그레 웃기만 했다. 그러나 오늘에 와서는, 불행히도 그녀들 자신이 감상할 수는 없지만, 그녀들이 하기에 이른 동작의 율동적인 우아함에 나는 감탄을 금치 못한다. 그렇지만 루이즈 드 라 M은 나를 설득하기를, 비록 그녀들이 보지는 못하더라도, 그 동작의 조화를 근육을 통해 인지한다고 말한다. 제르트뤼드도 매력적인 우아함을 보이며 기꺼이 그 춤에 참여하여, 거기에서 누구보다도 생생한 즐거움을 느낀다. 때로는 루이즈 드 라 M이 직접 어린이들의 놀이에 참여하는데, 그럴 때면 제르트뤼드가 피아노 반주를 맡는다. 그녀의 음악 실력 향상은 실로 놀라운 것이었다. 지금은 그녀가 일요일마다 교회의 풍금 반주를 맡는데, 짧은 즉흥곡으로 찬송가에 전주(前奏)를 할 수 있게까지 되었다.

매주 일요일 그녀는 우리 집에 와서 점심 식사를 한다. 제르트 뤼드와 우리 애들의 취미가 나날이 달라짐에도 불구하고, 우리 애들은 그녀를 즐겨 맞는다. 아멜리도 지나친 신경과민을 보이지 않아 식사는 별 탈 없이 끝난다. 식사 후에는 가족 전체가 제르트뤼드를 배웅해 가서 **곳간**에서 간식을 든다. 루이즈 양은 우리 애들을 몹시 귀여워하고 맛있는 것도 많이 주어서 애들에게는 그날이 축제와도 같다. 아멜리 자신도 친절한 배려에는 마냥 무감각할 수 없어서, 마침내 얼굴이 펴져 아주 젊어 보이게 된다. 앞으로는 그녀가 자기 생활의 무미건조한 나날의 흐름에서 그러한 휴식이 없이 지내기가 힘들 것이라고 나는 생각한다.

5월 18일

이제 좋은 날씨가 되돌아와서, 나는 다시 제르트뤼드를 데리고 외출할 수 있게 되었는데, 그건 아주 오래간만의 일이다(왜냐하면 최근에 또다시 몇 레나 눈이 내려서, 며칠 전까지만 해도 길 상태가 형편없었기 때문이다). 내가 그녀와 단 둘이만 있어 본 것도 꽤 오랜만의 일이다.

우리는 빠른 걸음으로 걸었다. 강한 바람에 그녀의 두 볼이 붉어졌고, 그녀의 금발이 끊임없이 얼굴에 나부꼈다. 이탄광(泥炭鑛)을 따라 걸어가다가 나는 꽃핀 등심초 몇 포기를 꺾어 그 가지를 그녀의 베레모 아래에 꼽고, 떨어지지 않도록 그녀의 머리카락과 함께 땋아 주었다.

우리는 다시 단 둘이만 있게 된 데 마음이 동요되어, 한참 동안 거의 얘기를 나누지 않고 있었는데, 제르트뤼드가 갑자기 그녀의 시선 없는 얼굴을 나에게로 돌리더니 이렇게 물었다.

"자크가 아직도 저를 사랑하고 있을까요?"

"그 애는 너를 단념하기로 작정했어." 내가 즉시 대답했다.

"그런데 목사님이 저를 사랑하는 것을 그가 안다고 생각하세요?" 그녀가 다시 물었다.

내가 앞에 기록한 바 있는 지난여름의 대화 이후로, (나 자신도 의아한 일이지만) 우리들 사이에 다시는 사랑에 관한 말이 한 마디도 오가지 않고 6개월 이상의 세월이 흘러갔다. 이미 말한 것처럼, 우리 둘만 있었던 적이 결코 없었으며, 또 그것이 우리에게는 더 나았던 것이다. 그런데 제르트뤼드의 질문이 너무나 심하게 내 가슴을 고동치게 해서 나는 걸음을 약간 늦춰야만 했다.

"아니 제르트뤼드야, 내가 너를 사랑하는 거야 누구나 다 알고 있지 않니." 나는 외쳤다. 그녀는 속아 넘어가지 않았다.

"아니에요, 아니에요. 목사님은 제 질문에 대답해 주시는 게 아니에요."

그녀는 잠시 입을 다물고 있더니, 고개를 숙인 채, 말을 계속했다.

"아멜리 아주머니는 그걸 알고 계세요. 그리고 그 때문에 아주머니가 슬퍼하시는 것도 저는 알고 있어요."

"그렇지 않아도 우울한 사람인걸 뭐. 우울한 것은 아주머니의 기질일 거야." 나는 좀 자신 없는 목소리로 항변하였다.

"오! 목사님은 언제나 저를 안심시키려고만 하세요." 그녀는 좀 초조한 기색으로 말했다. "하지만 저는 꼭 안심하기를 바라지 않아요. 제가 불안해하거나 또는 마음 아파 할까 봐서, 목사님이 제게 숨기시는 것이 얼마나 많은지 저는 다 알고 있어요. 제가 모르고 지내는 것이 하도 많아서, 때로는……."

그녀의 목소리가 점점 더 낮아졌다. 숨이 가쁘기라도 한 듯 그녀는 마침내 말을 멈추었다. 그래서 내가 그녀의 마지막 말을 받아서 물었다.

"때로는 어떤데?……"

"때로는 제가 목사님 덕분에 얻게 된 행복 모두가 무지(無知)에 근거해 있는 것처럼 보이기도 해요." 그녀가 슬프게 대답했다.

"그런데, 제르트뤼드……."

"아니, 제 말을 들어주세요. 저는 그런 행복은 원하지 않아요. 저를 이해해 주세요……. 저는 꼭 행복해지고 싶은 게 아녜요. 그보다 저는 알고 싶어요. 많은 것들, 분명히 슬픈 많은 것들을 제가 볼 수 없다고 해서, 제가 모르도록 내버려두실 권리는 목사님에게 없을 거예요. 저는 지난겨울 몇 달 동안 오래 오래 생각해 보았어요. 저는 두려워요, 목사님, 이 세상 전체가 목사님이 저에게 믿게 해주신 것만큼 그렇게 아름다운 것이 아니지 않은가, 심지어 아주 다른 것은 아닌가 하고 말이에요."

"인간이 자주 이 세상을 더럽힌 것은 사실이야." 나는 불안스럽게 결론지었다. 나는 그녀의 사고의 비약이 걱정스러워서, 전혀 성공의 가능성을 믿지 않으면서도 그녀의 생각을 다른 데로 돌리려고 애썼다. 그녀는 마치 나의 그 몇 마디 말을 기다리고 있었던 것 같았다. 쇠사슬을 잇는 마지막 고리를 낚아채듯 나의 그 말을 가로채어 그녀가 이렇게 외쳤던 것이다.

"바로 그 말씀 말인데, 저는 확실히 그런 악에 가세하지 않는 사람이 되고 싶어요."

오랫동안 우리는 침묵을 지키며 계속해서 빨리 걸었다. 내가 그녀에게 말할 수 있는 것은 무엇이건 그녀가 이미 생각하고 있을 것 같은 느낌이 들었다. 나는 우리 두 사람의 운명이 달려 있는 어떤 말을 촉발하게 되지나 않을까 두려웠다. 그리고 어쩌면 그녀가 시력을 회복할 수도 있으리라는 마르탱의 말을 생각하면서, 나는 커다란 고뇌가 내 가슴을 죄는 것 같은 느낌이었다.

"목사님께 여쭤 보고 싶었는데요, 하지만 어떻게 말을 꺼내야 할지 모르겠어요……" 그녀가 이윽고 입을 열었다.

내가 그 말을 듣기 위해 용기를 필요로 했듯이, 분명히 그녀는 그 말을 하기 위해 모든 용기를 동원했을 것이다. 그러나 그녀를 괴롭히고 있던 이 질문을 내가 어찌 예상이나 할 수 있었겠는가?

"장님의 아이들은 꼭 장님으로 태어나나요?"

나는 이 대화가 우리 둘 중 누구를 더 고통스럽게 했는지 모르겠다. 그러나 이제 계속하는 수밖에 없었다.

"아냐, 제르트뤼드, 아주 특별한 경우 말고는 그렇지 않아. 그렇게 될 이유가 전혀 없지 않니." 내가 그녀에게 말했다.

그녀는 아주 안심하는 기색이었다. 이번에는 왜 나에게 그런 질문을 하는지 내가 그녀에게 물어보고 싶었다. 그러나 나는 그럴 용기가 없어서 서투르게 말을 이어 갔다.

"그렇지만, 제르트뤼드, 아이를 가지려면 결혼을 해야만 해."

"그런 말씀 마세요, 목사님. 그렇지 않다는 걸 저는 알아요."

"나는 너에게 말하기에 온당한 것을 말한 거란다." 나는 항변했
다. "그렇지만 실상 자연의 법칙은 인간과 하나님의 법칙이 금지
하는 것을 허용하기도 하지."

"하나님의 법칙은 바로 사랑의 법칙 그 자체라고 목사님은 저에
게 자주 말씀하셨어요."

"여기서 말하는 사랑은 자비라고 불리기도 하는 그런 사랑이 아
니야."

"목사님은 자비심으로 저를 사랑하는 거지요?"

"그렇지 않다는 것을 잘 알지 않니, 제르트뤼드야."

"그렇다면 우리의 사랑이 하나님의 법칙에서 벗어난다고 생각
하시는 거죠?"

"무슨 뜻에서 하는 말이냐?"

"아니, 잘 아시잖아요, 그건 제가 말할 게 아니죠."

나는 적당히 얼버무리려 했으나 허사였다. 내 논법의 패주를 알
리는 퇴각의 북소리마냥 내 가슴은 고동쳤다. 나는 정신없이 소리
쳤다.

"제르트뤼드…… 너는 네 사랑이 죄스럽다고 생각하니?"

"아니 **우리의** 사랑이죠……. 저는 그렇게 생각해야 할 것 같아요."

"그러면?……"

나는 내 목소리에 애원 비슷한 것이 배어 있음을 느꼈다. 반면

에 그녀는 숨도 돌리지 않고 말을 이어 갔다.

"그러나 저는 계속 당신을 사랑하지 않을 수 없을 거예요."

이 모든 것은 어제 일어난 일이다. 처음에 나는 이것을 쓰는 것을 주저하였다……. 산책이 어떻게 끝났는지 나는 더 이상 모르겠다. 우리는 도망치듯 급한 걸음으로 걸었으며, 나는 그녀의 팔을 내 몸에 꼭 끼고 있었다. 나는 얼마나 얼이 빠진 상태였던지, 길거리에 조그만 돌멩이 하나라도 있었다면, 우리는 둘 다 땅바닥에 넘어져 굴렀을 것처럼 생각되었다.

5월 19일

마르탱이 오늘 아침에 다시 왔다. 제르트뤼드가 수술이 가능하다는 것이다. 루가 그렇게 확언하며, 제르트뤼드를 얼마 동안 그에게 맡기도록 요구한다고 했다. 나는 그것에 반대할 수가 없지만, 그러나 좀 생각할 여유를 달라고 어정쩡하게 부탁하였다. 나는 그녀에게 서서히 마음의 준비를 시킬 수 있도록 요청한 것이다……. 내 가슴이 기쁨으로 뛰어야 할 텐데, 오히려 이루 말할 수 없는 괴로움으로 무겁게 짓눌리는 느낌이다. 제르트뤼드에게 시력이 회복될 수 있다는 것을 알려줄 생각을 하니, 통 용기가 나지 않는다.

5월 19일 밤

나는 제르트뤼드를 다시 보았으나, 그녀에게 아무 말도 하지 않았다. 오늘 저녁 **곳간**에는 살롱에 아무도 없었기 때문에, 나는 그녀의 방에까지 올라갔다. 우리 둘만 있었다.

나는 오래 동안 그녀를 내 품에 꼭 껴안았다. 그녀는 피하려는 몸짓을 전혀 하지 않았고, 그녀가 나를 향해 이마를 쳐들었기 때문에, 우리의 입술은 자연스럽게 맞닿았다⋯⋯.

5월 21일

주여, 이처럼 깊고 이처럼 아름다운 밤을 만드신 것은 저희를 위해서이나이까? 저를 위해서이나이까? 대기는 온화하고, 열려 있는 저의 창문으로 달빛이 스며들며, 저는 하늘의 무한한 정적에 귀 기울이나이다. 오! 그 안에서 제 마음이 말 없는 황홀 속으로 녹아드는, 주님이 창조하신 모든 삼라만상에 대한 이루 형언할 수 없는 경탄이여. 저는 그저 정신없이 기도드릴 수밖에 없나이다. 사랑에 한계가 있다면, 하나님, 그것은 당신의 것이 아니옵고, 인간의 것이옵니다. 저의 사랑이 비록 인간들의 눈에는 죄로 보인다 할지라도, 오 하나님! 당신의 눈에는 그것이 성스러워 보인다고 말씀하여 주옵소서.

저는 죄악의 관념을 넘어서 보려고 애씁니다. 그러나 죄악은 저에게 견딜 수 없는 것으로 보이며, 저는 결코 그리스도를 저버리고 싶지 않습니다. 아닙니다, 제르트뤼드를 사랑하오나, 저는 죄악을 범할 수는 없습니다. 그러나 제 심장 자체를 도려내지 않고서는 제 마음에서 이 사랑을 떼어 낼 수 없사오니, 이 어찌 된 일이오니까? 제가 그녀를 더는 사랑하지 않게 된다 할지라도, 저는 그녀를 위해 자비심으로 사랑해야 할 것입니다. 그녀를 더 이상 사랑하지 않는다는 것은 그녀를 배반하는 일이 될 것입니다. 그녀는 저의 사랑이 필요하옵니다…….

주여, 저는 더 이상 모르겠나이다……. 저는 당신밖에는 모르겠나이다. 저를 인도하여 주옵소서. 때때로 저는 어둠 속으로 빠져드는 것 같사오며, 그녀에게 돌려주려는 시력이 저에게서는 빠져나가는 것 같사옵니다.

제르트뤼드는 어제 로잔의 병원에 입원하였는데, 20일 후에나 거기서 나올 것이다. 나는 극도의 불안을 느끼며 그녀의 귀환을 기다린다. 마르탱이 그녀를 우리에게 데려다 줄 것이다. 지금부터 그때까지 자기를 보러 오지 말도록 그녀는 나의 약속을 받아 냈다.

5월 22일

마르탱의 편지. 수술이 성공했다. 하나님을 찬양할지어다!

5월 24일

여태껏 나를 보지 않고 나를 사랑했던 그녀에게 보이게 된다는 생각 — 그 생각이 나에게 견딜 수 없는 당혹감을 야기한다. 그녀는 나의 모습을 알아볼 것인가? 난생 처음으로 나는 불안하게 거울을 들여다본다. 만약 그녀의 시선이 그녀의 마음보다 덜 너그럽고, 그녀의 마음보다 사랑이 약하다는 것을 내가 느끼게 되면, 나는 어찌 될 것인가? 주여, 때때로 저는 주를 사랑하기 위해서 그녀의 사랑이 필요한 것처럼 보입니다.

5월 27일

과중한 일 때문에 지난 며칠간 나는 지나친 초조함 없이 지낼 수 있었다. 나 자신을 잊게 해줄 수 있는 일이면 무엇이건 고마운 것이다. 그러나 하루 종일, 무엇을 하건, 그녀의 영상이 나를 떠나지 않는다.

그녀는 내일 돌아올 것이다. 금주 한 주 동안 좋은 기분으로만 나를 대하며, 떠나 있는 사람을 나에게 잊게 하려고 노력하는 듯이 보이던 아멜리는 지금 아이들과 함께 그녀의 귀환 축하연을 준비하고 있다.

5월 28일

가스파르와 샤를로트는 숲과 풀밭에 가서 그들이 찾아낸 꽃이란 꽃은 다 꺾어 왔다. 늙은 로잘리 아줌마는 기념 케이크를 만들고, 사라가 거기에 무슨 금종이 장식을 꾸민다. 우리는 오늘 정오에 돌아올 그녀를 기다리고 있다.

나는 이 기다림의 시간을 보내기 위해 글을 쓰고 있다. 지금은 11시다. 나는 매순간마다 머리를 처들고 마르탱의 차가 다가올 길쪽을 바라본다. 나는 그들을 마중 나가는 것을 억지로 참는다. 아멜리를 생각해서도 그렇지만, 나의 환영을 식구들과 따로 하지 않는 편이 좋을 것이다. 내 마음이 달음질친다……. 아! 그들이 왔구나!

나는 어떤 끔찍한 어둠 속에 빠져드는가!

불쌍히 여겨 주옵소서, 주여, 불쌍히 여겨 주옵소서! 저는 그녀를 사랑하는 것을 포기하겠나이다. 그러나 주여, 그녀가 죽지 않게 해주옵소서!

내가 두려워했던 것이 옳았단 말인가! 그녀는 무슨 일을 저질렀던가? 그녀는 무슨 짓을 하기를 원했던가? 아멜리와 사라는 드라 M양이 기다리고 있는 **곳간**의 문 앞까지 그녀를 데려다 주었다고 나에게 말했다. 그렇다면 그녀는 다시 나오고자 했던 것인가……. 대체 무슨 일이 일어났던가?

나는 생각을 좀 가다듬어야겠다. 사람들이 나에게 들려준 이야기들은 이해할 수 없거나, 모순된 것들이다. 모든 것이 내 머릿속에서 뒤죽박죽이다……. 드 라 M 양의 정원사가 의식이 없는 그녀를 막 **곳간**으로 데려왔다. 그의 말에 따르면, 그녀는 강을 따라 걷다가, 정원의 다리를 건넌 다음, 몸을 숙이더니, 시야에서 사라졌다는 것이다. 정원사는 응당 달려가야 했겠지만, 그러나 처음에 그녀가 강에 떨어진 줄 몰랐기 때문에 달려가지 않았던 것이다. 그는 물에 떠밀려 온 그녀를 작은 수문 근처에서 발견했다. 조금 후 내가 그녀를 다시 보았을 때, 그녀는 의식을 회복하지 못하고 있었다. 적어도 의식을 다시 잃은 것이었다. 왜냐하면 즉시 정성스럽게 보살핀 덕분으로 그녀는 잠시 의식이 돌아왔기 때문이다. 다행스럽게도 마르탱이 아직 돌아가지 않았지만, 그는 그녀가 빠져 있는 그 혼미와 무기력 상태를 잘 이해하지 못하겠다고 한다. 그는 그녀에게 질문을 해보았으나 소용이 없었다. 그녀는 아무 소리도 듣지 못하거나, 또는 입을 다물기로 결심이라도 한 것 같았다. 그녀의 호흡이 몹시 곤란하여, 마르탱은 폐충혈을 걱정한다. 그는 찜질 연고와 흡각(吸角)을 붙여 놓고 내일 다시 오기로 약속했다. 우선 그녀를 소생시키는 데 전념하는 동안 그녀의 젖은 옷을 너무 오랫동안 입힌 채 놓아둔 것이 실수였다. 강물은 얼음같이 차갑다. 그녀에게서 몇 마디 말이라도 들을 수 있었던 유일한 사람인 드 라 M 양의 주장에 따르면, 그녀는 강 이쪽 편에 무더기로 자라는 물망초를 꺾으려 하다가, 아직 거리 측정에 서툴러서이든, 아니면 물위에 떠 있는 꽃 더미를 단단한 땅으로 착각해서이든, 갑자기 발을 헛디뎠다는 것이었다……. 내가 그 말을 그대로 믿을 수 있다면 좋으련만! 그것이 단순히 우연한 사건이라고 납득할 수 있다면, 내 마음을 짓누르는 무거운 짐에서 놓여날 수 있으련만! 식사는 매우 즐거운 것이었지만, 식사하는 동안 내내 그녀에게서 사라지지 않던 야릇한 미소가 나를 불안하게 했다. 그것은 여태까지 그녀에게서 보지 못했던 억지 미소였지만, 나는 그것이 새로 눈을 뜨게 된 데서 오는 미소라고 믿으려고 애썼다. 그것은 마치 눈물처럼 그녀의 두 눈으로부터 얼굴로 흘러내리는 것처럼 보이는 미소였는데, 그것을 보고 있노라면 다른 사람들의 속된 즐거움이 내 마음을 상하게 했다. 그녀는 즐거움에 끼어들지 않았다. 그녀는 어떤 비밀을 발견하기라도 한 것 같았는데, 만약 내가 그녀와 단 둘이 있었다면 아마 그녀가 나에게 그것을 털어놓았을지도 모른다. 그녀는 거의 말을 하지 않았다. 그러나 그것이 놀랄 일도 아니었다. 왜냐하면 다른 사람들 곁에서, 특히 그들이 떠들썩할수록, 그녀는 조용히 있는 것이 다반사였으므로.

주여, 간청하오니, 그녀에게 말을 할 수 있도록 허락해 주옵소서. 저는 알아야 하옵니다. 그렇지 않으면 제가 어찌 계속 살아갈 수 있겠나이까?…… 그런데, 만약 그녀가 더 이상 살기를 원하지 않았다면, 그것은 바로 그녀가 **알았기** 때문인가? 무엇을 알았단 말인가? 제르트뤼드, 나의 친구여, 당신은 도대체 어떤 무서운 사실을 알았는가? 도대체 내가 어떤 치명적인 것을 당신에게 숨겼기에, 당신이 갑자기 그것을 볼 수 있었단 말인가?

그녀의 이마, 그녀의 창백한 뺨, 형용할 수 없는 슬픔을 머금은 채 다시 감겨진 그녀의 섬세한 눈꺼풀, 아직 젖은 채로 해초처럼 베개 위에 흩어져 있는 그녀의 머리털에서 눈을 떼지 않고서 — 고르지 않은 답답한 그녀의 숨소리를 들으면서, 나는 그녀의 머리맡에서 두 시간 이상을 보냈다.

5월 29일

오늘 아침 내가 막 **곳간**에 가려는 참인데, 루이즈 양이 나에게 와달라는 전갈을 보내 왔다. 제르트뤼드는 거의 편안한 상태로 하룻밤을 지낸 후, 마침내 마비 상태에서 벗어났다. 내가 방에 들어가자 그녀는 나에게 미소를 지어 보이더니 제 머리맡에 와 앉으라는 신호를 보냈다. 나는 감히 그녀에게 질문을 못했는데, 아마 그녀도 나의 질문이 두려웠는지, 모든 심정의 토로를 막으려는 듯 바로 나에게 말을 꺼냈다.

"제가 강가에서 꺾으려고 했던 하늘빛을 띈 그 작은 푸른 꽃들은 이름이 뭐예요? 목사님이 저보다 능숙하시니까, 저한테 그 꽃을 한 다발 만들어 주시지 않겠어요? 제가 그걸 여기, 제 침대 곁에 두고 싶어요……."

그녀 목소리의 일부러 꾸민 쾌활함이 내 마음을 아프게 했다. 아마 그녀도 그 사실을 깨달았는지, 이번에는 좀 더 엄숙하게 덧붙여 말하는 것이었다.

"오늘 아침에는 목사님과 얘기할 수 없겠네요. 저는 너무 피로해요. 저를 위해 그 꽃을 꺾으러 가주시겠죠, 네? 나중에 다시 와주세요."

한 시간 후, 물망초 한 다발을 들고 돌아오니, 제르트뤼드는 다시 잠이 들어서 저녁이 되기 전에는 나를 만날 수 없을 것이라고 루이즈 양이 말했다.

오늘 저녁 나는 그녀를 다시 만났다. 침대 위에 쌓아 놓은 방석들에 기대어 그녀는 거의 앉은 자세를 유지하고 있었다. 이제 가지런히 모아 이마 위로 땋아 올린 그녀의 머리에는 내가 그녀에게 갖다 준 물망초 꽃이 꽂혀 있었다.

그녀는 분명히 열이 있었고, 숨이 몹시 답답해 보였다. 그녀는 내가 내민 손을 뜨거운 제 손아귀에 꼭 쥐고 있었다. 나는 그녀 곁에 선 채로 있었다.

"목사님, 고백할 게 있어요. 오늘 저녁에 죽을지도 모르겠어서요." 그녀는 말했다. "오늘 아침에는 목사님께 거짓말을 했어요. 저는 꽃을 꺾으러 갔던 게 아니었어요……. 제가 죽으려고 했다고 말씀 드려도 저를 용서해 주시겠어요?"

나는 그녀의 가냘픈 손을 내 손에 쥔 채로, 그녀의 침대 곁에 무릎을 꿇고 주저앉았다. 그러나 그녀는 손을 빼더니, 그녀에게 내 눈물을 감추고 또 내 흐느낌 소리를 죽이려고 침대 시트 속에 내가 얼굴을 파묻고 있는 동안, 내 이마를 쓰다듬기 시작했다.

"그건 아주 나쁘다고 생각하시죠?" 그녀는 다정하게 물었다. 그리고 내가 아무 대답을 하지 않자 계속해서 말했다.

"목사님, 목사님, 잘 아시다시피 저는 당신의 마음과 당신의 삶 속에 너무 많은 자리를 차지하고 있어요. 제가 당신 곁으로 되돌아왔을 때, 저는 즉시 그것을 깨달았어요. 어쨌든 적어도 제가 차지하고 있는 자리가 다른 사람의 자리이고, 그분이 그 때문에 슬퍼하고 있다는 것도 알았어요. 그 사실을 더 일찍 깨닫지 못한 것이 제 죄예요. 아니면 그것을 벌써부터 잘 알고 있으면서도, 여전히 당신의 사랑을 받아들인 것이 죄지요. 그런데 갑자기 그분의 얼굴이 제 시야에 드러났을 때, 가엾은 그분의 얼굴에서 그토록 큰 슬픔을 보았을 때, 그 슬픔이 제 탓이라는 생각을 하니 견딜 수가 없었어요……. 아니에요, 아니에요, 자책하지 마세요. 저를 떠나게 해주세요, 그리고 그분에게 기쁨을 돌려주세요."

내 이마를 쓰다듬던 손길이 멈추었다. 나는 그녀의 손을 잡고 키스와 눈물로 그 손을 뒤덮었다. 그러나 그녀는 참을 수 없다는 듯이 손을 뺐고, 새로운 번민으로 동요하기 시작했다.

"제가 말하려고 했던 건 그게 아니에요. 아니, 제가 하고 싶은 말은 그게 아니에요." 그녀가 되풀이 말했다. 땀이 그녀의 이마를 적시고 있었다. 그리고 그녀는 눈을 내리 감더니, 마치 자기 생각에 골몰하려는 듯, 아니면 본래의 눈먼 상태를 되찾기라도 하려는 듯, 한참 동안 눈을 감은 채 그대로 있었다. 처음에는 늘어지는 침통한 목소리였으나, 그녀가 다시 눈을 뜨자 이내 목소리가 높아지더니, 뒤이어 격렬할 정도로 들뜬 목소리로 그녀가 말했다.

"당신이 저에게 시력을 되찾아 주었을 때, 제가 처음 본 세상은 제가 꿈꾸었던 것보다 더 아름다웠어요. 그래요, 정말로 저는 햇빛이 그렇게 밝고, 대기가 그렇게 빛나고, 하늘이 그렇게 넓은지 상상하지 못했거든요. 그러나 저는 또 사람들 얼굴이 그렇게 수심에 차 있는 것도 상상하지 못했어요. 그리고 제가 목사님 댁에 들어갔을 때, 맨 처음 제 눈에 띈 게 무엇인지 아세요……. 아아! 아무래도 그 말을 해야겠어요. 제가 처음에 본 것, 그것은 우리의 과오, 우리의 죄였어요. 아니, '만일 소경이었던들, 죄 없으리라' 라는 말씀을 가지고 항변하지 마세요. 그러나 지금은 제 눈이 보이거든요……. 일어나세요, 목사님. 여기, 제 곁에 앉으세요. 막지 말고 제 말을 들어주세요. 제가 병원에서 지낼 때, 저는 성서 구절들을 읽었어요, 아니 누가 읽어 주었어요. 목사님이 읽어 준 적이 없어서 제가 아직 알지 못하던 구절들이었지요. 사도 바울의 한 절은 하루 종일 반복해서 지금도 기억이 나요. '전에 율법을 깨닫지 못했을 때에는 내가 살았더니 계명이 이르매 죄는 살아나고 나는 죽었도다.'"(로마 7:9)

그녀는 극도의 흥분 상태에서 아주 높은 목소리로 얘기했고, 더구나 마지막 구절은 거의 고함치다시피 외쳤기 때문에, 사람들이 밖에서 들을지도 모른다는 생각에 나는 몹시 난처했다. 뒤이어 그녀는 다시 눈을 감더니, 혼잣말을 중얼거리듯 이 마지막 구절을 되풀이했다.

"죄는 살아나고 — 나는 죽었도다."

나는 일종의 두려움으로 심장이 얼어붙는 것 같아 전율했다. 나는 그녀의 생각을 다른 데로 돌리고 싶었다.

"누가 너에게 그 구절들을 읽어 주었니?" 내가 물었다.

"자크예요." 그녀가 다시 눈을 뜨고 나를 뚫어지게 쳐다보면서 말했다. "자크가 개종한 걸 알고 계셨죠?"

그건 너무 심한 얘기였다. 나는 더 이상 말하지 말라고 그녀에게 애원하려고 했으나, 그녀는 이미 말을 계속하고 있었다.

"목사님, 이 말을 들으시면 몹시 괴로우시겠지만, 그러나 우리 사이에 어떠한 거짓도 남아 있어서는 안 됩니다. 제가 자크를 보았을 때, 제가 사랑한 사람은 당신이 아니라는 것을 저는 불현듯 깨달았어요. 그건 자크였어요. 그는 바로 당신의 얼굴을 갖고 있었어요. 다시 말해 당신의 얼굴이라고 제가 상상했던 얼굴 말예요……. 아아! 왜 저한테 그 사람을 물리치게 하셨어요? 저는 그 사람과 결혼할 수도 있었을 텐데……."

"하지만, 제르트뤼드, 너는 아직도 할 수 있어." 나는 절망적으로 소리쳤다.

"그 사람은 사제가 되겠대요." 그녀가 맹렬한 어조로 말했다.

그러더니 흐느끼며 그녀는 몸을 떨었다. "아! 저는 그이에게 고백이라도 하고 싶어요⋯⋯." 그녀는 정신 나간 상태로 신음하듯 중얼거렸다⋯⋯. "저에게는 이제 죽음밖엔 남아 있지 않다는 것을 잘 아시겠죠. 목이 말라요. 누굴 좀 불러 주세요. 숨이 막히네요. 저를 혼자 내버려둬 주세요. 아아! 당신에게 이렇게 털어놓고, 마음의 짐을 덜 수 있길 바랐는데. 떠나세요. 이제 헤어져요. 당신을 보는 것을 더 이상 견딜 수 없어요."

나는 그녀를 남겨 두고 나왔다. 나는 드 라 M 양을 불러 나 대신 그녀 곁을 지켜 주도록 부탁했다. 그녀의 극도의 흥분 상태가 갖가지 걱정을 자아냈으나, 내가 자리를 지키는 것이 그녀의 상태를 오히려 악화시킨다는 점을 생각하지 않을 수 없었다. 나는 그녀의 상태가 더 나빠지면 알려 주도록 당부하였다.

5월 30일

아 슬픈 일이다! 이제 영원히 잠든 모습의 그녀밖에는 보지 못하게 되었다. 기진맥진하여 정신착란의 상태로 하룻밤을 보낸 후, 그녀는 오늘 아침 동틀 무렵 세상을 떠났다. 제르트뤼드의 마지막 청에 따라, 드 라 M 양이 친 전보를 받고 자크가 도착한 것은 그녀의 임종 몇 시간 뒤였다. 아직 시간이 있을 때 신부를 부르지 않았다고 그는 혹독하게 나를 비난했다. 그렇지만 내가 어떻게 그렇게 할 수 있었겠는가. 로잔에 머무는 동안, 분명히 자크의 성화로 그랬겠지만, 제르트뤼드가 가톨릭으로 개종한 것을 나는 여태까지 모르고 있었던 것이다. 그는 자기 자신의 개종과 제르트뤼드의 개종을 동시에 나에게 알려 주었다. 이처럼 이들 두 사람은 한꺼번에 나에게서 떠나간 것이다. 살아 있는 동안 나로 인하여 헤어져 있던 그들은 나를 피하여 하나님 안에서 둘이 결합하기로 계획한 것처럼 보였다. 그러나 나는 자크의 개종에는 사랑보다 논리적 이유가 더 많이 작용했을 것이라고 확신한다.

"아버지, 제가 아버지를 비난하는 것은 도리에 맞지 않겠지요. 그러나 아버지의 오류의 예(例)가 저를 인도했습니다." 그는 나에게 이렇게 말했다.

자크가 다시 떠나고 난 다음, 나는 아멜리 곁에 무릎을 꿇고 앉아, 나를 위해 기도해 달라고 청했다. 나는 도움이 필요했던 것이다. 그녀는 단지 '우리 아버지시여……'만을 암송해 주었지만, 성서 구절을 암송하는 사이사이에 흐르는 긴 침묵의 순간들은 우리의 간절한 애원으로 가득 찼다.

나는 기도하기를 원했으나, 내 마음은 사막보다 더 메마른 것 같은 느낌이었다.

13 "르아브르" : 프랑스의 항구 도시.

18 "마르티니크" : 서인도제도의 프랑스령 화산도.

23 "베아트리체" : 단테의 연인으로 알려진 이탈리아 피렌체의 귀부인.

29 "누가 13:24" : 원문에 없는 성서 구절의 전거는 〔 〕로 표시한다. 번
    역은 『개역개정판』을 따랐다.

67 "스윈번" : Algernon C. Swinburne (1837~1909). 영국의 시인, 비
    평가.

70 "칸초네" : 14~18세기 이탈리아에서 유행한 서정시.

80 "에우포리온" : Euphorion (BC 3세기). 그리스의 학자이자 시인.

92 "사우샘프턴" : 잉글랜드 남쪽 끝 항구도시.

96 "코르네유" : Pierre Corneille (1606~1684). 프랑스의 극작가, 시인.
    "예레미야" : 유대 왕국 최후의 예언자.

99 "라신" : Jean B. Racine (1639~1699). 프랑스의 시인, 극작가.

108 "말브랑슈" : Nicolas de Malebranche (1638~1715). 프랑스의 철학자
    이며 신학자.
    "오드" : 서정 단시.

109 "롱사르" : Pierre de Ronsard (1524~1585). 16세기의 가장 중요한

프랑스의 시인의 하나.

144 "마사치오" : Tommaso Masaccio (1401~1428). 르네상스에로의 첫
걸음을 내디뎠던 이탈리아의 화가.

146 "장세니즘" : 인간의 자유의지를 무시하고 신의 은총을 절대시하는 얀
센파의 교리.

147 "정적주의자" : 17세기 클리노스에게서 비롯된 신비적 그리스도교의
교도.

168 "오르페우스" : Orpheus. 그리스 신화에 나오는 하프의 명수.

175 "라 브뤼예르" : Jean de La Bruyère (1645~1696). 프랑스의 모럴리
스트, 작가.

214 "콩디야크" : Etíenne Bennet de Condillac (1715~1780). 프랑스 계
몽주의 시대 철학자로서『감각론』등의 많은 저작이 있음.

233 "근심하지 말라" : 실제로 이 말은 누가복음 12:29에 나온다.

260 "로마 7:13" : 성서 구절의 전거가 원문에 밝혀져 있는 경우는 (　)로
표시.

261 "라 로슈푸코" : François de La Rochefoucauld (1613~1680).『잠
언집』의 저자로 유명한 프랑스의 작가.

264 "아미엘" : Henri Frédéric Amiel (1821~1881). 스위스의 작가, 철학자.

266 "곳간" : 루이즈 양의 집을 일컫는 명칭.

앙드레 지드의 고전적 소설 『좁은 문』과 『전원 교향곡』

이동렬(서울대 불문과 교수)

앙드레 지드(André Gide)는 20세기 프랑스 문학의 거의 모든 흐름을 포괄하는 풍부하고 다양한 의미의 작품 세계를 펼쳐 보인 대표적인 프랑스 현대 작가 중 한 사람이다. 문학의 여러 장르에 걸쳐 그가 써낸 60여 편 이상의 저작에서 우리는 상징주의 미학에서부터 참여 문학에 이르기까지 20세기 프랑스 문학의 거의 모든 특징을 현재적(顯在的) 또는 잠재적 형태로서 발견할 수 있다. 또한 유명한 문예지 『신프랑스지(*Nouvelle Revue Française*)』를 창간하여 주도한 프랑스 문단의 지도자로서, 『도스토에프스키론(*Dostoïevsky*)』, 『오스카 와일드론(*Oscar Wilde*)』 등을 써서 외국 문학을 프랑스에 새로운 각도에서 소개하고 부각시킨 평론가로서 지드의 공적과 영향은 실로 막대한 것이었다. 이제 지드의 문학사적 의미를 강조한다는 것은 부질없는 일에 불과하게 되었다. 그러나 그의 작품 세계를 간단히 해설한다는 것은 여전히 당혹감을 자아내는 일로 남아 있다. 그의 많은 작품들은 상이하고 때로는 모순되기까지 하는 수많은 요소들로 가득 차 있는 것으로 보이기 때문이다.

지드의 문학 세계 전반의 성격을 서둘러 성급히 규정하자면, 그의 문학은 인간성의 탐구라는 프랑스 문학의 가장 본질적인 전통에 합치된다고 말할 수 있을 것이다. 끊임없이 자아의 검토에 몰두했던 지드는 몽테뉴(Michel de Montaigne), 루소(Jean-Jacques Rousseau), 스탕달(Stendhal) 등으로 이어지는 프랑스 문학의 모랄리스트적 전통 속에서 자아의 고백을 말로 표현할 수 있는 한계까지 밀고 나갔으며, 그렇게 함으로써 인간에 대한 명석한 기술(記述)이라는 프랑스 문학의 속성을 더한층 풍요롭게 하는 데 기여한 작가였다. 지드의 문학은 나르시시즘에서 출발한 것이었지만 자아의 문제에 국한되지 않고 인류의 운명에 대한 너그러운 질문으로 나아갔으며, 신(神)과 종교적 구원의 문제에 집착하면서도 결국은 인간에 대한 존중과 확고한 휴머니즘의 입장을 강화하는 데 기여한 문학이었다. 요컨대 지드의 문학은 인간과 인간성의 탐구에 바쳐진 문학이라고 요약할 수 있을 것이다.

우리가 어떤 작가의 작품을 읽을 때 그 작가의 생애에 관심을 갖게 되는 것은 자연스러운 일이다. 더구나 작품이 한결같이 자아의 고백이라는 성격을 갖는 지드 같은 작가의 경우에는 작가의 생애가 작품을 이해하는 데 필요한 열쇠가 되기도 한다. 끊임없는 변모 속에서 자아에의 성실을 실현해 보인 지드의 생애는 그 자체가 인상적이기도 하려니와, 그의 다양한 작품 세계를 이해하기 위해서도 그의 생애는 알아야 할 필요가 있을 것이다.

앙드레 지드는 1869년 11월 22일 파리에서 출생하였다. 부친 폴 지드(Paul Gide)는 남불(南佛) 위제스(Uzès) 출생으로서 파리 법과 대학의 저명한 법학 교수였으며, 모친 쥘리에트 롱도 (Juliette Rondeaux)는 루앙(Rouen)의 상류 부르주아 가문 출신 이었다. 이처럼 남불 출신의 부계(父系)와 북불(北佛) 출신의 모계 (母系)에서 지드는 상이한 경향을 물려받았던 것으로 보이며, 그 자신이 자기의 사회적·가족적 기원의 상반성을 즐겨 강조하고 있다. 자서전『보리 한 알이 죽지 않으면(*Si le Grain ne Meurt*)』 에서 지드는 자신 속에 내재하는 상반성을 다음과 같이 얘기하고 있다.

나에게 상반되는 영향을 준 이 두 가족과 두 지방같이 서로 상이한 것은 없을 것이다. 나는 예술 작품을 만들지 않을 수 없었다. 오직 예술 작품으로써만 나는 내 속에 있는 너무나도 떨어져 있는 두 요소 간의 조화를 실현할 수 있기 때문이다.

어쨌든 지드는 자신의 내부에서 상충되는 두 요소가 대립되어 있는 것을 느꼈으며, 이 두 요소를 어떻게든 조화시켜 보려는 노력은 그의 문학의 중요한 한 특성을 이루고 있다.

지드는 부유한 집안의 독자(獨子)로서 평생 동안 궁핍을 모르는 유복한 환경을 누릴 수 있었다. 그에게 걱정이 있다면 막대한 재산의 관리가 가져오는 번거로움뿐이었다. 이러한 유복한 처지 덕분에 지드는 직업을 가져야 할 필요성에서 해방되어, 물질적 성공에는 신경을 쓰지 않고 일찍부터 글을 쓰려는 자신의 취향에 몰두할 수 있었다. 부유한 부르주아로서의 지드는 궁핍한 사람들에 대한 그의 동정심이 아무리 큰 것이라 할지라도 자기 시대를 뒤흔든 사회적 투쟁에 하나의 방관자 역할에 머물 수밖에 없었다. 60세가 넘어 그가 사회적 불의를 고발하는 열렬한 사회 참여의 작가로 변신한 것은 평생 동안 먹고 살기 위해 땀 흘려 일해 본 적이 없다는 자신의 처지에 대한 마음 아픈 각성을 반영하고 있다.

지드는 부계와 모계로부터 다 같이 엄격한 프로테스탄트적 전통을 물려받았다. 지드의 부계는 대대로 프로테스탄트 집안이었으며, 모계인 롱도 가문은 본래 가톨릭 집안이었으나 오래 전부터 가톨릭적 전통과 유리되어 있었다. 지드 자신은 모계의 가톨릭적 전통을 회상록 속에서 강조하여 자신이 물려받은 상반된 기원을 부각시키고 있기는 하지만, 지드의 모친은 엄격한 칼뱅주의의 신앙과 교리 속에서 자라난 철저한 청교도적 모럴의 소유자였다. 지드는 어려서부터 청교도적 분위기와 신교의 성직자들에 둘러싸여 생활했으며, 어머니의 엄격한 청교도적 모럴에 의해 교육되었다. 부르주아적 관례 추종과 결합된 지드 모친의 청교도적 모럴은 신교 전래의 자유로움과는 달리 규칙과 법칙의 권위에 충실한 대단히 엄격한 성격을 띤 것이었다. 『보리 한 알이 죽지 않으면』에서 지드는 어머니의 율법주의적 도덕관을 이렇게 기술하고 있다.

어머니는 어린애인 나를 히브리 백성에 비유하시며, 은총 속에서 살기 이전에 율법 하에서 사는 것이 좋다고 단언하시던 것이 잘 기억 난다.

이러한 모친의 교육은 지드로 하여금 종교를 주로 구속적인 측면과 권위에의 복종의 원리로서 경험하게 만들었다. 지드의 유년 시절은 이와 같은 프로테스탄트적 교육으로 깊이 흔적지어져 있으며, 그러한 엄격한 교육은 후에 가서 지드의 심리적·도덕적 갈등의 주요한 원천이 되는 것으로 보인다. 우리는 지드의 작품에서 청교도적 순결에 대한 갈구와 아울러 일체의 구속에서 벗어난 충동적이고 본능적인 삶에의 갈망이 동시에 드러나는 것을 볼 수 있다.

지드는 허약하고 섬세한 체질을 타고 났으며, 거의 병적이라고 할 만큼 상처받기 쉬운 감성의 소유자였다. 이러한 체질과 감수성은 어린 시절부터 자신은 남들과 같지 못하다는 괴로운 감정과 자의식을 그에게 불러 일으켰다. 학교생활에의 부적응 때문에 지드는 파리의 알자스 학원 및 몽펠리에 중학교 등을 단속적으로 잠깐씩 다닌 이외에는 정규적인 학교 교육을 거의 받지 않고, 지적(知的) 분위기의 가족적 환경 속에서 가정교사를 두고 자유롭게 공부해 나갔다. 1880년에 아버지가 돌아가신 후로는 지드는 어머니를 비롯해 종교적 분위기의 여인들에 둘러싸여 생활하게 된다.

"나는 갑자기 나의 생애에 새로운 방향을 발견했다⋯⋯"라고 지드가 말하고 있는 그의 생애에서 가장 중요한 사건은 그의 나이 15세 때에 일어났다. 그것은 지드보다 약 3년이 연상인 외사촌 누이 마들렌 롱도(Madelaine Rondeaux)에 대한 사랑의 발견이었다. "내가 존재함을 의식하고 진정으로 존재하기 시작한 것은 오직 그녀에 대한 나의 사랑에 의해 일깨워진 것으로 보인다"라고 지드는 쓰고 있는 것이다. 지드에게 있어서 마들렌은 우아함과 온화함과 직관적 지성과 선량함의 구현이었다. 상반된 경향으로 찢겨진 지드에게 그녀는 내면적 평화와 깊은 조화의 빛을 보여 주었다. 고상하고 섬세하고 신중하며 주위 사람들에게 헌신적이었던 외사촌 누이에 대한 지드의 사랑은 순수하고 신비적인 성격을 띤 것이었다. 어머니의 반대와 마들렌의 거듭된 거절에도 불구하고 『좁은 문(La Porte étroite)』의 결말과는 달리 지드는 1895년에 그녀와 결혼할 수 있었으며, 1938년에 그녀와 사별할 때까지 평생의 반려로 지냈다는 것을 우리는 알고 있다. 또한 이 결혼 생활은 육체관계가 배제된 정신적인 사랑만으로 일관된 생활이었다는 것도 우리는 지드 자신의 고백에 의해서 알고 있다. 이 신비롭고 숙명적인 사랑은 지드의 문학의 고갈될 줄 모르는 원천이었다. 『앙드레 왈테르의 수첩(Les Cahiers d'André Walter)』의 엠마뉘엘(Emanuèle), 『배덕자(L'Immoraliste)』의 마르슬린(Marceline), 『좁은 문』의 알리사(Alissa), 『전원 교향곡(La Symphonie pastorale)』의 아멜리(Amélie), 『여인들의 학교(L'Ecole des Femmes)』의 에블린(Eveline) 등은 마들렌의 분신 내지 그녀의 일면을 반영하는 여인상들인 것이다.

지드는 시인 루이(Pierre Louÿs), 발레리(Paul Valéry)와 사귀며, 말라르메(Stéphane Mallarmé)의 화요회에 일찍부터 드나들면서 상징주의 문학에 입문하였다. 1891년에는 상징주의적 이상에 입각한 지드의 첫 작품 『앙드레 왈테르의 수첩』이 익명으로 출판되었으나 별다른 주목을 받지는 못했다.

1893년 24세 되던 해 지드는 친구인 화가 로랑(Jean Paul Laurens)과 함께 요양차 아프리카의 튀니지로 떠났다. 떠날 때는 병들고 생명에 위태로움을 느끼고 있었으며, 죄에 대한 두려움으로 가득 찬 상태였으나, 2년 후인 1895년에 그는 병에서 완전히 회복되어 삶의 의욕으로 가득 차고, 육체적, 도덕적인 모든 금기로부터 해방감을 느끼는 상태로 귀국하였다. 이 2년간의 아프리카 체험은 엄격한 청교도적 모럴의 구속에서 자유롭고자 하는 자신의 다른 일면을 그에게 드러내 주었으며, 이 이후부터 그는 자신의 그러한 측면을 부인하거나 억제할 수 없게 된다. 이때의 경이로운 체험의 일단은 『배덕자』에 반영되고 있다. 그러나 관능적 쾌락에 중요한 의미를 부여하는 감각주의자로서의 지드와 청교도적 의식의 순결한 삶을 꿈꾸는 또 다른 지드는 여전히 대립되어 이 작가는 의식의 분열의 위기를 겪게 된다.

1차 대전 후 대단한 반향을 일으키고 젊은 세대에게 많은 영향을 끼쳤던 『지상의 양식(Les Nourritures Terrestres)』이 출판된 것은 1897년이었으나, 이 작품 역시 출판 당시에는 별로 주목의 대상이 되지 못했으며, 여러 번의 단절의 시기를 경험하며 그가 써낸 『배덕자』 등의 다른 작품들도 1909년 『좁은 문』이 나올 때까지는 이 작가를 소수의 애호자들에게만 둘러싸인 무명의 작가에서 벗어나게 하지 못했다. 지드를 갑자기 유명한 작가로 만든 작품은 대담하고 거리낌 없는 내용과 어조의 1914년작 『바티칸의 지하도(*Les Caves du Vatican*)』였다.

1차 대전 기간 동안 지드는 또 한 번 종교적인 갈등과 위기를 겪게 된다. 코포(Jacques Copeau), 리비에르(Jacques Rivière) 등 동료들이 가톨릭에 복귀한 것에 충격을 받은 지드는 한때 클로델(Paul Claudel)이나 잠(Francis Jammes) 같은 동시대의 작가들이 보여 준 종교에의 귀의를 생각하나, 마침내 일체의 종교적 율법을 거부하고 자신의 지적 · 도덕적 방황을 떳떳이 정당화하기에 이른다. 이러한 지드의 태도는 자기 아내와의 불화의 원인이 되기도 하나, 차후로 지드는 삶의 자세에 있어서나 작품 속에서 자신의 삶을 고백하는 데 있어서 더욱 대담한 길을 택하게 된다. 1919년에 나온 『전원 교향곡』은 '과거에 대한 마지막 부채'로부터의 해방을 의미하는 작품이기도 하였다.

1920년에 출판된 『보리 한 알이 죽지 않으면』은 지드가 처음으로 아무런 분식(粉飾) 없이 자신의 얘기를 한 작품이었다. 그리고 지드가 친구들의 만류를 무릅쓰고 1924년에 출판한 『코리동(*Corydon*)』은 동성애적 성향을 옹호한 것으로서 그 야릇한 대담성은 독자들의 호기심을 자극하면서 스캔들을 불러일으킨 작품이었다. 이후로는 지드에 대한 많은 비판과 공격이 따르게 된다. 그러나 '불안을 야기하는 자의 역할은 떠맡을 만한 훌륭한 역할'이라고 일기에 적고 있는 지드는 사회적 인습의 방패 밑에 잠들고 있는 모든 질문을 대담하게 일깨우는 일을 기꺼이 떠맡았다. 지드가 자신의 유일한 로망(roman)이라고 말하고 있는, 1925년에 출판된 『사전(私錢)꾼들(*Les Faux-Monnayeurs*)』은 문학적 의식에 불안을 야기하고, 전통적인 소설 개념을 뒤흔들어 놓은 혁신적인 기법의 새로운 소설이었다.

『사전꾼들』을 출판한 후 궁핍과 완전한 자유에의 열정에 고무된 지드는 자신의 많은 장서와 부동산을 팔아 버리고 아프리카의 콩고로 긴 여행을 떠났다. 콩고에서의 비참한 식민지적 현실과의 접촉은 지드를 다시 한 번 변신시켜, 순수한 나르시시즘의 작가를 박애주의적인 사회적 설교사로 이행케 했다. 식민지의 비참한 현실과 식민주의자들의 가혹한 착취를 고발하는 『콩고 기행(*Voyage au Congo*)』은 그때까지 아직 유보(留保)되어 있던 중대한 사회적 문제를 정면으로 제기하여, 지드가 잠들어 있는 사회적 의식에 새로운 방식으로 불안을 야기한 저작이었다. 이후로 지드는 순전히 개인적이던 관심에서 벗어나, 인간에 대한 자신의 신뢰를 선언하고, '타인들의 행복을 증진시키는 것을 자신의 행복으로 삼는' 투쟁에 열렬히 참여하게 되었다. 이러한 사회적 관심으로 인하여 그는 1932년의 세계평화회의에 참석하였고, 공산주의 운동에 적극적인 지지를 표명하기에 이르렀다.

1936년에 지드는 그가 기대하는 새로운 세계의 실상을 직접 보기 위해 소련 여행길에 올랐다. 그러나 수많은 추종자들이 상상 속에서 그를 동반했던 이 여행에서 지드는 실망과 환멸을 맛보고 돌아왔다. 진실에 대한 그의 엄격한 성실성은 스탈린의 형식주의에 대한 그의 두려움과 혐오감을 주저 없이 말하게 했으며, 그것이 『소련 기행(*Retour de l'U.R.S.S.*)』으로 출판되었다. 『소련 기행』의 출판은 그를 열렬히 환영하고 찬양하던 좌파 인사들의 증오와 공격을 불러 일으켰으며, 지드가 다시 한 번 고립을 겪는 계기가 되었다.

2차 대전 직전에 지드는 1889년부터 1939년까지 50년간에 걸친 자신의 내면생활의 기록인 『일기(*Journal 1889-1939)*』를 출판하였다.

2차 대전 기간 동안에는 그는 독일 점령 하의 프랑스를 탈출하여 튀니지와 알제리 등지에서 고난의 피난 생활을 하였다. 1946년에 출판된 『테세우스(*Thésée*)』는 정신은 여전히 젊으나 이제 삶을 요약할 나이에 이른 일흔이 넘은 자신의 영상을 반영하는 늙은 주인공을 형상화한 일종의 유언서와 같은 작품이었다. 1947년에 지드는 노벨 문학상을 수상했으며, 과거의 갖가지 비방과 중상에서 벗어나 전 세계 문학계의 존경과 찬사를 누릴 수 있었다. 고통스러운 삶이었으나, 더할 나위 없이 용감하고 감동적인 성실성의 증언인 지드의 긴 생애는 1951년에 막을 내린다.

지드의 대부분의 소설 작품들은 그가 레시(récit), 또는 소티(sotie)라고 부른 형식의 작품에 속한다. 지드는 『사전꾼들』만을 로망(roman)이라고 불렀고, 다른 소설 작품들은 로망의 범주에 포함시키지 않았던 것이다. 비교적 분량이 짧고 줄거리가 복잡하지 않은 지드의 레시는 감정적 또는 정신적 드라마의 전개를 구성하는 것으로서, 대부분의 경우 이미 끝난 사건의 전말을 사후에 기술하는 형식을 취하고 있다. 어떤 사건의 주인공이나 또는 단순한 증인이 내레이터가 되어 내면적 분석에 의해 사실을 진술하고 밝혀 주는 것이 보통인데, 때로는 내레이터가 얘기를 듣기 위해 모여든 사람들 앞에서 긴 독백을 하는 경우도 있고, 때로는 편지 등 전거가 되는 기록물을 원용하는 경우도 있으며, 또 때로는 『전원 교향곡』의 경우처럼 화자가 내면적 일기를 독자에게 공표하는 형식을 취하기도 한다. 이 모든 경우에 있어서 서술의 방식은 완만하고도 세밀한 감정 분석을 허용하고 있어, 지드의 레시를 심리 소설의 전통 속에 위치시키게 한다. 여기에 번역한 『좁은 문』과 『전원 교향곡』은 지드가 레시의 범주로 분류하는 작품들이다.

소티란 원래 중세기의 풍자적인 소극(笑劇)의 형식이었다. 지드의 소티는 레시보다 덜 직선적인 줄거리의 진행을 보여 주며, 작자의 다양한 의도가 포함되어 있는 이야기 형식이다. 지드는 소티에서 인간과 인간의 삶에 대한 자신의 성찰의 일반적 테마들을 상징적 형식 하에서 제시하며, 흔히 이야기에 우스꽝스러운 효과를 의도적으로 부여하고 있다. 『바티칸의 지하도』, 『팔뤼드(*Paludes*)』, 『사슬 풀린 프로메테우스(*Le Prométhée mal enchaîné*)』 같은 작품이 소티의 범주 속에 분류된다.

『좁은 문』은 1909년에 『신프랑스지(*Nouvelle Revue Française*)』에 발표되어 지드를 유명하게 만든 작품이었다. 주인공이며 내레이터인 제롬(Jérôme)이 자신의 사랑의 전말을 회상하여 기술하는 형식을 취하고 있는 이 작품의 표면적 줄거리는 간단하다. 제롬과 그의 외사촌 누이 알리사 뷔콜랭(Alissa Bucolin)은 어린 시절부터 서로 따뜻한 애정과 친화력을 느껴 온 사이였다. 그들은 성장함에 따라 어린 시절의 우애가 이성간의 사랑으로 발전함을 느낀다. 그들은 많은 편지를 주고받으며, 방학이면 뷔콜랭가의 노르망디의 소유지 퐁괴즈마르(Fongueusemare)에서 만나 함께 생활한다. 그런데 알리사의 동생인 발랄한 성격의 쥘리에트(Juliette) 역시 제롬을 사랑한다는 사실이 밝혀져 두 연인을 당황케 한다. 헌신적이고 자기희생적인 알리사는 동생을 위해 제롬을 포기하려고 하나, 쥘리에트가 나이 많은 평범한 구혼자의 청혼을 받아들여 먼저 결혼함으로써 그들의 사랑에는 아무런 현실적인 장애도 없게 된다. 제롬은 알리사에게 결혼할 것을 청하나, 알리사는 제롬을 몹시 사랑하면서도 결혼에 대해서는 회피와 주저를 나타내 보인다. 알리사는 지상의 인간적인 행복과 영혼의 종교적 구원 사이에서 갈등을 느끼며, 마침내는 현실적인 사랑과 행복을 단념하고 종교적 덕성 속으로 피신한다.

'프로테스탄티즘의 본질적 드라마가 그 안에서 상연되는 프로테스탄트적 영혼의 드라마'라고 일컬어지는 이 작품에서는 성서에 나오는 좁은 문의 비유가 중요한 역할을 하고 있다. 알리사는 제롬과 함께 들어가기에는 너무도 좁은 것으로 생각되는 그 좁은 문을 혼자서 걸어 들어가 천국에 이르기를 결심하는 것이다. 그녀는 제롬이 사랑하는 모든 면모를 애써 자신에게서 지우면서 제롬을 멀리한다. 오랜 동안의 헤어짐이 있은 후 그들은 정든 정원에서 매우 신비적인 분위기를 풍기는 감동적인 재회를 하나, 알리사의 성스러운 결심은 끝내 현실적인 사랑에 저항한다. 이 마지막 상봉이 있은 직후 알리사는 집을 떠나 파리에 있는 요양원에서 죽는다. 알리사가 제롬에게 남긴 일기가 작품의 끝 부분을 이루고 있는데, 이 일기는 현실적인 사랑과 행복의 단념이 알리사에게 얼마나 크나큰 고통과 회한이었는가를 잘 보여주고 있다.

『좁은 문』에서 지드는 '천상의 영광'이 태어나게 만드는 알리사의 영혼의 찬탄할 만한 면모를 아름답게 부각시키고 있으나, 한편 사랑에 대한 영웅적인 극기(克己)와 과도한 종교적 덕성이 알리사 자신과 타인들에게 불러 오는 결과를 비판적으로 조명하고 있기도 하다. 지드 자신은 진실을 담담하게 기술해 가는 소설가의 임무에 충실하여 알리사의 극기와 희생에 대해 판단을 보류하고 있는 듯이 보이나, 제롬을 멀리하는 데서 오는 고통과 애타게 그를 찾는 단장의 슬픔과 고뇌를 보여주는 알리사의 일기는 이 작품을 종교적 덕성의 실패의 기록으로 읽게 만들기도 한다.

지드의 다른 많은 작품들과 마찬가지로 『좁은 문』의 원천도 역시 지드 자신의 생애로서, 지드는 이 작품의 인물들을 통해 많은 부분 자기 자신의 이야기를 하고 있는 셈이다. 작품의 배경과 줄거리 설정은 지드의 현실을 거의 그대로 나타내고 있으며, 이 작품의 알리사는 자기와의 결혼을 회피하던 시절의 마들렌 롱도의 모습을 연상시킨다. 그러나 작가의 전기적 사실과의 일치 여부나 종교적 덕성에 관한 논의가 이 작품의 주된 흥미를 이루고 있는 것으로 보기는 힘들다. 애욕에 사로잡혀 가정을 버리고 달아난 자기 어머니의 모습이 언뜻언뜻 발견되는, 결국은 육체를 가진 하나의 여자라 할지라도, 알리사는 문학이 창조해 낸 아름답고 신비스런 여인상에 틀림없으며, 『좁은 문』은 무엇보다도 신비스런 사랑의 아름다운 시적 기록인 것이다. 이 작품이 많은 독자들의 사랑을 받으며 꾸준히 읽히는 것은 주로 작품의 이러한 측면 때문인 것으로 생각된다. 지드는 간결하고 명쾌하며 절제 있는 고전적인 아름다운 문체로서 이 사랑의 시를 기록하고 있다.

『좁은 문』은 앙드레 지드의 대표작이라고 할 수 있을 것이다. 그때까지 잘 알려져 있지 않던 작가를 유명하게 만든 출세작이라는 의미나, 그의 많은 작품들 중 가장 즐겨 읽히는 작품이라는 의미 등 문학사적 측면에서만이 아니라, 어쩌면 내용과 형식의 가장 조화로운 일치를 보여줌으로써 프랑스 고전주의를 성공적으로 계승하고 있는 작품이라는 의미에서도 『좁은 문』은 지드의 대표적 작품으로서 손색이 없을 것이다. 요컨대 작가 자신의 표현대로 『좁은 문』은 지드의 '최상의 자아'가 녹아 있는 작품인 것이다.

『전원 교향곡』은 우리의 관습적 분류에서 중편소설 정도에 해당할 짤막한 길이의 작품이다. 지드는 이 작품을 스위스의 라 브레빈(La Brévine)에 체류하던 1918년에 썼는데, 그는 일찍이 1893년부터 이 작품의 주제를 자기 친구 로랑(P.-A. Laurens)에게 얘기한 바 있어서, 이 작품을 집필하기까지 무려 25년의 세월을 기다렸던 셈이다. 『전원 교향곡』은 지드의 소설 연대기에서 『바티칸의 지하도』와 『사전꾼들』의 중간에 위치하는데, 이 작품은 내용과 형식 모두 앞뒤의 두 작품과 대조적인 성격을 갖는 작품이다. 1914년에 출판된 『바티칸의 지하도』가 보여 준 풍자적 쾌활함을 알고 있던 독자들은 진지하고 비장한 어조의 『전원 교향곡』의 출현에 놀라지 않을 수 없었다. 또한 이 작품은 대담한 소설 실험이 이루어지는 『사전꾼들』과는 전혀 다른 차분한 고전적 취향의 소설이라고 할 수 있다. 동성애 옹호로 후에 스캔들을 야기할 『코리동』의 수정 작업과 『전원 교향곡』의 집필이 동시에 이루어졌다는 것은 더욱더 놀라운 일이다. 여하튼 연구자들은 『전원 교향곡』이 1918년 무렵 지드가 갖고 있던 정신적 상태와는 상반되는 경향의 작품이라는 점을 공통적으로 지적하고 있다. 지드 자신도 그 점을 인정하여, 『전원 교향곡』 집필이 당시에 그가 처해 있던 정신적 상황에 반하여 이루어진 힘겨운 작업이었음을 일기에서 고백하고 있다. 이 작품은 1916년 경 지드가 겪었던 종교적 위기를 잘 반영하고 있는 작품으로 보인다.

레시로 분류되는 작품들이 대체로 그렇듯 『전원 교향곡』은 직선적인 단순한 구조의 작품이다. 이 작품은 스위스 산간 마을의 한 목사가 겪는 정신적 드라마를 일기 형식으로 형상화하고 있다. 경건한 종교적 덕성의 소유자인 목사는 무지한 상태로 방치되어 있는 의지할 곳 없는 장님 소녀를 집으로 데려온다. 현실적인 아내 아멜리의 불평에도 불구하고 그는 불쌍한 불구 소녀를 자식들 이상으로 정성껏 돌본다. 제르트뤼드(Gertrude)라고 불리게 되는 이 장님 소녀는 목사의 열성적인 교육의 결과로 말도 할 줄 모르던 애초의 무지한 상태에서 벗어나 빠른 정신적, 지적 성장을 하게 된다. 제르트뤼드의 놀라운 지적 발전과 변모의 과정 이야기가 목사의 일기 첫째 권 대부분을 차지한다. 제르트뤼드는 순진하고 고운 마음씨에 지적 능력까지 갖춘 아름다운 처녀로 성장해 간다.

은인인 목사를 향한 제르트뤼드의 감사의 마음은 사랑으로 변하게 된다. 알프스 산간을 함께 산책하는 동안 그녀는 목사에게 자신의 사랑을 고백하기에 이른다. 한편 목사도 자신의 피후견인에 대한 애정이 이성(異性)에 대한 사랑으로 변해 가는 것을 깨닫는다. 아내와 자식들이 있는 가장으로서, 그리고 엄격한 종교적 덕성을 갖춘 성직자로서 그는 이 감정을 어떻게 감당할 것인가? 그는 복음서에서 해답을 찾고자 한다. 그는 자신의 감정과 싸우는 대신 새로운 눈으로 복음서를 읽으며 자신의 감정을 정당화한다. 그는 자신의 사랑과 같은 자연스럽고 순수한 사랑을 단죄하지 않고 너그럽게 용인할 수 있는 사랑의 법칙을 복음서에서 보고자 하는 것이다. 과연 기독교 윤리와 목사의 사랑은 양립할 수 있을 것인가?

　눈 수술이 성공하여 제르트뤼드가 시력을 되찾으면서 이야기에 극적 전환이 온다. 눈을 뜬 제르트뤼드는 세상의 현실이 실명 상태에서 상상하던 것과 다르다는 것을 알게 된다. 그녀는 아멜리 얼굴의 슬픈 표정에서 자기가 목사의 가정에 불행을 야기했다는 것을 깨닫는다. 그리고 무엇보다도 목사와 재회하면서 그녀는 자기가 사랑한 것은 목사가 아니라 목사의 아들인 젊은 자크 (Jacques)였다는 사실을 알게 된다. 이 엄청난 현실을 감당할 수 없는 제르트뤼드는 강물에 뛰어든다. 그녀는 죽기 전에 강에서 건져 올려지지만, 모든 것을 목사에게 고백한 후 숨을 거둔다. 목사와 제르트뤼드의 사랑은 이렇게 파탄으로 끝난다. 사랑의 파탄은 종교적 실패로 이어진다. 아버지로부터 제르트뤼드와의 사랑을 금지당했던 자크는 가톨릭으로 개종하여 부친 곁을 떠나는 것이다. 목사는 자신의 마음이 사막보다도 더 메마르다고 느끼며 더 이상 기도도 할 수 없는 상태가 된다.

『전원 교향곡』의 중심 주제는 종교 문제일 것이다. 엄격한 청교도적 분위기에서 자라나 종교적 경건성에 이끌리면서도 동시에 청교도적 윤리로부터의 해방을 꿈꾸었던 지드는 이 작품에서도 종교 문제에 대한 그 특유의 고뇌와 해석을 보여 주며, 종교에 관한 심도 있는 논의를 전개한다. 그러나 이 작품이 반드시 종교적 관점으로만 접근될 수 있는 작품은 아닐 것이다. 종교 문제와 무관하게 이 작품을 읽는 독자들도 있을 것이다. 스위스 산간 마을을 배경으로 신비스런 분위기 속에서 펼쳐지는 이 소설은 관점에 따라서 슬픈 사랑의 전말로 읽힐 수도 있으며, 인간 심리의 정밀한 분석으로 읽힐 수도 있고, 한 중년 남자의 내성(內省)의 기록으로 읽힐 수도 있을 것이다.

어떤 관점을 취하든 간에 『전원 교향곡』을 아름다운 문학 작품으로 읽게 만드는 힘은 무엇보다도 그 형식적 특성에 있는 것으로 보인다. 번역으로는 잘 반영될 수 있을지 모르지만, 간결하고 명쾌하며 절제된 문체가 이 작품의 단순한 구조를 떠받치고 있다. 문학의 즐거움은 우선적으로 글을 읽는 즐거움이 아니겠는가. 군더더기 없는 깨끗한 글로 『전원 교향곡』은 감식력 있는 독자에게 독서의 즐거움을 주는 작품이다. 절제의 미학을 구현하고 있는 이 짤막한 작품은 17세기의 『클레브 공작부인(*La Princesse de Clèves*)』이래 계속되어 온 프랑스 고전주의 소설의 전통을 성공적으로 계승하고 있는 20세기의 두드러진 고전소설이라고 할 수 있을 것이다.

판본 소개

『좁은 문』은『신프랑스지(*Nouvelle Revue Française*)』의 1909
년 2월, 3월, 4월호에 연재되었다. 단행본 초판본은 같은 해인
1909년 Le Mercure de France 출판사에서 간행되었다. 푸른색
표지에 275면으로 된 판본이었다. 그 후 여러 출판사에서 다양한
형태로 출간되었으며, 1932~1939에 출판된 15권짜리 N.R.F.판
앙드레 지드 전집에 수록되었다.

『전원 교향곡』은『신프랑스지』의 1919년 10월, 11월호에 연재
되었다. 단행본 초판본은 같은 해인 1919년 역시『신프랑스지』에
의해 간행되었는데, 분량은 151면이었다. 그 후 여러 출판사에서
다양한 형태로 출간되었는데, 1932년에는 Gallimard 출판사에서
『이자벨(*Isabelle*)』과 합본으로 출판되었다. 이 작품도 역시
N.R.F.판 전집에 수록되어 있다.

두 작품의 번역 대본으로는 가장 정평 있는 갈리마르
(Gallimard) 출판사의 플레이아드(Pléiade) 총서에 수록된 판본을

사용하였고, 가장 흔한 보급판인 포켓판(Le Livre de Poche)을 때때로 참조하였다. 제135권째 플레이아드 총서는 1614면의 분량에 『나르시스론(*Le Traité du Narcisse*)』에서부터 『테세우스(*Thésée*)』에 이르기까지 총 19편의 앙드레 지드의 소설류 작품들을 수록하고 있다. 두 작품의 번역 대본을 서지 정리 방식으로 적으면 다음과 같다.

André Gide : *La Porte étroite*,

La Symphonie pastorale,

in *Romans, Récits et Soties, Œuvres Lyriques* (Introduction par Maurice Nadeau, Notices et Bibliographies par Yvonne Davet et Jean-Jacques Thierry), Bibliothèque de la Pléiade, Gallimard, Paris, 1969.

앙드레 지드 연보

1867   2월 7일, 미래의 지드 부인이 될 마들렌 롱도(Madelaine Rondeaux) 루앙에서 출생.

1869   11월 22일 앙드레 폴 기욤 지드(André Paul Guillaume Gide) 파리에서 출생. 1832년 남불 위제스(Uzès) 태생인 파리 법과 대학 교수 폴 지드(Paul Gide)와 1835년 루앙 태생인 쥘리에트 롱도(Juliette Rondeaux) 사이에서 독자(獨子)로 태어났음.

1877   알자스 학원의 제9학년에 입학. 어린 지드의 나쁜 습관에 놀란 교사에 의해 몇 달 동안 집으로 되돌려 보내짐. 홍역을 앓고, 외가의 소유지인 라 로크(La Roque)에서 요양. 항상 건강이 좋지 않아 학교에 다니는 것은 극히 불규칙함.

1880   10월 28일, 부친 폴 지드 사망.

1881   모친과 함께 몽펠리에에 거주. 신경증 발작을 겪음.

1882 12월 말경 지드는 외숙모 마틸드(Mathilde)의 좋지 못한 행실과 그에 따른 외사촌 누이 마들렌의 괴로움을 알게 됨. 이 이야기는 『좁은 문』의 첫 부분에 그대로 반영되어 있음.

1883 파시(Passy)의 앙리 보에르(Henry Bauer) 씨 (『보리 한 알이 죽지 않으면』에 리샤르[Richard] 씨로 등장) 집에서 반(半)기숙 학생으로 지냈는데, 보에르 씨는 그에게 아미엘(Henri Frédéric Amiel)의 작품을 읽게 함. 일기를 쓰기 시작함.

1885 라 로크에서 여름을 보냄. 친구 프랑수아 드 비트-기조(François de Witt-Guizot)와 외사촌 누이 마들렌과 함께 신비주의적 독서에 열중함. 그의 첫 정신적 교제의 열정적인 시기임.

1887 알자스 학원의 수사학반에 다님(~1888). 피에르 루이(Pierre Louÿs)와 사귐. 괴테를 발견함.

1888 철학 공부에 열중. 처음에는 앙리 4세 고등학교에서, 다음에는 독학으로 철학 공부에 몰두. 쇼펜하우어를 읽음(~1889).

1889 여름 브르타뉴 지방 여행. 같은 해 겨울 바레스(Auguste Maurice Barrès)의 『자유인(*Un Homme Libre*)』을 읽음.

1890 3월 1일, 지드의 외삼촌이며 마들렌의 부친인 에밀 롱도(Emile Rondeaux) 사망. 책을 쓰기 위해 망통-생-베르나르(Menthon-Saint-Bernard)에 은거. 12월 몽펠리에

의 소련에 대한 자신의 점점 커 가는

s Nouvelles Nourritures)』. 6월 말로
)와 함께 문화 옹호를 위한 제1차 국제
재함.

eneviève)』. 6월 17일부터 8월 22일까지 소
『소련 기행(Retour de l' U.R.S.S.)』.

『나의 소련 기행에 대한 수정(Retouches à
de l' U.R.S.S.)』으로 인하여 지드는 공산주
결별하게 됨.

부활절에 마들렌 사망.

이집트, 세네갈 여행. 『1889~1939 일기
1889-1939)』 간행. 대독(對獨) 협력자 드리외
Drieu La Rochelle)이 주재하는 『신프랑스지』에

알제에서 피난 생활(~1945). 『1939~1942 일기
de Journal 1939-1942)』. 『가상 회견기(Interviews
naires)』.

부터 1946년 8월 사이 레바논과 이집트 여행.
우스(Thésée)』. 들라누아(Jean Delannoy)가 『전
고향곡』을 영화화함.

옥스퍼드 대학에서 명예박사 학위 수여. 11월, 노벨

1891	『앙드레 왈테르의 수첩(Les Cahiers d'André Walter)』 간행. 바레스, 말라르메(Stéphane Mallarmé), 와일드(Oscar Wilde)와 만남. 『나르시스론(Le Traité du Narcisse)』 간행.
1892	『앙드레 왈테르의 시(Les Poésies d'André Walter)』. 11월, 낭시(Nancy)에서 군복무. 결핵으로 곧 퇴역.
1893	잠(Francis Jammes)과 만남. 『위리앵의 여행(Le Voyage d'Urien)』. 『사랑의 시도(La Tentative Amoureuse)』. 1893년 10월부터 다음 해 봄까지 북아프리카 여행.
1895	『팔뤼드(Paludes)』. 5월 31일, 지드 모친 사망. 6월 17일, 마들렌과 약혼. 10월 7일 결혼. 1895년 10월부터 1896년 5월까지 신혼여행(스위스, 이탈리아, 북아프리카).
1896	라 로크에 돌아오자 지드는 자기가 라 로크의 시장으로 선출된 것을 알게 됨(프랑스 최연소 시장). 피에르 루이와 결별.
1897	『지상의 양식(Les Nourritures Terrestres)』.
1899	『사슬 풀린 프로메테우스(Le Prométhée mal Enchaîné)』. 『필록테테스(Philoctète)』. 『엘 하지(El Hadj)』. 『이동 명령서(Feuilles de Route)』. 1895년에 만난 클로델(Paul Claudel)과 서신 왕래 시작.
1901	『칸다울레스 왕(Le Roi Candaule)』.
1902	『배덕자(L'Immoraliste)』.

에서 발레리와 만남.

1904 　『사울(Saül)』. 『변명(Prétextes)』. 『오스카 와일드론
　　　(Oscar Wilde)』.

1906 　『아민타스(Amyntas)』.

1907 　『탕아의 귀환(Le Retour de l'Enfant Prodigue)』.

1908 　『서한문에 의한 도스토예프스키론(Dostoïevsky d'après
　　　sa Correspondance)』. 코포(Jacques Copeau), 쉴룅베
　　　르제(Schlumberger), 제옹(Ghéon), 리비에르(Jacques
　　　Rivière) 등과 함께 『신프랑스지(N.R.F.)』 창간.

1909 　『좁은 문(La Porte étroite)』.

1911 　『이자벨(Isabelle)』. 『새 변명(Nouveau Prétextes)』.

1913 　타골(Rabindranath Tagore)의 『기탄잘리(Gitanjali)』 번
　　　역. 11월, 마르탱 뒤 가르(Roger Martin du Gard)와 교유.

1914 　『바티칸의 지하도(Les Caves du Vatican)』. 클로델과 결
　　　별. 10월, 제옹와 함께 터키 여행. 『중죄 재판소의 회상
　　　(Souvenirs de la Cour d'Assises)』. 샤를 뒤보스(Charles
　　　Du Bos)와 테오 반 리셀베르게(Théo van Rysselberghe)
　　　부인과 함께 독일 점령 하의 프랑스 및 벨기에 영토 피난
　　　민들을 위한 단체인 프랑스 벨기에 회관(Foyer franco-
　　　belge)에서 매일같이 일함.

1915 　종교적 위기를 겪음(~1916).

1917 　알레그레(Marc Allégret)와 함께 스위스(1917년 8월)와
　　　영국(1918년 여름)에 체류.

1918 　11월 21일 퀴베르빌(Cuverville)에 돌아오자, 아내 마들

됨. 지드는 공산주
호감을 표명함.
정치적 활동.

1933　『새로운 양식(Le
1935　(André Malraux
작가 회의를 주

1922

1936　『주느비에브(G
런 여행. 11월

1923

1937　6월에 간행된
Mon Retour

1924　『

1925　콩ㄱ

1926　『사ㅈ
　　　1938　4월 17일,
　　　『보리　1939　그리스,
　　　(Journal

1927　『콩고 기
1928　『챠드에서　　　라 로셸(
1929　샤를 뒤 ㄴ　　서 물라
　　　André Gide）　　　튀니스
　　　1942　(Pages
1930　『로베르(Robe
　　　Imagi
　　　de Poitiers)』.　　　12월
　　　디푸스(Œdipe)』.　1945　『테세
1932　N.R.F.사가 앙드ㄹ　1946　원ㄱ
　　　1939년에 15권까지
　　　1947　6월

문학상 수상.

1948   『프랑시스 잠과의 서한문(*Correspondance avec Francis Jammes*)』.『바티칸의 지하도』를 소극(笑劇)으로 각색함.

1949   『가을의 노트(*Feuillets d'Automne*)』.『폴 클로델과의 서한문(*Correspondance avec Paul Claudel*)』. 1930년부터 1937년 사이의 글을 모아 편찬한『참여 문학(*Littérature Engagée*)』간행.『프랑스 시선(*Antologie de la Poésie Française*)』.

1950   12월 13일,『바티칸의 지하도』코메디 프랑세즈에서 첫 상연.

1951   2월 19일, 파리에서 사망. 2월 22일, 퀴베르빌에 매장됨.

1952   『그대로 이루어지이다(*Ainsi soit-il*)』,『게임은 끝났다(*Les Jeux sont Faits*)』간행.

1955   『앙드레 지드와 폴 발레리 서한문(*Correspondance avec Paul Valéry*)』간행.

1963   『앙드레 지드와 앙드레 쉬아레스 서한문(*Correspondance avec André Suarès*)』간행.

1968   『앙드레 지드와 로제 마르탱 뒤 가르 서한문(*Correspondance avec Roger Martin du Gard*)』간행.

새롭게 을유세계문학전집을 펴내며

을유문화사는 이미 지난 1959년부터 국내 최초로 세계
습니다. 이번에 을유세계문학전집을 완전히 새롭게 ㄷ
직면한 문화적 상황에 적극적으로 대응하기 위해서입
학전집은 세계문학의 역할이 그 어느 때보다 중요해졌
니다. 오늘날 세계에서 타자에 대한 이해는 우리의 안전
습니다. 세계문학은 지구상의 다양한 문화들이 평등하
구성원들이 평화롭게 공존할 수 있는 문화적인 힘을 길러

을유세계문학전집은 세계문학을 통해 우리가 이런 힘을 같
음으로 만들어졌습니다. 지난 5년간 이를 준비하기 위해 많
니다. 세계 각국의 다양한 삶의 방식과 문화적 성취가 살이
운 번역이 필요한 고전들과 새롭게 소개해야 할 우리 시대
습니다. 우리나라 최고의 역자들이 이들 작품 속 한 문장 한
생히 전하기 위해 심혈을 기울였습니다. 또한 역자들은 단순
아니라 다른 작품의 번역을 꼼꼼히 검토해 주었습니다. 을유서
역된 작품 하나하나가 정본(定本)으로 인정받고 대우받을 수
했습니다. 세계문학이 여러 경계를 넘어 우리 사회 안에서 주
되기를 바라며 을유세계문학전집을 내놓습니다.

을유세계문학전집 편집위원단
신정환 (한국외대 스페인어과 교수)
최윤영 (서울대 독문과 교수)
박종소 (서울대 노문과 교수)
김월회 (서울대 중문과 교수)
신광현 (서울대 영문과 교수)